Inge Minich

Sie können auch anders!

Ein Selbstbewusstseinsbuch
für Frauen

D1859136

Danksagung

Ich bedanke mich bei Frau Dr. Thea Bauriedl.
Sie hat mich auf dem Weg zu mir selbst ein gutes Stück begleitet.
Danke für das Gehaltensein in Freiheit.

Ich bedanke mich bei meinem Partner Gerald Drews für seine große Hilfe und Unterstützung bei der langen, intensiven Arbeit an diesem Buch. Durch ihn wurde es möglich, meine Gedanken in lebendige Sprache umzusetzen.

Ich bedanke mich bei den Menschen, die mir vertrauensvoll von sich selbst erzählen. Sie machen es mir immer wieder möglich, neue Erkenntnisse zu gewinnen.

Das Werk einschließlich aller seiner Teile ist urheberrechtlich geschützt. Jede Verwertung außerhalb des Urhebergesetzes ist ohne Zustimmung des Verlages unzulässig und strafbar. Das gilt insbesondere für Vervielfältigungen, Übersetzungen, Mikroverfilmungen und die Einspeicherung und Verarbeitung in elektronischen Systemen.

Der Text dieses Buches folgt den neuen Regeln der deutschen Rechtschreibung.

© 1997 by Weltbild Verlag GmbH, Augsburg

Umschlaggestaltung: Heinz Kraxenberger, München
Foto (Titelseite): ZEFA, Frankfurt
Foto (Rückseite): Michael Kappeler, Augsburg
Redaktion: Birgit Kiefer, Monika Harrer
Layout und DTP/Satz: Klaus Lutsch, München
Druck und Bindung: Offizin Andersen Nexö, Leipzig

Gedruckt auf chlorfrei gebleichtem Papier

Printed in Germany

ISBN 3-89604-367-6

Inge Minich

Sie können auch anders!

Ein Selbstbewusstseinsbuch für Frauen

Weltbild

Inhalt

1. Teil

Neugierig auf sich selbst:
Das Experiment Frauengruppe 7

Anna auf dem Weg 7
Ein Prozess kommt in Gang 15
Die Frauen stellen sich vor 23
Glück, was ist das? 31

Auseinandersetzungen mit sich selbst:
Nach dem ersten Treffen 35

Brigitte und die vier Frauen 35
Brigitte denkt nach 39
Die Frauen kommen heim 49
Brigitte zweifelt an ihrem Experiment 60

Bewussterer Umgang mit sich und den anderen:
Das zweite Gruppentreffen 70

Nichts bleibt, wie es war... 70

Ein kurzes Zwischenwort 79

2. Teil

Sie können auch anders:
Wege zum Selbstbewusstsein – eine Annäherung . . 85

Was ist eigentlich Selbstbewusstsein? 85
Jeder Neubeginn ist zugleich Chance und Wagnis 91
Ist Therapie auf dem Weg zum eigenen Selbst nötig? 97

Wege zum Selbstbewusstsein –
Hindernisse und Schranken 104

Was Bilder über uns selbst mitteilen können 104
Warum wir sind, wie wir sind 113
Selbstbewusstsein beginnt mit der äußeren Erscheinung . . . 126
Was uns den Zugang zu uns selbst verbaut 137
Das Problem mit dem Selbstwertgefühl 151

Wege zum Selbstbewusstsein –
Chancen und Möglichkeiten 157

Wichtig ist es, sich selbst zu mögen 157
Gibt es eine Anleitung zum Glücklichsein? 165
Sechs Wegbeschreibungen für die Reise zu sich selbst 174

Ein kleines Nachwort 181

Adressen 188
Register 191

Neugierig auf sich selbst:

Das Experiment Frauengruppe

Teil 1

Anna auf dem Weg

Anna fror. Sie hatte eine Gänsehaut und war verwirrt. Warum nur hatte sie auf diese eigenartige Anzeige in der Zeitung geantwortet, deren Inhalt nun wieder vor ihrem inneren Auge auftauchte:

»Wofür halten Sie sich eigentlich?
Für eine selbstbewusste, emanzipierte Frau? Für das Superweib? Das Heimchen am Herd? Oder für ganz was anderes? Sind Sie neugierig auf sich selbst? Dann ist das hier Ihre Chance! Psychotherapeutin sucht für Examensarbeit Frauen zwischen 30 und 50, die Mut, Zeit und Lust zur Auseinandersetzung mit sich selbst und anderen haben. Zuschriften an ...«

Anna überlegte hin und her: Klang der Text bei näherem Hinsehen nicht ziemlich aufgesetzt? War der an sie adressierte Einladungsbrief nicht zu kurz, unpersönlich und beinahe desinteressiert gehalten? Dort hieß es: »Danke für Ihr Interesse. Ich möchte Sie gerne kennen lernen. Die Gruppe – wir werden ganz bewusst nur sehr wenige sein – trifft sich zum ersten Mal am Montag, den 28. Oktober, um 19.30 Uhr in meiner Praxis. Sollten Sie es sich anders überlegt haben, teilen Sie es mir bitte umgehend telefonisch mit.« Warum nur hatte sie sich nun tatsächlich aufgemacht zu diesem Treffen in der Praxis der Psychotherapeutin Brigitte Möller? Anna fühlte sich verunsichert, sie sah sich auf einem Weg, der ihr gleichzeitig neblig und hell erschien.

Während sie mit zögernden Schritten den breiten Bürgersteig entlangging und das Haus suchte, in dem das Treffen stattfinden sollte, versuchte sie, sich noch einmal über ihre Situation klar zu werden. Einerseits hätte sie gerne kehrtgemacht, wäre am liebsten wieder nach Hause, in ihre vertraute Welt, zurückgekehrt. Andererseits war da ein Hoffnungsschimmer auf eine neue Chance. Etwas, worauf sie möglicherweise schon lange gewartet hatte. Worin diese Chance bestand, war ihr jedoch völlig unklar. Es war mehr so ein Gefühl.
Sie blieb kurz stehen, fühlte ihr Herz klopfen, einen dumpfen Druck in den Ohren; ihre Handflächen waren feucht. »Soll ich oder soll ich nicht?«, murmelte sie und spürte eine unsichtbare Wand um sich herum, eine milchige, kühle Glaswand, die sie von der restlichen Welt abschloss und alles Lebendige außen vor hielt.

Seit Jahren kannte sie diesen »Ausnahmezustand«, der in letzter Zeit immer häufiger ihr Lebensgefühl bestimmte. Jetzt erst wurde ihr bewusst, weshalb sie auf die Anzeige geantwortet hatte. Sie wollte da heraus! Aber allein schaffte sie das nicht – sie brauchte Hilfe!
Ihr fiel eine Episode aus dem Buch von Paul Watzlawick »Anleitung zum Unglücklichsein« ein, das sie sehr gerne hatte. Darin wird beschrieben, wie sich ein Mann auf den Weg zu seinem Nachbarn macht, von dem er sich einen Hammer ausleihen möchte. Doch mit jedem Meter, den er sich diesem Nachbarn nähert, fallen dem Mann diverse Dinge ein, die ihn an diesem Menschen ärgern. Seine Wut steigert sich aufgrund seiner Erinnerungen derart, dass er den ahnungslosen Nachbarn, als dieser nach dem Klingeln die Tür öffnet, schließlich anbrüllt: »Behalten Sie doch Ihren Scheiß-Hammer!«
Allmählich war es Anna möglich, ein Stück weiterzugehen. Doch es war ihr, als würde jemand hinter ihr stehen und an einem Gummiband ziehen. »Etwas zieht mich gleichzeitig nach hinten und nach unten, etwas anderes lockt mich nach vorne«, dachte sie und atmete tief aus dem

Bauch heraus. »Ein Gefühl wie damals, als die Wehen bei meinem Ersten einsetzten! Nur hatte ich mich auf die Geburt vorbereitet.«
Eine Stimme in ihr, die sie gut kannte und die sie »meine Opposition« nannte, erwiderte: »Ja, du hattest dich scheinbar vorbereitet. Und? Was hat es dir wirklich geholfen? Es kam ja doch alles ganz anders.«
Anna begann sich zu ärgern. Zum einen wollte sie sich jetzt nicht mit ihrer Opposition auseinandersetzen. Und zum anderen wollte sie zu ihrer Entscheidung stehen und diesen Termin einhalten. Das war der Punkt: Sie fand keine logische Erklärung für ihr Verhalten, sie folgte ihrem Gefühl, ihrer Intuition. Und dabei war sie sich nicht sicher, ob das, was sie empfand, tatsächlich das war, was sie wirklich fühlte. Anna versuchte, immer klar und logisch zu denken. Ihren Gefühlen hingegen traute sie nicht, ja, sie kannte sie teilweise gar nicht. Diese milchige Wand trennte sie von ihren innersten Empfindungen ab.

In Gedanken versunken erreichte sie schließlich das Haus, das ihr Brigitte Möller, die die Anzeige aufgegeben hatte, in ihrer schriftlichen Antwort genannt hatte. Anna war positiv überrascht. Sie mochte Häuser aus der Zeit des Jugendstils, besonders in diesem hellen Blau mit weißer Stuckverzierung. Als sie zögernd auf den Klingelknopf der Praxis drückte, stieß sie plötzlich mit einer Frau zusammen, die von der anderen Straßenseite her auf denselben Eingang zugesteuert war.
»Hoppla«, sagte die Frau mit sympathischer Stimme, die fest und bestimmend klang und Anna sofort aus ihren Gedanken riss. »Vermutlich wollen Sie zu unserem Treffen?« Anna dachte über eine passende Antwort nach und blieb dabei an dem Wort »Treffen« hängen. Beinahe hätten sie sich beide soeben tatsächlich körperlich »getroffen«, fiel ihr auf. Doch ehe sie noch irgendetwas sagen konnte, ergriff die andere wieder die Initiative. Sie öffnete mit der freien Hand die Tür und sagte zielsicher: »Na, dann hinein! Kommen Sie! Ich bin übrigens Brigitte Möller!«

Anna spürte ihren trockenen Mund und antwortete mechanisch: »Hallo, ich heiße Anna Klein-Sagerer.« Unsicher und beinahe lautlos ging sie der anderen hinterher, die scheinbar ziemlich selbstbewusst (»Selbstbewusst!«, durchfuhr es Anna, »das ist doch unser Thema.«) die ausgetretene Holztreppe hinaufstieg. Unkontrollierte Gedanken kreisten in ihrem Hirn; Anna fühlte sich wie benebelt.
Sie versuchte, sich zu konzentrieren: »Verflixt, das passiert mir in letzter Zeit immer wieder. Meine Gedanken tragen mich fort und machen mich wehrlos. Mir ist, als hätte ich keinen Zugriff auf mich selbst.« Dieser Zustand war ihr aber zu ihrer eigenen Verblüffung nicht einmal sonderlich unangenehm, sondern erinnerte sie ein wenig an das Eintauchen ins Wasser.

Als Brigitte Möller sie am oberen Treppenabsatz ermutigend anlächelte, während sie den Schlüssel aus der Manteltasche herauskramte, begann Annas Herz zu rasen. Sie wusste mit dieser Empfindung überhaupt nichts anzufangen und war darüber irritiert, fast entsetzt. »Ich will nicht mehr im Nebel stehen«, rutschte es ihr heraus.
»Wie bitte?« Anna merkte, dass ihr Brigitte Möller einen verdutzten Blick zuwarf, während sie den Schlüssel zur Praxis im Schloss umdrehte. Anna erschrak über sich selbst und fühlte sich ertappt wie ein kleines Kind. Was war denn nur los mit ihr? Sie kam sich vor wie eine Schlafwandlerin, die hilflos genau das ausplapperte, was sie eigentlich verbergen wollte – das Gefühl des Ausgeliefertseins und der Ohnmacht, die Angst.
Sie wechselte von einem Bein auf das andere. »Wie in der Schule, wenn ich die Antwort nicht wusste«, dachte Anna. Dann räusperte sie sich laut, als könne sie sich damit in die Wirklichkeit zurückholen. Mit den Fingern fuhr sie sich durch ihr Haar und wusste im gleichen Moment, dass nun auch die sorgfältig gestylte Frisur ungeordnet wirken würde. Dann trat Anna zögernd ein.

»Sie müssen ja glauben, ich sei nicht ganz richtig im Kopf«, meinte sie mit entschuldigender, bemüht heiterer Stimme, während sie im Hausflur ihren Mantel abstreifte.
»Nein«, entgegnete Brigitte lächelnd, »ich glaube selten. Ich sehe lieber. Und ich sehe vor mir eine Frau, die immer wieder in Gedanken versinkt und sich mit Handbewegungen und Räuspern in die Wirklichkeit zurückholen will. Aber wenn ich ganz ehrlich sein soll, muss ich zugeben: Ich bin auch ein bisschen nervös. Bitte, hier vorne links – das ist der Raum, in dem wir uns zusammenfinden wollen.«

Während Anna neben Brigitte herlief, war es ihr, als würde sie von einem vertrauten und gleichzeitig fremden Schatten begleitet. Aus den Augenwinkeln musterte sie die andere Frau vorsichtig. Schließlich wollte sie nicht neugierig erscheinen. »Das tut man nicht! Man schaut fremde Leute nicht so offen an!« Wie oft hatte sie diesen Satz von ihrer Mutter gehört. Sie hasste ihn, und dennoch hatte er sich ihr tief eingeprägt – und bestimmte noch heute ihr Handeln.
Sie fand, dass die Gastgeberin, die wie sie selbst Mitte dreißig sein mochte, seltsame Kleidung trug: Unter dem weiten, hellbraunen Rock schauten hohe, schwarze Schnürstiefel hervor. »So stelle ich mir eine Hexe vor«, dachte Anna und schalt sich sofort wegen dieses Gedankens. Ja, das hatte sie gut gelernt in ihrer Kinderzeit: Was man tun durfte und was nicht, was andere Leute von einem denken sollten, wie man sich verhalten musste, was anständig war ...

Anna seufzte. Wie lange würde sie die Bürde der anerzogenen Verhaltensregeln noch mit sich herumschleppen? Sie konnte sich benehmen, sie wusste, was man tat und was nicht. Sie hatte gelernt, Dinge zu verbergen, von denen sie glaubte, dass man sie nicht bei ihr sehen wollte. Wegen ihrer scheinbar so umgänglichen und unkomplizierten Art war sie bei vielen beliebt, das wusste sie.

Aber um welchen Preis? Manchmal schrie alles in ihr: »Ich will ich sein! Ich will nicht so sein, wie ihr mich haben wollt!«
Doch das Schreckliche für sie war, dass sie nicht wusste, wie sie eigentlich sein wollte. Sie fühlte sich wie eine Hülle, konnte diese gut ausfüllen und diese Hülle auch geschickt kleiden. Aber sie wusste nicht, wer diese Hülle war, und vor allem, was in ihr steckte.
»Einfach rein in die gute Stube«, sagte die andere fast sanft und berührte dabei Annas Arm. »Ist es so schwer für Sie? Sie wirken so bedrückt und niedergeschlagen.«
»Ja«, meinte Anna und war selbst überrascht von ihrer Ehrlichkeit. In einer anderen Umgebung hätte sie vermutlich »Ist schon in Ordnung« oder »Nein, nein, es geht mir ganz gut« geantwortet.
Sie wollte, da Brigitte schwieg, durch etwas Belangloses ihre klare Aussage abschwächen. Erleichtert vernahm sie das Läuten an der Tür. Es befreite sie von dem Druck, einen Small Talk beginnen zu müssen.

Im Abstand von wenigen Minuten trudelten die anderen Frauen zum Treffen ein. Auch wenn es in der Einladung geheißen hatte, die Gruppe werde bewusst sehr klein sein, war Anna doch ein wenig überrascht, dass es außer ihr nur drei weitere Teilnehmerinnen gab.
Sie merkte, wie sie es genoss, die Erste gewesen zu sein. So konnte sie die anderen Frauen in Ruhe betrachten. Das kam ihr sehr entgegen, denn sie wurde nicht gerne von Menschen oder Situationen überrascht.
Nahezu zeitgleich waren die ersten beiden Frauen erschienen, die Anna als sehr gegensätzlich empfand. »Hallo, ich heiße Eva«, stellte sich eine junge Frau zwanglos vor. Anna schätzte sie auf knapp dreißig und stufte sie als »sympathisch und unkompliziert« ein. Sicher trug auch ihr jugendliches Outfit mit T-Shirt, Jeans und Turnschuhen dazu bei.
Die andere war um die fünfzig. Sie wirkte brav und unscheinbar, sodass Anna sie im ersten Moment kaum wahrgenommen hatte. Doch gleichzeitig ging von dieser Frau eine Stimmung aus, die bei Anna alle Alarm-

glocken läuten ließ. Ihre steile Falte auf der Stirn zog sich zusammen, und ihre Augen wurden schmaler. »Manchmal bist du wie ein Tier, das Witterung aufnimmt«, hatte ihr Mann einmal verwundert diese Eigenart umschrieben.
»Was ist mit dieser Frau? An wen erinnert sie mich?«, überlegte Anna. Sie spürte deutlich, auf der Hut sein und sich vor einem Angriff der anderen wappnen zu müssen. Dabei stand ihr Gefühl, dass von dieser Frau Gefahr ausging, in krassem Gegensatz zu deren äußerer Erscheinung: unscheinbar, friedfertig, blass, grau ...
Ehe Anna intensiver darüber nachdenken konnte, was an dieser Frau nicht stimmte, wurde ihre Aufmerksamkeit auf den dritten Neuankömmling gelenkt. Im ersten Moment dachte sie verblüfft, ein Mann betrete den Raum, so groß, aufrecht und schlank kam die Person daher. Doch als Anna die blassrosa geschminkten Lippen in dem strengen, herb-schönen Gesicht bemerkte, wusste sie trotz Hosenanzug und Kurzhaarschnitt: Dies war eine weitere Kandidatin für die Gruppe. Fürs Erste steckte sie die Frau in die Schublade der Kräftigen und Mächtigen, die man nicht aus den Augen verlieren durfte.

Anna spürte, dass sie alle drei als mögliche Rivalinnen musterte. Sie wollte erfassen, wie sie mit ihnen umgehen musste, um nicht am Ende als Verliererin dazustehen. In vielen Jahren hatte sie diese Technik regelrecht perfektioniert – als Schutz davor, in Situationen, die ihr Angst machten, die Fassung zu verlieren. Lange Zeit hatte sie sich deswegen selbst für verrückt erklärt, weil sie sich für die Einzige hielt, die mit Menschen so umging. Erst als sie die Methode ausführlich in einer Psycho-Zeitschrift beschrieben fand, die sie im Wartezimmer ihres Zahnarztes gelesen hatte, war sie sehr erleichtert: Wenn auch andere Menschen so reagierten, war ihr Verhalten zumindest nicht völlig unnormal. Trotzdem: Anna empfand fremde Menschen, vor allem Frauen, zunächst einmal als gefährlich. Warum das so war, hatte sie allerdings

nie so recht begriffen. Weshalb nur bereitete ihr ausgerechnet jemand wie diese ältere graue Maus solche Angst? Wohl erkannte sie den Widerspruch: Der Verstand sagte ihr, es gäbe keinen Grund, sich vor dieser Frau zu fürchten. Doch etwas anderes in ihr schrie förmlich: »Vorsicht! Gefährlich!«
In langen, schlaflosen Nächten hatte Anna immer wieder versucht, zu dem Teil ihrer Erinnerung vorzudringen, der mit dieser Angst zu tun hatte. Doch das Einzige, was sie wahrnahm, war rasendes Herzklopfen, Schweiß auf der Stirn und ein Panikgefühl, das ihren ganzen Körper überzog. Dieser Zustand machte jeden logischen Gedanken unmöglich.
Daher vermittelte es ihr scheinbare Sicherheit, wenn sie andere Leute in bestimmte Schubladen stecken konnte, um dann wie aus einer Trickkiste passende Verhaltensmuster hervorzuzaubern. Sie nannte dies »mein Spiel«.

Ihr Instinkt sagte ihr, dass sie sich an dieser Stelle wie ein Tier in einer bedrohlichen Situation verhielt: Sie hatte einfach Angst. Sie hatte sogar Angst vor ihrer Angst. Und sie konnte diese Angst nur bewältigen, wenn sie sich lange vorher innerlich auf neue Situationen vorbereitete.
Es half ihr, in Gedanken durchzuspielen, was auf sie zukommen könnte. Sie entwickelte wohlklingende Sätze im Kopf, übte vor dem Spiegel die dazu passende Mimik, Handbewegungen und Körpersprache ein – natürlich nur, wenn niemand zu Hause war. Immer wieder ließ sie auf diese Weise Situationen an sich vorbeiziehen, bis sie einigermaßen sicher war, diese ohne Schweißausbrüche bewältigen zu können. Weil sie sich in ihrer eigenen Angst gefangen fühlte, brauchte sie diese Rituale, um in die »feindliche Welt hinausgehen« zu können, wie sie es nannte.

Anna strich automatisch ihren kurzen Rock glatt und stellte beinahe peinlich berührt fest, dass sie sich zu fein gemacht hatte. Wie lange hatte sie vor dem Weggehen verschiedene Kleidungsstücke anprobiert! Dann hatte

sie sich für den kurzen, schicken Designerrock entschieden und eine auf Figur geschnittene Jacke.
Ja, überlegte sie, wahrscheinlich hatte sie allen zeigen wollen, dass sie sich noch sehen lassen konnte. Zwei Schwangerschaften hatte sie hinter sich. Jetzt war sie Hausfrau. Trotz alledem – sie konnte sich sehen lassen! Basta! Kleidung war ihr sehr wichtig. Anna wollte auf keinen Fall billig wirken.
»Bei einem scheinbar hohlen Gefäß richtet sich aller Augenmerk auf Form und Aussehen.« Diesen Spruch hatte sie sich in die Schranktüre geklebt. Sie las ihn oft und verstand ihn durchaus, konnte aber nicht anders, als sich sorgfältig zu kleiden und grammgenau auf ihre Figur zu achten.
Im Raum lag eine fast greifbare, für Anna kaum erträgliche Stille. Waren es Sekunden, Minuten – oder noch länger? Anna fühlte, dass sie innerlich immer kleiner wurde. Ihr Gesicht spannte im Bereich der Wangenknochen, der Mund fühlte sich schmal und verkniffen an.
»Hätte ich mich bloß nicht so angemalt«, dachte sie jetzt. »Ich muss wirklich makaber aussehen: Overdressed and undersexed.« Sie war fast im Stuhl versunken, auf dem sie saß, und bemühte sich sehr, nicht die Fassung zu verlieren.

Ein Prozess kommt in Gang

Endlich ergriff Brigitte Möller das Wort. Ihre Stimme klang voll und dunkel. »Ich freue mich sehr, dass ihr den Mut hattet, auf meine Anzeige zu antworten. Danke, dass ihr euch heute Abend Zeit genommen habt und hierher gekommen seid.«
Anna nickte unbewusst. »Ja, ich bin verdammt mutig«, dachte sie. »Oder vielleicht hat mich einfach nur der Teufel geritten. Was ist bloß los mit mir?«
Sie hörte, wie sich Brigitte vorstellte, und ihr fiel auf, dass diese auch

nicht frei von Nervosität zu sein schien. Jedenfalls machte sie zur Begrüßung erstaunlich viele Worte. Anna hörte sie sagen: »Ich bin 35 Jahre alt und lebe hier in dieser Stadt. Ich lebe schon immer in dieser Stadt, obwohl ich manchmal ganz woanders sein will. So geht es mir, seit ich zurückdenken kann. Ich tue das eine und habe dabei gleichzeitig das Gefühl, etwas ganz anderes tun zu wollen.«

»Was erzählt die denn da?«, dachte Anna, während Brigitte berichtete, dass sie sich in ihrer Jugend nicht dazu entschließen gekonnt hatte, eine höhere Schule zu besuchen, und stattdessen eine Lehre als Maschinenschlosserin gemacht hatte. »Ich wollte eben schon immer anders sein als die anderen«, sagte sie und lächelte verlegen.

»Ich auch«, dachte Anna. Sie erfuhr, dass Brigitte nach der Ausbildung über den zweiten Bildungsweg ihr Abitur nachgeholt, anschließend Sozialpädagogik sowie Sozialwesen studiert und danach fünf Jahre in der städtischen Justizvollzugsanstalt für Frauen gearbeitet hatte.

»Warum erzählt sie das alles bloß?«, fragte sich Anna und bekam endlich zu hören, was sie wirklich interessierte: dass die Psychologie- und Psychotherapie-Studentin Brigitte Möller nun ihre Examensarbeit zum Thema »Selbstbewusstsein bei Frauen« schreiben wollte und deswegen diese Gruppe ins Leben gerufen hatte. Aber nicht nur deswegen!

»Ich wünsche mir, dass wir uns zusammen auf den Weg zu uns machen«, verkündete Brigitte. Anna spürte, dass ihr die Worte ein wenig zu sehr nach Parteiprogramm klangen. Dieser Eindruck verstärkte sich noch, als Brigitte fortfuhr: »Ich halte es für absolut wichtig, dass Frauen ihr Frausein finden und leben, dass sie selbstbewusst sind und sich ihrer Fraulichkeit bewusst werden.«

Brigitte Möller machte eine kleine Pause, ehe sie fortfuhr. »Was ich sage, klingt vielleicht ein wenig abgedroschen. Aber ich hoffe, dass ihr bis zum Schluss dabei bleibt und dann erleben könnt, dass es nicht um leere Worthülsen oder Denksalat geht. Wenn wir uns hier einmal in der

Woche treffen, uns erzählen und erleben, wie es uns geht, auch miteinander, dann passiert etwas in uns und um uns herum. Ein Veränderungsprozess kommt in Gang – von innen nach außen. Wenn Frauen zu sich selbst kommen, sich ihrer selbst bewusst sind, dann spiegeln sie dies nach außen und werden ernst genommen. Sie werden dann nicht unbedingt von allen geliebt, aber sie werden auf alle Fälle geschätzt und geachtet.«
Für diese kleine Eingangsrede hatte sich Brigitte viele Gedanken gemacht, um den anderen ja alles gut mitzuteilen, was ihr wichtig war. Wie sie es in Seminaren und Gruppen im Laufe ihres Studiums gelernt hatte, machte sie an dieser Stelle eine Pause und bat die anderen zu sagen, was ihnen jetzt gerade einfalle.

Das, was Anna einfiel, behielt sie jedoch lieber für sich: »Aufgeblasene Kuh! Intellektuelles Geschwätz! Da kann ich gleich eine Emanzenzeitschrift lesen! Die spricht da über unsere Köpfe hinweg und redet dabei von ›wir‹. ›Selbstfindungsprozess‹, ›sich der Fraulichkeit bewusst werden‹, ›etwas passiert in uns und um uns‹ – lauter leeres Geschwätz! Sie könnte genauso gut ›In Ulm und um Ulm und um Ulm herum‹ sagen! Bei diesem Psychodeutsch stellen sich ja meine Nackenhaare auf.«
Besonders regte sie sich darüber auf, dass Brigitte versuchte, die Gruppe durch dieses verschwommene »ihr« in der Anrede für sich einzunehmen. Anna spürte vor Ärger und Enttäuschung einen deutlichen Druck in der Magengegend.
Auch die anderen schwiegen. Anna hätte interessiert, was die jetzt wohl dachten. Es entstand eine längere Pause. »Zwangspause«, dachte Anna. »Geschieht ihr recht, dieser Psychotante!«
Brigitte selbst schien jedoch die Pause keinesfalls als Zwang zu empfinden. Sie hatte sich zurückgelehnt und wirkte sehr gelassen.
Das brachte Anna noch mehr in Rage. »Was macht die denn da? Die ist doch zuständig, dass hier was läuft! Aber was tut sie? Sie tut so, als hät-

ten wir alle Zeit der Welt. Will nun sie was von uns oder wir was von ihr?«

Anna war böse, aber sie zeigte es nicht offen. Ihr Groll steigerte sich noch mehr, als sie ihren Gedanken weiterspann. »Okay, okay, wir hier sind ja auch irgendwie selbst für uns verantwortlich. Aber es regt mich auf, dass die da so tut, als habe ausgerechnet sie den Stein der Weisen gefunden. So ein Missionarsgehabe! Ich will nicht bekehrt werden. Von der schon gar nicht!«

Das Schweigen hielt unverändert an und die zunehmende Spannung steigerte Annas Unruhe ins Unerträgliche. In ihrem Kopf summte es vernehmlich , und dann passierte genau das, was sie eigentlich hatte verhindern wollen.

Sie platzte heraus: »Ich habe keine Ahnung, was Sie von uns wollen. Ich merke nur, dass ich hier völlig fehl am Platz bin. Ich habe Ihre Anzeige so verstanden, dass wir miteinander etwas zum Thema ›Selbstbewusstsein‹ erarbeiten. Dass wir vielleicht zusammen ein Buch besprechen oder Filme auswerten. Und jetzt tun Sie so, als hätten Sie ein klares Konzept, und wir sind nur so was wie Statisten. Wenn Sie meinen, dass ich nichts Besseres zu tun habe, als hier dumm rumzusitzen, täuschen Sie sich.«

Annas Stimme war immer lauter und schneidender geworden. Sie rüstete sich auf diese Weise für einen Angriff, weil sie mit Widerspruch oder Verteidigung rechnete.

Doch beides blieb aus. Stattdessen sah Brigitte sie erst einmal längere Zeit ruhig und bestimmt an, dann sagte sie: »Sie betonen das ›Sie‹ so sehr. Kann es sein, dass Sie sehr bemüht sind, Abstand zu halten? Wie geht es Ihnen jetzt gerade?«

Damit trieb sie Annas Empörung vollends auf die Spitze. Denn für sie war diese Frage nichts anderes als eine unaufrichtige Floskel. »Wie es mir geht?! Ich bin hier wohl im falschen Film! Wie es mir geht, wollen

Sie wissen? Wollen Sie das wirklich wissen?! Also, mir reicht es jetzt! Ich gehe«, schimpfte sie und wollte aufspringen.

In diesem Moment legte die Frau rechts neben ihr, die Anna schon beim Eintreten so selbstbewusst vorgekommen war, sanft ihre Hand auf Annas Unterarm. Durch diese Berührung wurde Anna schlagartig ruhiger.
»Langsam, langsam«, meinte die andere. »Atme erst mal durch und warte ein Weilchen. Komm wieder zu dir. Gehen kannst du immer noch, aber wiederkommen wirst du wahrscheinlich nicht mehr, wenn du erst einmal gegangen bist.«
Teils widerwillig, teils besänftigt, teils gerührt durch die Art, wie die andere mit ihr umging, blieb Anna sitzen, während Brigitte so tat, als wäre Annas Ausbruch das Selbstverständlichste von der Welt. Ohne weiter darauf einzugehen, bat sie die Frauen freundlich, von sich zu erzählen. Die Reaktion war erneut eine lange Pause, die allen Anwesenden unangenehm erschien, ausgenommen Brigitte. Die sportliche Endzwanzigerin cremte mit einem Fettstift ihre Lippen ein, die Ältere schaute in das Glas, das vor ihr stand, als sei darin die Zukunft zu lesen, die »Männliche« betrachtete die Aquarelle an den Wänden.

Anna entschloss sich mit verschränkten Armen und zusammengepressten Knien, diesen Abend mit Anstand zu überstehen und nie wieder auf so eine »doofe Anzeige« hereinzufallen. Sie schimpfte sich »blödes Weib« und führte innerlich Argumente für ihre Haltung an: »Ich bin doch selbstbewusst! Mein Mann verdient gutes Geld, er hat einen angesehenen Beruf und ist unkündbar, meine Kinder sind wohlgeraten. Wir haben keine Schwierigkeiten, nicht die geringsten! Wenn ich da andere anschaue! Da gibt es Spannungen, Probleme mit dem Geld, die Männer gehen fremd und die Kinder sind unmöglich. Da habe ich es wirklich gut!«

Sie war wieder zu der Stimmung zurückgekehrt, die sie bereits auf dem Weg zum Treffen begleitet hatte. Was wollte sie denn überhaupt hier? Alles, wirklich alles konnte sie mit ihrem Mann besprechen. Er hatte so viel Verständnis für sie, und wenn sie ihre Migräneanfälle bekam, dann versorgte er sie ganz lieb und kümmerte sich um die Kinder.
Anna hing ihren Gedanken nach. Für sie war das wie ein Dornröschenschlaf, wie eine Flucht in einen tranceähnlichen Zustand, in dem sie sich wie in Watte gepackt fühlte.
Anna kannte dieses Gefühl, das sie gleichzeitig liebte und fürchtete. In der freien Welt ihrer Gedanken gab es keine Schranken und Tabus. Sie empfand dies einerseits als eine Art Auftanken, andererseits fühlte sie zunehmend den Wunsch, ganz in dieser Welt zu bleiben.
Bei ihrer Migräne war dies ähnlich, wenn auch unter anderen Vorzeichen. Schmerz, Übelkeit und Erbrechen ermöglichten eine erlaubte Entfernung aus dem Alltag, waren aber gleichzeitig Selbstbestrafung. Annas Körper ermöglichte ihr eine Auszeit; aber es war ein heimliches Verschwinden.

Annas Problem war ihre Intelligenz. Sie wusste zu viel über sich und die inneren Beweggründe ihres Handelns. Sie wusste es im Kopf. Das Dumme war: Ihr Wissen hatte keinerlei Auswirkungen auf ihr Handeln.
»Sinnloses Bewusstsein« nannte Anna diesen Zustand und sie wünschte sich, naiver, einfacher, weniger sensibel und empfindsam zu sein. Sie hätte gerne ein dickeres Fell gehabt.
Schon als Kind hatte sie schnell und genau durchschaut, warum andere dies oder jenes taten oder nicht taten. Besonders hatte sie darunter gelitten, wenn ihre eigenen Eindrücke nicht mit dem übereinstimmten, was die Erwachsenen ihr gegenüber behaupteten. Wie oft hatte sie zum Beispiel ihre Mutter gefragt: »Bist du traurig?«, als dieser die Tränen über das starre Gesicht gelaufen waren. Und was war mehr als einmal die Antwort gewesen? »Nein, es geht mir gut!«

Da ihr eigenes Empfinden und die Aussagen der Großen oft nicht zusammengepasst hatten, war Anna unsicher geworden. Sie wusste nicht, wem sie trauen konnte: ihrem Gefühl oder dem, was andere sagten. So entwickelte sie im Laufe der Zeit eine Art Bremse, um ihre Gefühle nicht mehr zu spüren und so aus dem Dilemma herauszukommen.
Und noch etwas anderes hatte es gegeben, das ihr das Leben heute schwer machte: die Widersprüche in den Aussagen der Erwachsenen. Wiederholt hatte ihr der Vater versichert: »Ich bin immer für dich da, wenn du mich brauchst.« Wenn Anna ihn dann wirklich einmal gebraucht hatte, war er nicht da. Oder sie musste sich anhören: »Ich hab' keine Zeit, hab' jetzt Wichtigeres zu tun!«

Anfangs hatte Anna auf diese Doppelbotschaften – denn es handelte sich ja um zwei einander widersprechende Mitteilungen – mit Wut und Ärger reagiert. Sie hatte ihren Eltern Vorwürfe gemacht und sich bitter beklagt. Die Folge war gewesen, dass sie bestraft worden war.
So wurde sie schon als junges Mädchen zunehmend in sich gekehrt, da sie bald begriffen hatte, dass sie auf keinen Fall sagen durfte, was sie fühlte oder dachte. Denn wenn sie es tat, trat genau das ein, was sie am meisten fürchtete: Der andere wandte sich ab.
Von den Haarwurzeln bis zu den Zehenspitzen machte sich ein Gefühl der Kälte in ihr breit. Es war das Gefühl, allein, verlassen und auch noch selbst daran schuld zu sein.

Anna fühlte bei diesen unguten Erinnerungen Tränen in sich aufsteigen, spürte den bekannten Knoten im Hals und schluckte kräftig. Sie richtete ihre Aufmerksamkeit auf den Raum, in dem sie saß, um ihren inneren Bildern zu entgehen. Während all dieser Zeit hatte noch immer keine der Frauen ein Wort gesagt. Jede hing irgendwelchen Gedanken nach und wartete darauf, dass etwas geschah.

Erneut war es Brigittes Stimme, die Anna aus ihren Gedanken riss. Zwischen diesen beiden Frauen schien es ein unsichtbares Band zu geben. Die eine, Anna, ließ sich abgleiten und fallen, die andere, Brigitte, hielt sie und rüttelte sie wach. Brigitte stand ruhig auf, öffnete die Schublade des Schranks und legte Buntstifte und weiße Blätter auf den Tisch. Dann sagte sie sanft und bestimmt zugleich: »Bitte nehmt euch Stifte und Papier. Wählt einen Platz in diesem Raum, an dem ihr euch einigermaßen wohl fühlt, und dann malt euch so, wie ihr euch selbst empfindet.«
Die Frauen zögerten. Endlich stand eine auf, griff nach Papier und Stiften, gleich darauf folgte die zweite, dann die dritte. Keine blickte die anderen an.

Diesmal war die Spannung, die im Raum lag, für Anna nicht ganz so unangenehm. Dennoch blieb sie bis zuletzt sitzen. »Was will sie denn jetzt? Was soll das denn?« In ihr flackerten widerspenstige Gedanken auf. »So ein Psychokram!« Anna versuchte, durch eine abwehrende Haltung ihre aufsteigenden Gefühle in Schach zu halten. Denn es schien ihr, als läge etwas Besonderes in der Luft. »Könnte ich doch nur klar denken. Dieses nebelige Durcheinander – ich mag das nicht. Bin so hohl im Kopf! Wo ist die Verbindung zwischen dem, was ich so ganz verschwommen fühle, und dem, was mir hilft zu verstehen?«

»Ich werde nicht zeichnen«, maulte ihr Inneres trotzig. »Soll sie doch an der Nase herumführen, wen sie will. Tut hier wie die große Meisterin! Wenn ich einen Guru suche, gehe ich nach Indien. Zeichnen! Noch nie in meinem Leben konnte ich zeichnen! Ich werde mich hier doch nicht bloßstellen. Nur weil diese Hexe für ihr Studium ein paar Dumme braucht.« Schließlich aber erhob sie sich doch, mühsam und widerwillig, wählte Zeichenstifte und ein Stück Papier und setzte sich in die hinterste Ecke des Raumes. »Aber nur, weil ich nicht auffallen und den anderen keinen Stress machen will«, redete sie sich ein.

Dabei war ihr ziemlich bald klar, dass sie sich selbst belog. Denn irgendetwas in ihr war berührt worden. War es diese ruhige Selbstverständlichkeit, mit der Brigitte ihre Wünsche deutlich ausdrückte? Ja, räumte sie ein. Es konnte durchaus sein, dass sie neidisch war auf die Ausstrahlung dieser eigenartigen Frau, die genau das zu sein schien, was Anna so gerne gewesen wäre: sie selbst.

Anna saß vor dem leeren Blatt. Es war ihr, als riefe dieses ihr zu, endlich mit dem Malen zu beginnen. »Wahnsinn«, dachte sie, »jetzt dreh' ich langsam durch! Das darf doch nicht wahr sein! Wie kann ein Blatt mich zum Malen auffordern! Ich hätte wirklich zu Hause bleiben sollen heute Abend. Ein Glas Wein trinken auf dem Sofa, mit meiner Kuscheldecke bis zum Kinn hochgezogen, sanfte Musik von Chris Rea bei Kerzenschein oder einfach nur den üblichen Freitagskrimi.«

Dann ließ sie ihre Augen über die Stifte gleiten, wählte ein helles Gelb und begann.

Die Frauen stellen sich vor

Brigittes dunkle Stimme brachte Anna wieder in die Realität zurück. Sie hatte keine Ahnung, wie lange sie gemalt hatte. Sie war die Letzte. Die anderen Frauen hatten bereits wieder in einem Kreis Platz genommen. Anna schaute auf ihre Zeichnung und ihr Herz begann wild zu klopfen. Ein unglaublich zartes Wesen sah sie tiefgründig an. Die Strichführung des Stiftes war so flüchtig und schwach, dass die Figur feenhaft wirkte. Trotzdem war ihr etwas Eindringliches gelungen. Ein Etwas, das gleichzeitig an- und abwesend schien, ein Mädchen vielleicht oder eine Elfe.

Anna wandte sich Brigitte zu und sagte zögernd: »Das kann ich nicht herzeigen. Wenn ich darüber sprechen muss, weine ich bis an das Ende aller Tage.«

Brigitte legte eine Hand auf Annas Schulter. Der Halt, der von dieser Berührung ausging, war so groß, dass er bis in ihr Innerstes drang.

»Sie müssen Ihr Bild nicht zeigen. Sie müssen hier überhaupt nichts. Sie können, wenn Sie wollen. Und wenn Sie sich trauen, dann sind Sie nicht allein. Aber achten Sie auf sich, gehen Sie behutsam mit Ihrer Angst um.« Anna nahm ihren Platz im Kreis ein und spürte zum ersten Mal an diesem Abend so etwas wie Erleichterung.

Die Zeichnung legte sie mit der unbemalten Seite nach oben vor sich auf den Boden. So wusste nur sie selbst, was da vor ihr lag. Und sie wollte sich Zeit lassen und erst später entscheiden, ob sie sich zeigen oder ihre Schutzschicht um sich geschlossen halten würde.

Ruth: »Mein Beruf ist mein Leben«

Die Frau links neben Anna lachte nervös und begann: »Also, irgendeiner sollte mal anfangen, denke ich.« Mit einer fahrigen Geste legte sie ihre Zeichnung offen in die Mitte des Kreises. Eine Figur mit gespreizten Beinen, die Arme in die Hüfte gestützt, den Kopf leicht zur linken Seite geneigt, füllte fast das ganze Blatt aus. Die Person war nicht eindeutig als Frau zu erkennen. Sie war mit einem Hosenanzug bekleidet. Die kurzen, schwarzen Haare standen wie elektrisiert in die Luft. Auffallend waren die stechend blauen Augen und der schmale, knallrote Mund.

»Ich heiße Ruth Felgenmeier und bin von Beruf Journalistin«, sagte die Frau. »Und ihr werdet sicher erraten haben, dass ich das auf dem Bild sein soll. Jedenfalls sehe ich mich so. Apropos ›ihr‹: Ist wer dagegen, dass wir uns hier duzen? Mir persönlich wäre alles andere zu kompliziert.«

Sie warf Brigitte einen fragenden Blick zu, als ob sie sagen wollte: »Ich hab' mich doch hoffentlich nicht in deine Kompetenzen eingemischt?«

Die anderen Frauen murmelten zustimmend. Selbst Anna, die zunächst überlegte, ob sie etwas einwenden sollte, nickte zögernd.

»Na, prima! Also weiter im Text«, meinte Ruth bemüht heiter. Die Zustimmung schien sie richtig in Fahrt gebracht zu haben. Sie plauderte drauflos. »Zurück zu mir. Natürlich bin ich nicht verheiratet. Das ist in meinem Beruf auch sehr schwierig. Heute hier, morgen dort. Aber ich habe einen festen Freund. Uwe ist vierzig, lebt in einer anderen Stadt, und wir sehen uns, wenn wir aufeinander Lust haben. So mag ich mein Leben!«

Ruth streckte sich ein wenig und fuhr fort: »Mein Beruf ist mein Leben. Kinder habe ich keine, will auch keine und wollte nie welche. Ich kann mit Kindern nichts anfangen. Außerdem halte ich es für eine klare Kopfentscheidung, auf Kinder zu verzichten.«

Anna hätte an dieser Stelle gerne widersprochen, entschied sich aber, lieber weiter zuzuhören. Schließlich wollte sie es sich nicht mit allen verderben, wobei ihre Wut auf Brigitte immer mehr schwand, ja, im Grunde genommen bereits einer gewissen Sympathie gewichen war.

Sie hörte Ruth weiterphilosophieren: »Die Gefühlsduselei mancher Frauen, die in der Mutterschaft ihre Erfüllung sehen – da krieg' ich die Krise! Mich ärgert, dass ich mich immer wieder rechtfertigen muss, warum ich nicht Mutter sein will. Zeigt mir mal den Mann, der erklären muss, warum er in einem bestimmten Alter noch keine Kinder hat! Dies halte ich für ein gesellschaftliches Phänomen, und ich bin neugierig, was andere Frauen darüber denken.«

Deshalb, erklärte Ruth, sei sie auch hier. Die Zeitungsanzeige sei so verlockend gewesen, weil sie derzeit an einem Artikel über selbstbewusste Frauen arbeite.

Nach diesem Geständnis machte Ruth eine Pause.

Anna betrachtete sie und ließ in sich nachklingen, was sie gehört hatte. Irgendwie stimmte die Figur auf der Zeichnung mit der realen Frau überein. Ruth war groß und schlank, trug eine graue Hose, eine weiße Bluse, darüber eine sportliche Jacke. Mit Kennerblick stellte Anna fest, dass alles von bester Qualität war. Ruth wirkte schlicht, geschmackvoll, hatte Stil und wusste anscheinend, was zu ihr passte.

Anna bemerkte aber auch den harten Zug um den Mund und eine kleine, kaum wahrnehmbare Ader unterhalb des linken Auges, und sie vermutete,

dass Ruth nicht die ganze Wahrheit gesagt hatte. Da gab es noch etwas anderes, oder zumindest hatte es etwas gegeben.
Brigitte hatte die Zeichnung lange schweigend betrachtet. Jetzt sah sie Ruth fest an. »Die Figur, die du gezeichnet hast, hat keinen Boden unter den Füßen«, sagte sie ruhig.

Ruth zog beinahe unmerklich die Schultern nach oben, wich Brigittes Blick aus und meinte wie beiläufig, dass ihr das nicht aufgefallen sei, sie das aber auch nicht so wichtig fände.
Anna spürte an Ruths Körperhaltung und unsicher werdender Stimme, dass Brigitte einen wunden Punkt berührt hatte.
»Das hätte sie nicht tun sollen«, dachte Anna. »Das war zu direkt. Da erschrickt doch jeder.«
Auch Brigitte hatte die Änderungen in Ruths Verhalten bemerkt und sprach sanft: »Entschuldige bitte, ich glaube, ich war etwas zu forsch. Irgendetwas an deinen Ausführungen hat mich wohl dazu provoziert. Lass mich darüber nachdenken. Wenn du willst, können wir später noch einmal darauf eingehen.«
Ruth lächelte und entgegnete: »Kein Problem!« Aber Anna dachte: »Na, ob die überhaupt noch mal wiederkommen wird, ist die Frage!«

Christine: »Mit 48 ist das Leben doch nicht vorüber?«

Freundlich richtete Brigitte ihren Blick auf die Älteste in der Runde, die zugleich die Unscheinbarste war.
»Wie wär's jetzt mit dir?« Die Frage war weder fordernd noch ironisch gestellt. Brigitte hatte einen Ton getroffen, der der anderen die Möglichkeit ließ, »Nein« zu sagen, ohne ihr Gesicht zu verlieren. Trotzdem wurde die Frau ganz rot im Gesicht und sehr verlegen.
»Wie brav sie angezogen ist«, dachte Anna, »diese rosa Bluse, der gestreifte Rock, die Schuhe – so bescheiden! Sie wirkt sehr ordentlich.«

Brigitte wiederholte die Frage in etwas anderer Form: »Möchtest du uns dein Bild zeigen?«
»Ich – ich kann nicht malen«, entgegnete die unscheinbare Frau und ihre Stimme klang schwach und beinahe zittrig.
»Es sieht aus wie ein Kinderbild.« Und entschuldigend fügte sie hinzu: »Es ist so lange her, dass ich einen Stift in der Hand hatte.«
Wieder entstand eine längere Pause, die Frau kaute auf ihrer Unterlippe, die Hände hatte sie fest ineinander verknotet, die Fingerknöchel waren ganz weiß. Dann fuhr sie fort:
»Also, ich heiße Christine Wegner. Ich bin 48 Jahre alt und habe drei Kinder. Sie sind 29, 28 und 26 Jahre alt, und der Jüngste ist nun auch seit zwei Jahren aus dem Haus. Seitdem habe ich viel weniger zu tun als früher und komme mir oft so nutzlos vor.«

Christine schwieg einige Sekunden und zupfte einen Fussel von ihrer Bluse. Dann sagte sie leise: »Früher hatte ich immer Arbeit, jetzt bin ich meist schon am Nachmittag fertig. Eine Zeit lang bin ich zu Bekannten putzen gegangen. Mein Mann mag das aber nicht. Er sagt, dass er genug Geld verdient und sich schämen muss, wenn ich bei anderen Leuten sauber mache. Die könnten ja meinen, wir seien arm dran.«
In der Runde herrschte betretenes Schweigen. Doch Christine hatte sich irgendwie freigeredet, so, als sei sie froh, dass ihr endlich jemand zuhörte. »Bevor die Kinder kamen, war ich Einzelhandelsverkäuferin in einem Textilgeschäft«, berichtete sie. »Die Ausbildung hat mir Spaß gemacht. Dann, mit 19, habe ich Thomas bekommen. Ein Jahr später die Susi und dann den Michael.«
Sie seufzte. »Jetzt, wo alle aus dem Haus sind, fühle ich mich so verbraucht, so nutzlos, so überflüssig. Wenn ich wenigstens Enkel hätte!«
Dann erzählte sie, es sei ihr voriges Jahr so schlecht gegangen, dass sie sogar einen Nervenarzt aufgesucht hätte. Der habe ihr gesagt, sie solle sich wieder eine Aufgabe suchen.

Was sie erzählte, klang traurig. Christines monotone Art tat ein Übriges, die Stimmung im Raum zu drücken. »Ich habe überhaupt keinen Antrieb«, klagte sie. »Manchmal denke ich, dass mein Leben vorbei ist. Gut, dass mein Mann die Anzeige in der Zeitung gelesen und gesagt hat, ich solle doch da mal hingehen. Das kann ja nicht schaden, hat er gesagt.« Und dann, völlig unvermittelt, erhob Christine ihre Stimme und sagte fest und beinahe trotzig: »Tja, und jetzt bin ich da. Mit 48 ist das Leben doch nicht vorüber, das kann doch nicht sein. Oder?«
Sie hatte während der ganzen Zeit nicht ein einziges Mal den Blick von ihren Händen abgewandt. Nun stand Brigitte auf und ging sacht auf sie zu. Sie hockte sich vor ihr nieder, nahm Christines verschlungene Hände und umhüllte sie mit ihren eigenen.

Dann sagte sie: »Ich würde wirklich gerne dein Bild sehen.« Christine atmete hörbar aus, nickte und löste ihre Hände. Sie legte die Zeichnung vor sich hin. Ein Haus war darauf zu erkennen, ein feines, schmuckes Häuschen mit Gardinen an den Fenstern und einem Garten. In der Bildmitte war ein runder Tisch zu sehen, gedeckt mit Kaffeegeschirr. Alles wirkte sehr liebevoll. Um den Tisch standen vier Gestalten, darunter die Namen Susi, Thomas, Michael und Bernd.«
Nach einer Weile fragte Ruth: »Wo bist du? Und wer ist Bernd?«
»Bernd ist mein Mann. Ich bin im Haus, ich koche Kaffee. Die anderen stehen im Garten und warten.«
»Ist das bei euch so?«, fragte Brigitte. »Du bist in der Küche und die anderen warten?«
»Ja, natürlich, ich habe ja sonst nichts mehr zu tun.«
Jetzt wurde es Anna zu viel: »Dann wird es ja Zeit, dass wir etwas tun! Das regt mich richtig auf! Du bist ja eine, eine – richtige Mutti!«
Sie sagte das so, als sei es ein böses Schimpfwort. Christine betrachtete Anna sehr lange. Dann lächelte sie, und Anna fand, dass sie richtig bezaubernd aussah. Sie strahlte Wärme und Güte aus, die den ganzen Raum

erfüllten. Offen blickte sie in die Runde und ihre Stimme klang fest und bestimmt, als sie erwiderte: »Ja, ich bin eine richtige Mutti. Das stimmt. Und jetzt wird es Zeit, dass ich wieder ich werde, ich, Christine Wegner.«

Die anderen nickten zustimmend. Das war eine Aussage nach dem Geschmack aller. Beinahe hätte Anna Beifall geklatscht, weil sie den Wunsch »ich zu werden« so gut nachempfinden konnte. Aber zu applaudieren wäre ihr dann doch zu albern erschienen.

Brigitte bewies ein gutes Gespür für Stimmungen und nickte Christine kurz zu. Wohl um zu verhindern, dass sich in der Gruppe so etwas wie Gefühlsduselei breit machte, sagte sie: »Ich denke, da werden wir noch viel drüber zu diskutieren haben, Christine. Aber vorher gibt es noch zwei Bilder zu betrachten.« Und nach einer kleinen Pause: »Vorausgesetzt, die beiden Malerinnen sind bereit, sie zu zeigen.«

Eva: »Allein erziehend und gerade frisch verliebt«

Die Frau, die rechts neben Christine saß, fing den Ball auf und sagte lächelnd: »Na, dann will ich doch gleich mal weitermachen.«

Sie drehte das Blatt Papier um, sodass alle sahen, was sie gemalt hatte. »Das also ist mein Bild. Hier, die Kleine da mit den Wuschelhaaren und den karierten Hosen ist Sabine, meine Tochter. Sie ist fünf und geht bis zum frühen Nachmittag in den Kindergarten.« Dann deutete die Frau auf eine perspektivisch durchaus gelungene weibliche Figur und erläuterte: »Hier stehe ich. Wie immer mit Jeans und Jeanshemd. Ich fühle mich so einfach am wohlsten. Meine Haare habe ich so gezeichnet, wie ich sie am liebsten hätte. Lang und voll und rehbraun. Aber leider sind sie nicht so.«

Die Gruppe erfuhr nun, dass die Frau in einem Drogeriemarkt arbeitete, dies zwar für einen öden Job hielt, aber keine andere Halbtagsbeschäftigung gefunden hatte.

Erklärend fügte sie hinzu: »Das Geld brauche ich einfach. Ich bin allein erziehend und der Unterhalt für Sabine reicht nicht zum Leben.« Nachdenklich starrte sie, die allem Anschein nach die Jüngste in der Gruppe war, auf ihr Bild und erzählte mit leiser, aber fester Stimme: »Ich bin hier, weil meine Freundin Kartenlegerin ist. Und sie hat gesagt, ich hätte eine große Chance zur Veränderung, wenn ich mich trauen würde, etwas Ungewöhnliches zu tun. Na ja, und ich finde es ziemlich ungewöhnlich für mich, Frauen zu treffen.«
»Wir wissen jetzt einiges über dich, aber leider noch nicht deinen Namen«, sagte Brigitte lachend.
Die andere lachte auch. »Ach ja, ich bin die Eva. Eva Rust. Ich bin 28 Jahre alt und zur Zeit mal wieder frisch verliebt. Sonst noch was?« »Ich habe im Moment keine Frage«, erwiderte Brigitte. »Aber vielleicht die anderen?«
Anna sprudelte heraus: »Das mit der Kartenlegerin finde ich spannend. Da musst du uns später noch mehr erzählen.«
»Klar, gerne.« Eva nickte. Sie war Anna sympathisch.

Anna: »Haushalt ist auch richtige Arbeit«

»Wenn wir gerade dabei sind ...« Wieder war es Brigittes Stimme, die Anna aus ihren Gedanken holte. »Du fehlst uns noch. Würdest du dich bitte vorstellen?«

Annas Herz begann wild zu klopfen. Sie räusperte sich und erkannte ihre eigene Stimme kaum, als sie zu sprechen anfing: »Ja, sicher. Also, ich heiße Anna Klein-Sagerer. Mein Mann heißt Gerd und ist 38 Jahre alt, ich bin 34. Wir haben zwei Kinder, Jule ist sieben und Tim dreizehn. Nach dem Abitur habe ich Sprachen studiert. Schon als Kind wollte ich immer mal gerne im Ausland leben. Südamerika war mein großer Traum. Tja, und dann habe ich an der Uni Gerd kennen gelernt. Er hat

Lehramt studiert, Deutsch und Sport. Wir zogen zusammen und ich wurde schwanger ...«.

Anna trank, mehr aus Verlegenheit, einen Schluck Mineralwasser, ehe sie fortfuhr, dass sie seit Tims Geburt Hausfrau sei. »Nur-Hausfrau«, wie sie sich umgehend bemüßigt fühlte hinzuzufügen. »Haushalt ist auch richtige Arbeit, finde ich. Man muss sich nicht minderwertig fühlen, nur weil man kein Geld verdient. Dafür bin ich schließlich immer da, wenn die Kinder aus der Schule kommen. Jule ist in der ersten Klasse. Die haben so unregelmäßig Schule aus. Ich will, dass die Kinder wissen, dass ich für sie da bin.«

Am Nachmittag, berichtete sie, sei ihr Mann oft zu Hause. Da könne sie schon etwas tun für sich selbst: »Naja, ich lese sehr gerne. Und dann bin ich im Elternbeirat und im literarischen Zirkel.«

Anna schwieg für einen Moment, dann zog sie ein nachdrückliches Fazit, damit auch ja niemand daran zweifeln möge: »Mein Leben ist ausgefüllt.«

Sie hatte den Eindruck, die anderen würden sie jetzt anstarren, und fühlte sich sehr unsicher.

Glück, was ist das?

Ruth, die Journalistin, fragte Anna nach kurzem Zögern: »Warum bist du eigentlich hier?«

»Ich weiß es nicht so genau«, antwortete sie ehrlich. »Irgendetwas hat mich getrieben. Es war, als müsste ich einfach hierher kommen. Doch gleichzeitig hatte ich das Gefühl, Bleischuhe anzuhaben, als ich mich heute Abend auf den Weg machte. Jeder Schritt war so unendlich schwer. Mir ist, als würde ich mich auf etwas einlassen, das mein Leben verändern kann. Dabei weiß ich gar nicht, ob ich es eigentlich verändern will. Es ist doch in Ordnung, wie es ist. Manchmal könnte es zwar freudvoller sein. Aber das Leben ist halt so, es lebt sich eben.«

»Nein«, entgegnete Ruth energisch. »Dein Leben ist dein Leben. Du kannst es gestalten, wenn du es möchtest.«
»Das hat nichts mit Wollen zu tun«, sagte Christine, »manchmal kann man eben nichts anderes tun als das, was sein muss.«
»Ja, das stimmt schon, dennoch kannst du auch das, was sein muss, so gestalten, dass es deines wird«, erwiderte Ruth. »Bist du denn glücklich?«, fragte sie unvermittelt und sah Christine forschend an.
Die blickte lange auf ihre Hände, dann in die Mitte des Raumes, ohne jemand Bestimmten anzusehen, dann wieder auf ihre Hände und sagte schließlich leise: »Glück – was ist das?«
»Nun ja, du wirst doch wissen, was es heißt, glücklich zu sein!«, protestierte Ruth.

Christine winkte ab. »Das ist mir zu modern, zu egoistisch. Heutzutage redet jeder von Glück, von Selbstverwirklichung, von Egotrip, von Zu-sich-selbst-Finden. Das sind doch alles nur Vorwände, um sein eigenes Ding zu machen, rücksichtslos und teilweise unverschämt. Ja, genau, Scham! Welcher Nachbar schämt sich, wenn er nicht hilft, obwohl er gebraucht wird? Da heißt es dann: ›Keine Zeit! Habe selbst Wichtiges zu tun!‹« Christines Stimme war ungewöhnlich energisch geworden. Als hätte sie dies selbst gemerkt, nahm sie die Lautstärke zurück und fuhr fort: »Wenn ich meine Kinder bitte, für mich etwas zu erledigen, dann haben sie immer etwas vor, was sich angeblich nicht aufschieben lässt.« Sie machte eine Pause, seufzte und sagte schließlich zu Ruth gewandt: »Geht es denn im Leben nur darum, glücklich zu sein? Was ist Glück? Kannst du mir diese Frage beantworten?«
Ehe Ruth etwas sagen konnte, schaltete sich Brigitte ein: »Ich glaube, wir sollten für heute zum Schluss kommen. Man kann über alles reden, nur nicht länger als zwei Stunden. Wir sehen uns wieder.«
Die anderen nickten dankbar und es wurde vereinbart, sich in genau einer Woche wiederzusehen, um darüber zu reden, wie es jedem gegangen war.

»Bis dahin solltet ihr wissen, ob ihr euch der Gruppe anschließen wollt. Ich würde mich sehr darüber freuen, wenn ihr dabeibleiben würdet«, meinte Brigitte. Sie fuhr fort: »Ach ja: Ich habe einen Text verfasst. Ich wollte ihn euch absichtlich erst am Schluss des ersten Abends geben. Bitte schaut ihn euch bis nächste Woche an.«
»Hausaufgabe«, dachte Anna, »nun hat sie wieder einen Teil der Sympathie verspielt, die Schulmeisterin und Besserwisserin.«

Auf dem Blatt, das Brigitte verteilte, stand Folgendes:
Was tust du, wenn du eine Reise planst? Zunächst wirst du das Ziel festlegen, dann dich möglichst sorgfältig vorbereiten: Auf welchem Weg und mit welchem Transportmittel möchtest du dein Ziel erreichen? Was brauchst du an Kleidung, Verpflegung, Medikamenten, Papieren? Wie kannst du dich über das Reiseland informieren? Wird es eine Bildungsreise sein? Eine Urlaubsreise? Bist du beruflich unterwegs? Du merkst: Es gibt viel zu tun und es gibt viele Möglichkeiten.
Genauso ist es bei der Reise zu dir selbst. Auch da braucht es eine gewisse Grundausstattung. Unsere Gruppe soll dir dabei eine Hilfe sein. Sie soll ein vielfältiges Programm anbieten. Du wählst aus, was du davon brauchen kannst. Alles unbedacht in deinen Koffer zu stecken, würde dich vermutlich überfordern, würde dir zu schwer werden. Also wähle aus!
Prüfe, was zu dir passt, so, wie du Schuhe sorgfältig anprobierst, in denen du lange laufen wirst. Ich will dich im Rahmen meiner Möglichkeiten begleiten und wünsche dir Freude, Erfüllung und Wachsein. Ich wünsche dir Mut und Energie, um das Leben als dein Leben zu genießen und somit den Blick freizubekommen für die Schönheiten rings um dich herum.

Anna war noch eine Weile sitzen geblieben, in der Hoffnung, die anderen würden einfach gehen und keine würde sie mehr ansprechen. So war es dann auch. Nur bei Brigitte hatte sie ein leichtes Zögern bemerkt.
Jetzt beim Aufbruch kreisten ihre Gedanken um ihre scheinbare Unentschlossenheit. »Ich wollte herkommen und doch nicht herkommen. Jetzt

möchte ich gehen und gleichzeitig bleiben. Eine Flasche Schampus für den Tag, an dem ich spüre, was ich will, und an dem ich mich dann auch dafür entscheide, das zu tun, was ich spüre!«

Sie fragte sich, wer in ihrem Kopf eigentlich darüber bestimmte, was sie tat, wie viele verschiedene Instanzen es da gab. Zwei kannte sie gut: ihre »Opposition«, die stets zum Widerspruch neigte, und den »strengen Aufpasser« in ihr. Gnadenlos war der Typ! Ließ sie ständig wie ein Arbeitstier rackern! Und wenn sie sich einmal ausruhen wollte, schimpfte er sie «faules Stück«.

Anna fragte sich, wie das in ihrem Inneren eigentlich vor sich ging. Andere Frauen sagten, sie entschieden aus dem Bauch heraus. Wusste sie, was ihr Bauch wollte? Sie war ihren Gefühlen gegenüber misstrauisch.

Aber vielleicht war das mit der ganzen Gefühlsduselei alles Quatsch! Vielleicht war das alles nur Psychoquark, der einem überall auf das Brot gestrichen wurde, und es ging im Grunde um etwas ganz anderes. Nur um was?

»Uff«, dachte sie. »Schluss jetzt. Jetzt gehe ich heim zu Jule, Tim und Gerd.« Würde sie ihrem Mann sagen, wie es ihr heute gegangen war? Hörte er ihr überhaupt noch zu, wenn sie mit ihm sprach? Nicht einmal das wusste sie so genau.

»Manchmal komme ich mir so verloren vor in der Welt. Heute früh beim Kaffee kam mir der Gedanke, dass mein Leben schon halb vorbei ist. Und ich hatte Panik.« Anna stand auf, strich ganz automatisch ihren Rock glatt, warf einen Blick auf die Strümpfe, ob sie auch keine Falten warfen, streckte ihre Brust ein wenig raus, zog den Bauch ein und machte sich auf den Weg nach Hause.

Auseinandersetzungen mit sich selbst:

Nach dem ersten Treffen

Brigitte und die vier Frauen

»Nichts da«, murmelte Brigitte entschlossen. »Keine Faulheit vorschieben, jetzt wird nachgedacht!« Gleich als Brigitte von dem Treffen heimkam, ging sie in ihr Arbeitszimmer. Auf dem Weg dorthin kam ihr der Kater entgegen und maunzte.
Brigitte überlegte kurz, warum sie diesem Kater nie einen Namen gegeben hatte. Es lag wohl daran, dass sie ihn nicht fragen konnte, wie er selbst gerne heißen würde. Also blieb es bei »Kater«. Diese Denkweise passte zu ihr – Kosenamen oder Verniedlichungen waren ihr ziemlich suspekt. Wehe, ein Mann hätte es gewagt, sie mit »Schatziputzi« oder »Mausilein« anzureden! Und genau das wollte sie ihrem Kater ebenfalls ersparen.

In ihrem Arbeitszimmer ließ sie den Blick über die aufgeschlagenen Bücher gleiten, die auf dem Schreibtisch und dem Fußboden lagen und aus denen zahllose gelbe Merkzettel herausragten. »Geordnetes Chaos« nannte sie diese ihr eigene Art zu arbeiten. Sie war sehr gründlich, überlegte präzise, hörte gut zu, was andere zu einem Thema schrieben oder sagten, bezog ihre eigenen Gedanken mit ein und suchte so ihre persönliche Meinung. Diese Art war zwar recht zeitaufwendig, doch alles andere war ihr zu oberflächlich – sei es, etwas anderes gedankenlos zu übernehmen oder stur den einmal beschrittenen Weg weiterzuverfolgen. Stets war es Brigitte bewusst, dass sie immer nur einen Ausschnitt aus der Wirklichkeit bedenken konnte. Denn die Wahrheit, die Wirklichkeit an sich gab es für sie nicht.

Entschlossen, gleich einige Gedanken für ihre Examensarbeit festzuhalten, setzte sie sich an den Computer.
»Es ist bestenfalls möglich«, schrieb sie, »einen bestimmten Sachverhalt von einem gewissen Punkt aus zu betrachten. Das ist, als richte man einen Scheinwerfer auf eine riesige Bühne. Der Strahl, der so genannte Fokus, beleuchtet dann genau diese eine Stelle.«
Brigitte nahm ein Blatt Papier und versuchte diesen Gedanken in ein Bild umzusetzen. Sie malte mit Bleistift eine Figur und »bestrahlte« sie mit einem gelben Leuchtstift. Um diese Figur, so überlegte sie, gab es zwar auch noch etwas. Doch nur dieser Fokus, dieser Star, stand im Rampenlicht. Das Drumherum – seien es andere Figuren oder die Kulisse – wurde zwar noch schemenhaft wahrgenommen, doch war es bereits verschwommen und ungenau.
Der Rest der Bühne und natürlich auch alles andere dahinter, davor, daneben, darüber oder darunter, wurde überhaupt nicht mehr erhellt. Genauso, dachte Brigitte zufrieden, war es mit der scheinbaren Wahrheit. Entscheidend war der Punkt, den man erhellen, anstrahlen wollte, und gleichzeitig auch der Standpunkt, von dem aus man etwas betrachtete.

So in Gedanken versunken ließ Brigitte das Treffen noch einmal an sich vorüberziehen. Seit zwölf Semestern studierte sie nun Psychologie und Psychotherapie. Es gehörte zu ihrer Ausbildung, über einen längeren Zeitraum eine Gruppe zu begleiten – Kinder, Jugendliche, Erwachsene, Alte, Kranke oder Behinderte. Sie hatte sich deshalb dazu entschieden, mit einer Frauengruppe zu arbeiten, da sie nach der Ausbildung vorhatte, sich speziell um Belange von Frauen zu kümmern.
Als ihre Examensarbeit mit dem Thema »Selbstbewusstsein bei Frauen« feststand, lag es geradezu auf der Hand, eine Gruppe zu eben diesem Thema aufzubauen. Deshalb hatte sie die Anzeige aufgegeben. Noch einmal suchte sie aus ihrem Schreibtisch die vier Briefe heraus, die ihr

die Frauen des heutigen Treffens als erste Kontaktaufnahme geschrieben hatten.

Annas Brief: Zügige Schrift, gute sprachliche Form

»*Mein Name ist Anna Klein-Sagerer*«, begann der erste Brief, der ziemlich genau eine Seite lang war. Die Schrift war zügig, die Buchstaben waren deutlich ausgeschrieben und gut lesbar, die Ober- und Unterlängen exakt ausgeführt. »Füller mit Goldfeder, schwarze Tinte, gute sprachliche Form, beeindruckend und interessant«, murmelte Brigitte und musste schmunzeln, weil sie sich dabei ertappte, lehrerhaft zu sein.

Anna Klein-Sagerer hatte in knapper Form ihr Interesse an einem Treffen zum Ausdruck gebracht. Sie sei neugierig und die Anzeige habe sie sehr angesprochen, hatte sie geschrieben, und den Brief mit dem Satz beendet:

»Ich würde mich freuen, wenn Sie mich zu einem ersten Kennenlernen einladen.«

Ruths Brief: Knapp und deutlich wie ein Werbetext

Der zweite Brief, äußerst knapp gehalten, war auf Computer geschrieben worden. Der Briefkopf verriet deutlich und plakativ, dass Ruth Felgenmeier Journalistin und Publizistin war, und der Brief las sich dementsprechend. Fast wie ein Werbetext, fand Brigitte:

»Sie wollen wissen, wofür ich mich halte? Ob ich neugierig auf mich selbst bin? Sie wollen mir eine Chance geben? Ich denke, ich gebe Ihnen eine Chance! Oder besser gesagt: uns beiden. Denn ich habe Lust, mich mit mir – und mit Ihnen – auseinanderzusetzen. So, und jetzt sind Sie wieder dran. Mutig oder feige? Das ist hier die Frage! Na, Frau Therapeutin – wie sieht's aus?«

Christines Brief: Ordentlich und verspielt

Der dritte Briefbogen war dicht mit Kugelschreiber beschrieben. Die kleine, ordentliche Schrift wirkte etwas verspielt. Über Christine Wegner hatte Brigitte so erfahren, dass sie 48 Jahre alt und verheiratet war und drei erwachsene Kinder hatte, die schon seit Jahren aus dem Haus waren.

»Ich fühle mich zu alt, um etwas Neues zu beginnen, aber auch zu jung, um schon zum ›alten Eisen‹ zu gehören. Mein Mann meint zwar, ich solle einfach mein Leben genießen. Aber irgendetwas in mir gibt keine Ruhe«, schrieb Christine Wegner. Der Brief schloss mit einem Satz, der ausschlaggebend dafür gewesen war, dass Brigitte die Frau eingeladen hatte. Er lautete:
»Manchmal denke ich, mein Leben ist vorbei, aber Ihre Worte gehen mir nicht aus dem Kopf.«

Evas Brief: Große Buchstaben und Kindermotive

Der letzte Brief war der kürzeste. Das Papier war mit fröhlichen Kindermotiven bedruckt. In sehr großen Buchstaben stand darauf:
»Hallo, ich heiße Eva Rust. Ich bin 28 Jahre alt und habe eine fünfjährige Tochter. Toll, Ihre Anzeige! Würde Sie gerne kennen lernen! Vielleicht klappt es ja!
Also tschüss und bis bald, Eva.«

Brigitte legte die Briefe wieder zur Seite. Sie überlegte kurz und begann, ihre ersten Gedanken über die vier Frauen in den Computer einzugeben:
»Anna Klein-Sagerer, 34 Jahre alt, attraktiv, gefühlvoll, dünnhäutig. Mit der Sehnsucht nach Verständnis und der Suche nach dem Sinn ihres Lebens. Scheint voller Widersprüche und Widerspruchsgeist zu sein. Verheiratet mit einem Lehrer, der anscheinend zu wissen meint, wie das Leben funktioniert und was richtig und falsch ist. Jule und Tim, zwei vermutlich wohlerzogene Kinder, auf die Anna stolz ist, denn schließlich stecken ihre ganze Kraft und viel Zeit in der Familie.«

»Ruth Felgenmaier, 44-jährige Journalistin mit großem Engagement im Beruf und dem klaren Entschluss: Ich will kein Kind. Die Wochenendbeziehung zu ihrem Freund Uwe steht unter dem Motto: Solange es uns gefällt. Aber irgendetwas passt da nicht.«

»Christine Wegner, 48, verheiratet, drei erwachsene Kinder. Fühlt sich verbraucht und sucht eine neue Aufgabe, nachdem nun ihre Kinder aus dem Haus sind. In ihrem

Alter hat sie wohl kaum mehr Chancen auf dem Arbeitsmarkt. Ihr Mann meint, sie solle doch ihr Leben genießen, sie habe es doch schön. Na ja ...«

»Eva Rust, 28 Jahre alt, erzieht ihre Tochter allein. Berufstätigkeit, Verantwortung für die Kleine, dabei der Wunsch nach einem eigenen, freien Leben und die Suche nach einem passenden Partner bestimmen ihren Alltag und machen diesen so vermutlich recht unruhig und unstet.«

Brigitte lehnte sich zurück. Diese vier Frauen würden sie nun – hoffentlich – begleiten.

Aber irgendetwas machte sie unzufrieden. Gehörte sie eigentlich nicht auch zur Gruppe? War es da nicht recht und billig, für sich auch eine Kurzbeschreibung zu verfassen. Ja, es waren nicht vier, es waren fünf Frauen, um die es ging! Und noch einmal ließ Brigitte in dieser Nacht ihre Finger über die Tastatur des Computers gleiten:

»Brigitte Möller, Single, die etwas exotische Frau, die anders sein will als die anderen. Mit 35 Jahren studiert sie nun Psychologie und Psychotherapie und möchte sich für Frauen engagieren. Sie meint zu wissen, was Frausein bedeutet und will anderen Frauen helfen, zu mehr Selbstbewusstsein und Selbstsicherheit zu kommen. Aber weiß sie es wirklich?«

Brigitte denkt nach

Brigitte kam ins Grübeln. Ganz in Gedanken versunken, schaltete sie den Computer aus und lehnte sich zurück. Warum hatte sie sich überhaupt das Thema »Selbstbewusstsein bei Frauen« gewählt? Was war so faszinierend daran, eine solche Gruppe ins Leben zu rufen? War es allein die Examensarbeit? Oder steckte mehr dahinter? In der Kollegengruppe, mit der sie sich austauschte und in der sie gemeinsam über ihren Beruf nachdachten, würde ihr jetzt vermutlich jemand sagen, dass dies wohl etwas mit ihrem eigenen Selbstbewusstsein zu tun hätte.

Sie hielt sich durchaus für eine selbstbewusste Frau, und soweit sie es beurteilen konnte, wurde sie von fast allen, die sie kannten, ebenfalls dafür gehalten.

»Kater, sag mal, bin ich selbstbewusst?« Sie streichelte sanft über das Fell des grau Getigerten, der bis dahin auf dem Kuschelsofa geschlafen hatte und soeben durch sein Räkeln zu verstehen gab, dass er Hunger hatte oder schmusen wollte.
Was hatte es zu bedeuten, dass sie sich mit eben diesem Thema so intensiv beschäftigen wollte? Ihr Plan war es, in ihrer Examensarbeit der Frage nachzugehen, was Selbstbewusstsein überhaupt ist und wie selbstbewusste Frauen mit ihrer Rolle zurechtkommen. Und weil sie dieses Thema so lebendig und anschaulich wie möglich angehen wollte, hatte sie die Idee gehabt, sich mit Frauen auszutauschen, die weder untereinander noch zu Brigitte eine Beziehung hatten. Das war wie eine Expedition, fand sie.

Hatte sie also diese Examensarbeit nicht auch gewählt, weil sie den Weg zu sich selbst zwar gut zu kennen glaubte, ihn jedoch für sich selbst nie klar definiert hatte? Ging es nicht auch um die Neugier auf all das, was einem auf diesem Weg begegnete? Brigitte fühlte sich in diesem Moment so stark, dass sie glaubte, jeden Tag, jeden Augenblick, jeden Schritt auf ihrem Lebensweg bewusst gehen zu können, in dem Gefühl, mit sich selbst eins zu sein.

Auf der anderen Seite fragte sie sich, ob sie nicht nur auf einen fahrenden Zug aufsprang. Schließlich gab es zu diesem Thema eine schier unfassbare Menge an Büchern. Brigitte beklagte sich oft darüber, dass die Fachbücher oft unverständlich waren und sie selbst die populären Bestseller meist nur mit Müh und Not bis zum Schluss durchlesen konnte.

Vor allem in diesen pseudowissenschaftlichen Werken wurde unter viel versprechenden Titeln meist nichts anderes angeboten als eine Aneinanderreihung von Halbwissen und scheinbaren Überlebensstrategien.
Diese Bücher lösten in ihr den Eindruck aus, durch Sätze wie »Wenn Sie dieses tun – dann passiert jenes« sei das Leben gut zu meistern. Diese Ansammlung von platten Aussagen, was man tun solle oder müsse, diese banalen Erklärungen, weshalb etwas sei, wie es sei, diese stupiden Aufgaben, die erledigt, und diese albernen Psychotests, die erfüllt werden sollten, um ein besserer Mensch zu werden! Dabei wusste Brigitte ganz genau – und sie hoffte, auch jeder andere einigermaßen vernünftig denkende Mensch -, dass dies der falsche Weg war.
Dass diese Bücher viel verkauft wurden, hielt Brigitte für eine typische Trenderscheinung der Zeit: pseudo-psychologisches Fastfood statt echter Auseinandersetzung mit den Ursachen, warum jemand war, wie er war. Sie wusste, dass es viel Zeit erforderte, über Ursachen nachzudenken und dann für sich selbst das Passende zu entwickeln. Zeit und Mut, sich auch – und vor allem! – auf seine Ängste einzulassen.
Wenn sie sich gedanklich mit solchen Heilslehren beschäftigte, wurde Brigitte stets ziemlich wütend. Und sie wünschte sich von Herzen, es anders machen zu können.

Obwohl es bereits sehr spät war, merkte Brigitte, dass sie ihre Gedanken gut in Worte umsetzen konnte. Sie machte sich eine Tasse Kaffee und ging an ihren Schreibtisch zurück. »Achtsam und aufmerksam Höhen und Tiefen durchschritten zu haben, gibt Vertrauen in sich selbst und eine unglaubliche Stärke«, schrieb sie und fand, dass dies ein guter Gedanke war.
»Erlebt zu haben, dass man sich auf sich selbst verlassen kann, macht Mut und gibt Kraft. Entscheidend ist dabei nicht in erster Linie, was wir tun, sondern es kommt darauf an, wie wir etwas tun.«
Brigitte hatte, nicht zuletzt durch ihr intensives Therapiestudium, die

Fähigkeit entwickelt, sich auf ihre Gefühle einzulassen, zu fühlen, was sie spürte, und dem zu vertrauen, was sie empfand. Deshalb waren bei Gefühlen, die sie selbst infrage stellten, keine abwehrenden Gedanken mehr nötig, kein Selbstbetrug nach dem Motto: »Ach, so ein Blödsinn!«, kein Ablenken durch Alltagsgedanken wie: »Was ziehe ich morgen an?«. Nein – wenn Brigitte in sich hineinhorchte, war es ihr, als würde sie einen Spaziergang in ihr Inneres machen und dort dann gründlich nachschauen, was es alles zu sehen, fühlen, erleben gab.
Es war, als würde sie in einem Haus Raum für Raum betreten, Licht machen, auch in den dunklen Ecken nachsehen und das, was sie sah, ernst nehmen. Sie freute sich immer wieder, wenn sie diese Besuche in der eigenen Tiefe unternahm, denn sie hatte hart arbeiten müssen, um diese Fähigkeit zu entwickeln.

Auf diesem Weg zu sich selbst war sie in guter Begleitung gewesen. Sie hatte das Glück gehabt, eine sehr fähige Lehranalytikerin gefunden zu haben, die sie während ihres Studiums begleitet hatte. Als sie sich seinerzeit entschlossen hatte, analytische Psychotherapeutin zu werden, wusste sie, dass eine Lehranalyse über einen Zeitraum von mindestens fünf Jahren zur Ausbildung gehörte. Sie empfand dies als Wagnis und Chance zugleich. Heute war ihr klar: Dieses Studium, diese Arbeit mit der Lehranalytikerin hatten ihr Erfahrungen ermöglicht, die zu den wertvollsten ihres Lebens gehörten.
Ja, sie hatte die Freiheit erlebt, ihr Haus, ihr Selbst, zu erkunden, und hatte sich dabei immer gestützt und gehalten gefühlt: Nein, nicht geführt und bevormundet! Genau das war der Unterschied zu anderen Beziehungserfahrungen gewesen – im privaten Bereich, vor allem aber auch im Beruf.
In Selbsterfahrungsgruppen oder in der Zusammenarbeit mit anderen Therapeuten gaben ihr die anderen fast immer das Gefühl, als wüssten sie genau, was sie mit ihr wollten, als hätten sie eine Antwort auf die Frage nach dem Sinn des Lebens. Diese scheinbar so genauen Vorstellungen von

Glücklichsein, Zufriedenheit, Lebenssinn – das war fast wie in diesen unsäglichen Psychobüchern mit ihren Patentrezepten!
Während sie sich ein Wasserglas voll schenkte und auf einen Zug austrank, erinnerte sich Brigitte, wie all diese Menschen ihr ein großes Unwohlsein verursacht hatten.
Bis sie sich vor wenigen Jahren entschlossen hatte, dieses Spiel nicht mehr mitzuspielen. »Lauf, Mädchen, lauf!«, hatte sie dann zu sich selbst gesagt und innerlich die Fäuste geballt. Sie hatte, seit sie denken konnte, ein instinktives Misstrauen gegenüber Menschen empfunden, die sich hinter Heilsversprechungen oder Besserwisserei verschanzten.
Im Laufe ihres Studiums hatte sie dann die theoretischen Begründungen dazu gehört und war heilfroh gewesen, sich auf ihren Instinkt verlassen zu haben, auf ihre Intuition und ihre Träume.
Spontan fiel ihr ein Vergleich ein, den sie kürzlich in einer Frauenzeitschrift gelesen hatte, und sie drückte ihn mit ihren eigenen Worten aus:
»Wenn ein Mensch, der nicht gut sieht oder der eine leichte Gehbehinderung hat, einen Spaziergang machen möchte, dann fällt es ihm viel leichter, dies mit einer Person an seiner Seite zu unternehmen, die ihn wachsam und behutsam begleitet.«

Ja, das war gut. Sie wollte hauptsächlich Begleiterin »ihrer« Gruppe sein.
»Die Schritte gehen muss jeder für sich selbst«, schrieb sie. »Aber das Wissen um eine Begleitung vermittelt Zuversicht und Sicherheit, auch da anzukommen, wo man gerne hin möchte. Der Weg ist das Ziel.«
»Worum geht es also?«, fragte sich Brigitte und es brauchte einige Zeit, bis sie ihre Gedanken weiterformulieren konnte.
»Es geht darum, Wünsche zu spüren und Hoffnung in sich zu finden und zu behalten. Als nächstes, offenen Auges auf den Verlauf, auf den Veränderungsprozess zu sehen. Das eigene Tempo zu finden und sich auf den Weg zu machen. Passende Pausen einzulegen, auszuruhen, zu rasten. Kräfte zu sammeln durch Nahrung für Körper, Geist und Seele.

Und schließlich: den eigenen Rhythmus zu spüren und dabei immer das Gefühl zu haben, nicht allein sein zu müssen.« Brigitte hatte den Eindruck, ihre Gedanken auf den Punkt gebracht zu haben und nickte zufrieden. Ja, dies alles war ein Teil des Weges zu sich selbst!

Sie hoffte, dass sich diese Formulierungen in die weitere Gruppenarbeit einbringen ließen, und gleichzeitig hatte sie ein schales Gefühl. Klang dies nicht genauso wie die Sätze aus den Büchern, die sie nicht mochte? Ihre Gruppe war schließlich kein elitärer Zirkel, kein akademischer Klüngel, sondern bestand aus ganz normalen Frauen.
Brigitte wünschte sich, dass sie alle miteinander den Mut haben würden, Schritt für Schritt vorwärts zu gehen, um schließlich bei sich anzukommen, und das Gefühl ermessen und erleben zu können, wie angenehm es war, mit sich selbst stimmig zu sein.
Nach einem kräftigen Schluck aus der Kaffeetasse las sie das Geschriebene noch einmal durch. Langsam regten sich in ihr auch einige Zweifel. Würden die anderen Frauen der Gruppe nicht sagen: »Du hast gut reden? So einfach ist das nicht! Dies oder jenes steht dagegen.« Brigitte nickte. Ja, das stimmte. Es stand einem vieles im Weg, wenn man sich aufmachte, zu sich selbst zu kommen!
Da sie ein wenig vertraut war mit Märchen und Sagen, fand sie dort genau dieses Thema immer wieder. Es war das Lebensthema. Es gab so viele verschiedene Steine, die einem im Weg lagen! Trotz alledem: Jede Frau, jeder Mann, davon war Brigitte überzeugt, hatte immer wieder im Leben die Chance, die Sichtweise von sich selbst und damit sein eigenes Leben neu zu gestalten.
Diesen Gedanken wollte sie festhalten. Brigitte schrieb:
»Freilich: Die Veränderung bedingt vielfältige innere und äußere Prozesse. Häufig braucht es einen Anlass, der einen aufrüttelt und aufweckt: etwa eine schwere Krankheit, den Tod einer nahe stehenden Person, die Trennung von einem lieben Menschen, Arbeitslosigkeit oder etwas anderes.

Dieser Anstoß von außen bewirkt eine Kettenreaktion in unserem Inneren. Es ist wie beim Billard: Der Anstoß einer Kugel löst im günstigsten Fall eine Reaktion aus, die dann zum Erfolg führt.«

Brigitte wusste aus eigener Erfahrung: Wer schon bei der ersten Aktion »Aua!« schrie und alles wieder so haben wollte, wie es vorher war – obwohl dies sowieso unmöglich war, hatte man einmal diese erste Aktion unternommen -, würde sich kaum auf einen Veränderungsprozess einlassen können.

Sie schaute aus dem Fenster in den mondhell beleuchteten Garten. Es war Herbst, Ende Oktober. Die Blätter der Bäume waren bunt gefärbt, Laub lag auf der Wiese. Sie erinnerte sich an das Eichhörnchen, das am gestrigen Nachmittag eifrig damit beschäftigt gewesen war, vom Haselnussbaum vor der Wohnung einen Vorrat für den Winter anzulegen. Brigitte dachte darüber nach, dass die Natur den Menschen alljährlich den Rhythmus von Werden, Wachsen, Vergehen, Ruhen und wieder Erwachen zeigte. Die Menschen waren ein Teil im Kreislauf des Universums. Wem es gelang, in einer Veränderung die Chance zu erkennen und die neue Form des Lebens zu erspüren und auszufüllen, der fühlte sich wohl und eins mit sich selbst.

Doch aus ihrem Studium und ihrer Lebenserfahrung heraus war ihr klar, dass dazu Loslassen ebenso gehörte wie das Vertrauen darauf, Kräfte in sich zu haben, die einem halfen, diesen Prozess als dem eigenen Wohl dienend zu erleben. Starres Festhaltenmüssen aus Angst brachte sehr viel Unglück. Das hatte Brigitte mehr als einmal erfahren.

Sie wusste, dass zwischen »Über etwas reden«, also der Theorie, und »dem wahrhaften Tun«, also der Praxis, oft ein weiter Weg lag. Wer viele Jahre lang gewohnt war, sich selbst und seine Umwelt in einem bestimmten Licht zu sehen, konnte diese Haltung kaum von heute auf morgen verändern. Dabei war es so viel wichtiger, auf jeden Schritt zu achten, den man tat, anstatt auf das Ziel zu starren, das man anstrebte! In diesem Zusammenhang kamen Brigitte ihre eigenen Gefühle in den

Sinn, die sie im Vorfeld der Frauengruppe begleitet hatten. Nachdem sie sich zu diesem »Experiment« entschlossen hatte, hatte sie lange überlegt, wo sie sich mit den Frauen treffen sollte. In Gedanken hatte sie einige Möglichkeiten durchgespielt. Schließlich waren ihr die Räume der Praxis am geeignetsten erschienen. Brigitte hatte diese seit einiger Zeit zusammen mit ihrem Kollegen Werner Saum in einem Jugendstilhaus in der Innenstadt angemietet.
Mit Werner verband sie eine Art kollegialer Freundschaft, auch wenn immer wieder eine deutliche Rivalität spürbar wurde, sobald sie sich über fachliche Themen austauschten. Ihr Kollege war überzeugter Verhaltenstherapeut, und gelegentlich wollte einer den anderen davon überzeugen, mit fliegenden Fahnen zur anderen Seite überlaufen zu müssen.

Doch diese Dispute waren zum Glück nicht allzu häufig. Im normalen Praxisalltag ergänzten sich die beiden durchaus und halfen sich durch praktische Hinweise. Persönlich hatten sich Werner und Brigitte hingegen wenig zu sagen; jeder hielt seinen Kreis geschlossen und hatte Respekt vor dem Privatleben des anderen.
Um sich in der Praxis mit den Frauen treffen zu können, hatte Brigitte jedoch zunächst das Einverständnis von Werner gebraucht. Dazu war es notwendig gewesen, ihm zu erzählen, was sie vorhatte. Sie erinnerte sich, wie unangenehm ihr die Situation gewesen war: Sie war von der Entscheidung des Kollegen abhängig. So stand es im Mietvertrag. Brigitte hasste Abhängigkeiten! Sie war eine Einzelgängerin, und es fiel ihr schwer, sich mit anderen abzustimmen. Sie mochte es nicht, jemanden um etwas zu bitten, und kannte dieses Dilemma bei ihr nur zu gut. »Du meine Güte«, tadelte sie sich in solchen Situationen, »so lange Analyse gemacht und immer noch die verdammten alten Muster!«
Sie wusste, woher diese Verhaltensmuster herrührten: Als kleines Mädchen hatte sie auf ihre Bitten oder Fragen von ihrer Mutter regel-

mäßig ein »Nein« zu hören bekommen. Denn der war es ziemlich gleichgültig gewesen, ob und wofür sie etwas wollte oder brauchte. Dann hatte sie begonnen, ihren Bruder Robert, den auserkorenen Liebling der Mutter, als Botschafter einzusetzen.

Aufgrund ihrer Intelligenz hatte sie schon früh die Verhaltensweisen ihrer näheren Umgebung durchschaut. Was sie beobachtet hatte, hatte in ihr die Überzeugung reifen lassen: Als Mädchen bekommst du auf eine Bitte von der Mutter ein »Nein«. Schickt das Mädchen jedoch einen männlichen Botschafter los, der das Anliegen als gemeinsamen Wunsch ausgibt, sagt die Mutter »Ja«.

Also, schlussfolgerte Brigitte, musste eine Frau einen männlichen Begleiter haben, um das zu bekommen, was sie sich wünschte. Jedenfalls von der Mutter. Und da ihr Vater nur selten zu Hause gewesen war, und wenn, dann wenig zu sagen hatte, war das ihre einzige Vergleichsmöglichkeit.

Doch um von Werner das Einverständnis für die Treffen in der gemeinsamen Praxis zu erhalten, hatte sie keinen männlichen Botschafter schicken wollen und können. Also hatte sie ihrem Kollegen kurz und präzise den Sachverhalt erklärt. Dessen Zustimmung hatte sie ohne weitere Einwände erhalten.

Brigitte lächelte bei dieser Erinnerung und merkte erst jetzt, wie müde sie eigentlich war. Sie beschloss, ins Bett zu gehen. Ihre Glieder waren schwer und so stolperte sie fast über ein Häufchen mit Schriftstücken, die sie in der Vorbereitungsphase der Examensarbeit zusammengetragen hatte. Sie griff nach dem obersten Blatt und las:

Die Bergtour

Stell dir vor, du bekommst die Aufgabe, morgen einen gewaltigen Berg bezwingen zu müssen. Du hast weder die entsprechende Ausrüstung noch die Kondition, noch bist du über den genauen Weg informiert.

Vielleicht hast du ja nicht einmal Lust, überhaupt auf einen Berg zu steigen.
Was ist die Folge? Entweder du wirst dich dieser Aufgabe gar nicht stellen oder schon nach kurzer Zeit scheitern, weil du für dieses Unternehmen überhaupt nicht gerüstet bist.
Und so ist es auch auf dem Weg zu dir selbst.

Die Entscheidung für diese Aufgabe kann nur aus dir selbst heraus kommen. Du kannst nicht von jemandem dazu beauftragt werden. Und du kannst auch nicht erwarten, dass sich jemand anderer für dich auf diesen Weg macht, um dir einen Gefallen zu tun.
Manchmal braucht es einen kleinen Anstoß von außen, um sich zu überwinden und auf den Weg zu machen.
Vor Enttäuschung, Ärger, Krankheit oder Selbstentwertungen kannst du dich schützen, indem du gut überlegst, was du bei dir verändern willst und wie du dies umsetzen kannst.
Geh dabei liebevoll und verständnisvoll mit dir selbst um! Lass' dich nicht verunsichern, wenn deine Umgebung deine schrittweise Veränderung nicht so positiv empfindet wie du selbst!
Natürlich ist es für Partner, Familie, Freunde, Bekannte oder Kollegen zunächst beunruhigend, wenn du dich selbst kennen lernen willst und aus diesem Gefühl heraus anfängst, für dich selbst zu sorgen. Dies löst zum Teil Neidgefühle aus, zum Teil auch Angst. Versuche Menschen, die dir wichtig sind, miteinzubeziehen. Gib dir selbst und den anderen Zeit, sich an das Neue zu gewöhnen. Und dann genieße (gemeinsam?) die neue Lebensqualität.

Brigitte liebte Vergleiche über alles. Und dieser hier schien ihr ganz besonders gelungen. Laut gähnend stolperte sie ins Bett und nahm sich beim Einschlafen fest vor, die Gruppe bei einem der nächsten Treffen mit diesem Text zu konfrontieren.

Die Frauen kommen heim

Christine: Ordnung ist das halbe Leben

Christine steckte vorsichtig den Hausschlüssel in die Tür, drehte behutsam nach rechts und drückte dann leise die Tür auf. All ihre Bewegungen waren bedächtig, aber nicht zögernd. Sie lauschte. Ob ihr Mann noch im Wohnzimmer vor dem Fernseher saß?
Nichts war zu hören. Christine legte im Flur ihren Mantel ab, hängte ihn auf den Kleiderbügel und stellte die Tasche auf den entsprechenden Platz. Alles in Christines Leben hatte einen festen Platz. Das war wichtig für sie. Es vermittelte ihr Sicherheit. Aus diesem feststehenden Gefüge heraus holte sie sich ihr Lebensgefühl: Alles ist in Ordnung. War etwas verstellt, dann brachte sie es sofort wieder in die richtige Position. Es war so, als wollte sie versuchen, sich durch das Festlegen von richtigen und falschen Stellen dem Leben nicht ausliefern zu müssen. Wenn vieles den Anschein hat, planbar, berechenbar und wiederherstellbar zu sein, dann brauchte sie scheinbar keine Angst zu haben, dass etwas Unvorhergesehenes sie aus der Bahn werfen könnte.

Viel Zeit des Tages verbrachte Christine damit, Ordnung zu machen. Ihr Mann warf ihr manchmal vor, einen Putzfimmel und Sauberkeitstick zu haben. Darauf antwortete sie nicht. Lediglich ihre heruntergezogenen Mundwinkel verrieten, dass ihr diese Charakterisierung nicht gefiel. Doch nie wäre ein lautes Wort über ihre Lippen gekommen.
»Das tut man nicht, man streitet sich nicht!«
»Eine Frau muss eben manches einstecken, wenn sie eine gute Ehe führen will.«
»Ordnung ist das halbe Leben.«
Diese Sätze prägten Christines Weltbild. Sie fragte sich nie, was wohl die andere Hälfte des Lebens ausmachte. Manchmal kam es ihr zwar selbst

etwas seltsam vor, dass sie das Haus erst dann verlassen konnte, wenn alles »tipptopp in Ordnung« war. Aber sie nahm als gottgegeben hin, dass dies nun einmal so war.
So wanderte sie vor jedem Fortgehen schnell noch einmal durch Bad, Küche und Wohnzimmer, überprüfte, ob alles am richtigen Platz stand, das Licht überall gelöscht, sämtliche Fenster geschlossen und alle Herdplatten ausgeschaltet waren. Schließlich musste sie noch die Sofakissen aufschütteln und mit einem Schlag ihrer Handkante in die richtige Position bringen.
Zack – diese kurze, heftige Handbewegung zur Teilung des Kissens verriet durchaus, dass Christine nicht nur eine liebe, aggressionslose Frau war. Dieses »Zack« erlaubte sie sich. Es diente ja schließlich der Ordnung. Auch das allmorgendliche heftige Aufschütteln der Federbetten, das lautstarke Herumhantieren mit dem Staubsauger, das manchmal ein wenig zu heftige Zuschlagen der Türen hätten einen aufmerksamen Beobachter stutzig werden lassen.
Doch Christine bemerkte diese Seite ihres Verhaltens nicht. Und Bernd, ihr Mann, war entweder so sehr daran gewöhnt, dass es ihm nicht mehr auffiel, oder es war ihm nicht wichtig. Manchmal fühlte er sich zwar beim Fernsehen oder Zeitungslesen etwas gestört, wenn Christine lautstark in der Küche hantierte. Doch im langjährigen Ehealltag hatten sich viele solche Eigenheiten eingeschlichen – bis hin zu dem Umstand, dass es keiner der beiden mehr seltsam fand, dass sie kaum noch miteinander über ihre Gedanken oder Gefühle sprachen.

»Mutti, bist du da?«, klang eine Stimme aus dem Wohnzimmer. Christine öffnete behutsam die Tür.
»Ja, Vati, ich bin wieder da.« Bernd saß auf der Couch und anscheinend hatte er ein Nickerchen gemacht. Das Ehepaar fand nichts dabei, sich mit »Mutti« und »Vati« anzusprechen. Seit sie Eltern waren, hießen sie füreinander nicht mehr Bernd und Christine.

»Na, wie war es denn?«, erkundigte sich Bernd.
»Ooch, ganz schön«, sagte Christine.
»Na, dann lass uns mal schlafen gehen. Morgen ist auch wieder ein Tag.« Bernd beendete das Gespräch, ehe es richtig begonnen hatte, und auch dies war für Christine nichts Ungewöhnliches. So richtig interessierte sich ihr Mann schon seit langem nicht mehr für sie.
Christine fühlte sich mit ihren 48 Jahren alt und verbraucht. Sie hatte an diesem Abend ein einziges Mal ihre Stimme erhoben und war aus sich herausgegangen, als Ruth sie gefragt hatte, ob sie glücklich sei.
Vor dem Badezimmerspiegel betrachtete sie ihr Gesicht. Für die Fältchen um die Augen hatte sie vor kurzem eine spezielle Creme gekauft. Ein paar steile Falten zogen sich rund um ihren Mund, der einst sinnlich und voll gewesen war, jedoch im Laufe der Jahre immer schmaler geworden war. Nun war er fast nur noch ein Strich. Plötzlich wurde ihr bewusst, dass sie sich seit Jahren nicht mehr ausgiebig im Spiegel betrachtet hatte. Zwar ging sie regelmäßig zu ihrem Friseur, doch der musste gar nicht mehr fragen, welche Frisur sie denn gerne hätte. Ihr Standardschnitt vermittelte ihr und anderen ein immer gleiches Aussehen – wenigstens scheinbar.
Während sich Christine im Spiegel in die Augen blickte, fühlte sie Tränen in sich aufsteigen. Langsam, ganz sachte liefen sie entlang der Nase und dann durch die tiefen Falten um den Mund und tropften schließlich vom Kinn ins Waschbecken. Christine betrachtete sich beim Weinen wie eine Fremde. Sie sah sich dabei zu und stellte überrascht fest, dass sie seit Jahren nicht mehr geweint hatte: Ihr geordnetes Leben gab doch keinen Anlass zu Tränen.
Behutsam öffnete Christine die oberen Knöpfe ihres schmucklosen Nachthemdes und betrachtete ihre Haut. Zart berührte sie mit den Fingerkuppen die kleine Einbuchtung am Hals. »Wie lange ist es her, dass du mich an dieser Stelle berührt hast, Bernd?«, sagte sie leise zu sich selbst.

Sie trat einen Schritt vom Spiegel zurück und versuchte, ihre gesamte Figur zu erkennen. Doch das gelang nicht. Auf dem kleinen Stuhl im Bad lag gebrauchte Wäsche. Genau dafür stand er hier. In einem Akt des Protestes gegen diese Ordnung wischte Christine mit einer energischen Handbewegung den Stuhl frei und stellte sich darauf. Nun konnte sie im Spiegel ihre Figur bis zu den Knien betrachten.
»Komisch sieht das aus«, sagte sie. »Mir fehlt der Kopf und mir fehlen die Füße. Gibt es mich überhaupt? Wer bin ich denn?«
»Mutti, warum kommst du nicht ins Bett?«, hörte sie Bernd aus dem Schlafzimmer rufen.
»Mutti will nicht, im Bett ist nichts geboten«, sagte Christine – so leise, dass nur sie es gerade noch hören konnte. Sie erschrak. Was hattte sie da gesagt? War nicht sie es, die ihrem Mann immer wieder vermittelte, dass ihr Sex nicht wichtig war.
»Ich bin völlig durcheinander? Bin ich eigentlich erst jetzt so durcheinander oder stehe ich schon seit Jahren neben mir? Wo bin ich und wer bin ich?« Ihr war ganz schwindlig im Kopf.
Die Erinnerung an das Bild, das sie gemalt hatte, tauchte auf. Nie zuvor hatte sie schwarz auf weiß gesehen, wie sie sich selbst wahrnahm: als nicht sichtbar! Sie war zwar auf dem Bild, aber sie war nicht sichtbar. Die zentralen Figuren waren ihre Familie. Ihr Platz befand sich im Hintergrund.
»Ja, und von dort ziehst du die Fäden!«
Was war das? Woher kam dieser Gedanke? Was war denn nur heute mit ihr los? »Ich will nicht, dass mein Leben so in Unordnung gerät. Alles soll so bleiben, wie es ist. So ist es gut.« Aber war es das wirklich?
Christine stieg vom Stuhl herab, setzte sich auf den Rand der Badewanne und stützte ihren Kopf in die Hände. Ihre Ellbogen drückten so fest auf die Oberschenkel, dass es schmerzte.
»Was heißt glücklich sein?«, fragte sie halblaut.
Bernd klopfte an die Badezimmertüre: »Ist etwas mit dir? Ist dir nicht gut?«

»Nein, nein, es ist schon in Ordnung«, antwortete Christine mit einer Stimme, die ihr selbst sehr fremd war. Sie hörte heute einen Unterton heraus, den sie bisher noch nie bemerkt hatte.
Sie war sich heute überhaupt sehr fremd. Es fühlte sich so an, als würden Zwiebelhäute von ihr abfallen. Sie erinnerte sich ihrer Tränen und empfand plötzlich Dankbarkeit. »Endlich, endlich spüre ich wieder etwas von mir. Also bin ich doch noch nicht tot!« Dann beschloss sie, schlafen zu gehen.

Ruth: Wer die Fragen stellt, hat die Macht

Mit festen, zügigen Schritten ging Ruth auf ihr Cabrio zu. Plötzlich blieb sie ruckartig stehen. Sie beugte den Kopf, ihr Blick wanderte über ihre Brust, den Bauch und die Oberschenkel hinab zu ihren Füßen.
»Ich stehe mit beiden Beinen auf dem Boden. Ich stehe mit beiden Beinen im Leben. Ich bin eine Frau, die ihren Mann steht!«
Bei dem letzten Gedanken machte Ruth eine abwehrende Handbewegung. »Quatsch, natürlich muss es heißen: die ihre Frau steht!«, sagte sie so laut, dass ein älterer Mann, der an ihr vorbeiging, kurz stehen blieb, sie verwundert betrachtete und dann kopfschüttelnd weiterging. Das war Ruth egal. Als Journalistin war sie es gewohnt, gesehen zu werden. Und das wollte sie ja auch. »Ich pflege nun mal gerne meinen Narzissmus«, entgegnete sie in solchen Momenten mit einem zynisch gefärbten Unterton all denen, die sie darauf ansprachen.
Ihr Bild zog an ihrem inneren Auge vorbei. Warum hatte sie sich so gemalt? Sie beschäftigte sich zwar gerne mit sich selbst, aber nicht aus einer schwachen Position heraus. Und schon gar nicht bodenlos in der Luft hängend. Wieder wurde sie laut: »Das entspricht nicht der Realität. Ich bin durchaus bodenständig.« Es hätte nicht viel gefehlt, und Ruth hätte mit einem Fuß wie ein trotziges Kind auf den Boden gestampft. Ihre vielen Umzüge fielen ihr ein. Aber die waren ganz einfach im

Zusammenhang mit ihrem Beruf zu sehen. Für ihre Karriere musste sie eben von Zeit zu Zeit die Redaktion wechseln, und dies zog nun mal auch Ortsveränderungen nach sich.

Sie bemerkte ihren Rechtfertigungsversuch, was sie erst recht wütend machte. »Moment mal! Ich habe nicht vor, mich selbst zu zerfleischen. Ich habe nicht vor, mich von einer Psychotante verunsichern zu lassen. Ich habe nicht vor, mich infrage zu stellen. Schließlich ist es mein Job, anderen Leuten Fragen zu stellen.«

Doch die Gedanken ließen sich nicht so einfach verjagen. Warum war sie überhaupt Journalistin geworden? Was brachte ihr die Rolle, Fragen zu stellen und andere zu Aussagen zu veranlassen?

»Wer Fragen stellt, hat die Macht. Er bestimmt, wo es langgeht«, hatte ihr einmal ein Chefredakteur gesagt. Sie nickte. Genau das liebte sie so an ihrem Beruf: Sie bestimmte Rhythmus und Richtung, Dauer und Intensität eines Gesprächs. Sie gab durch Formulierungen, Auswahl und Weglassen von Informationen den Texten genau die Färbung und Tendenz, die sie wollte.

Wieder fiel ihr Blick auf ihre Füße. Teuere Schuhe an relativ großen Füßen. Dann startete Ruth ihr übliches Ablenkungsmanöver, das ihr meist half, von grüblerischen Gedanken wegzukommen: Sie überlegte, wie sie es sich jetzt noch schön machen könnte. Würde sie sich noch etwas Gutes gönnen? Ein feines Essen, ein gutes Glas Wein? Doch diesmal klappte ihr Trick nicht. Stattdessen blieb ihr Blick wie gebannt an den Füßen hängen.

Ihre Wut wuchs. »Verdammt noch mal, jetzt reicht es aber! Was hat denn diese Psychomaus an sich, dass ich das, was sie sagt, nicht vergesse? Da kommt ein einziger Satz, und der verfolgt mich stundenlang.«

Sie gestand sich widerwillig ein, dass sie nicht nur wütend war, sondern dass auch ihre Neugier geweckt worden war. Und dies hatte dieses Mal nichts mit ihrem journalistischen Spürsinn zu tun. Ob sie es nun wollte oder nicht: Dieser Abend hatte Ruth über alle Maßen beeindruckt.

Eva: Ich will erwachsen werden!

Eva radelte nach Hause. Sie sauste, ja sie fegte regelrecht auf dem Radweg entlang und trat dabei so heftig in die Pedale, dass ihre Wadenmuskeln zu schmerzen begannen. Doch all diese Empfindungen nahm sie nur nebenbei wahr.

In Evas Kopf wirbelte ein Orkan. Gesprächsfetzen mischten sich mit Gesichtern. Bilder und Töne kreisten in wildem Durcheinander, und Eva glaubte, jeden Moment abzuheben und in tausend einzelne Teile zu zerspringen.

So ging es ihr öfter. Dann fühlte sie sich jedes Mal einem wilden Gewitter im Kopf ausgeliefert. So viele Eindrücke stürmten in solchen Momenten auf sie ein, ohne dass sie Halt sagen und verweilen konnte. Solche Situationen ließen in Eva ein Gefühl der Ohnmacht hochkommen. Sie konnte noch so sehr versuchen, klare und ruhige Gedanken zu fassen: Der Sog, der sie mitzog, war stärker. Sie bestimmte dann nicht mehr über sich selbst.

Nur durch körperliche Anstrengungen schien sie solchen Augenblicken entkommen zu können, und so fühlte sie sich oft angetrieben, hochtourig durch die Gegend zu düsen.

Schweißnass kam Eva in ihrer Wohnanlage an. Klobige, vielgeschossige Wohnblöcke, die kaum voneinander zu unterscheiden waren, standen dicht gedrängt in einem gewaltigen Viereck. Ihre Freundin Marga bekam hier immer Platzangst, wenn sie wie heute Abend auf Evas Tochter Sabine aufpassen musste.

Doch Marga, die Kartenlegerin, war ein ganz anderer Typ. Für Eva dagegen war es durchaus passend, im vierten Stock einer uniformen Siedlung zu wohnen. Geschwind trug sie das Fahrrad in den Keller, rannte die Stufen hinauf und schloss völlig atemlos die Tür auf.

Marga saß lesend im »Rosa Salon«, wie sie Evas Wohnzimmer etwas abschätzig nannte. Eva hatte nun einmal einen Hang zur Farbe Rosa; sie

neigte überhaupt etwas zum Kitsch. Dies hätte ein Fremder hinter der sportlichen, drahtigen Frau nicht vermutet, die immer reichlich schnell auf ihren Turnschuhen und in ihren engen Jeans unterwegs war. Doch dies war die andere, träumerische Seite von Eva: ihre Neigung zu märchenhaften Räumen, in denen sie sich wie eine Prinzessin fühlte.
»He! Du bist ja völlig außer dir, Eva!« Marga stand auf und nahm Eva, die keuchend am Türrahmen lehnte, in den Arm.
»Oh, Marga!« Eva fiel ihrer Freundin förmlich in die Arme und begann zu schluchzen. Ihr Körper bebte, ihr Weinen wurde immer heftiger und lauter.
Marga führte Eva zum Sofa, hielt sie behutsam fest und ließ sie einfach weinen. Sanft streichelte sie über ihr Haar, massierte leicht den Nacken, legte eine Hand fest auf die Wirbelsäule.
Langsam kam Eva zur Ruhe. Dieser feste Halt, der von Marga ausstrahlte und sie stützte, ging auf sie über. Sie richtete sich auf, schnäuzte lautstark in das Taschentuch, das ihr Marga gegeben hatte und wischte die verschmierte Wimperntusche unter den Augen weg.
»Blöde Heulerei, blöde Schminkerei. Hätte mich vorher abschminken sollen«, knurrte sie und atmete tief durch. »Abschminken. Genau, abschminken! Ich sollte mich endlich mal abschminken. Ich sollte es mir abschminken. Verdammt, abschminken sollte ich es mir«, brummelte Eva vor sich hin.

»Was willst du dir abschminken?«, fragte Marga.
»Weiß nicht so recht!«, antwortete Eva und schniefte den Rest der Tränen hoch. »Vielleicht meine Hoffnung darauf, dass ich mal klar denken kann. Vielleicht meine Sehnsucht nach meinem Traumprinzen. Vielleicht – ach –, halt einfach abschminken, was an falscher Farbe auf meinem Gesicht klebt. Das Make-up, das so ganz natürlich aussieht und für das ich stundenlang vor dem Spiegel stehe. Ich will mein Gesicht sehen!«
Unvermittelt sah Eva ihre Freundin an. »Stell dir vor, Marga: Ich habe mei-

nen Namen vergessen! Ich habe einfach vergessen zu sagen, wer ich bin, als wir uns vorgestellt haben!«

»Und dann?«, fragte die Freundin ungerührt.

»Habe es überspielt, in meiner üblichen Klein-Mädchen-Art.«

»Und dann?« Marga ließ nicht locker.

»Dann! Dann! Dann! Du mit deiner Fragerei! Du fragst auch noch dann weiter, wenn andere längst aufhören. Warum machst du das? Da muss ich dann immer weiterdenken an Stellen, die mir unangenehm sind. Dafür hasse ich dich manchmal.«

Eva machte eine kleine Atempause und fuhr dann fort: »Zuerst hasse ich dich dafür, und später bin ich froh, dass du nicht lockerlässt. Aber in dem Moment, wo du mit ›Und dann?‹ daherkommst, könnte ich dir den Hals umdrehen.«

Beide Frauen saßen sich auf dem rosaroten Sofa gegenüber und betrachteten sich. Auf einen Außenstehenden hätte es wie eine gestellte Szene aus einem Film gewirkt. Doch dies war ein wichtiges Merkmal der Beziehung zwischen Eva und Marga: Sie mussten nicht viele Worte machen, sich nicht lange und ausführlich erklären oder begründen. Es gab ein starkes inneres Band zwischen den beiden, eine Art wortlosen Dialog.

Schon am Tonfall, an der Auswahl der Wörter, an der Art und Weise, wie Pausen beim Sprechen gesetzt wurden, verstand die jeweils andere, was zwischen den Zeilen gemeint war. »Schade, dass wir beide nicht lesbisch sind«, sagte Eva manchmal scherzhaft, »wir wären das ideale Paar.«

Marga hatte einmal darauf geantwortet: »Das wissen wir doch gar nicht! Vielleicht verstehen wir uns nur deswegen so gut, weil wir sexuell nichts voneinander wollen. Wir können die andere so lassen, wie sie ist. Wir müssen nicht reizvoll füreinander sein. Aber vielleicht waren wir ja schon mal auf der Welt, wir beide. Und vielleicht waren wir damals, in

Vorzeiten, ein Paar. Vielleicht hatten wir guten Sex, vielleicht hatten wir hauptsächlich Sex. Und jetzt müssen wir noch mal leben, um uns auf andere Art und Weise zu verstehen.«

Marga fragte Eva, ob sie erzählen wolle, wie der Abend gewesen war. Eva berichtete kurz von den Frauen und von ihren Eindrücken. Sie erzählte von dem Bild, das sie gemalt hatte, und auch davon, dass sie einen so betont lockeren Ton aufgelegt hatte. »Weißt du, das passt doch irgendwie zu dem Bild, das jemand von mir hat, der mich nicht kennt: Verkäuferin in einem Drogeriemarkt, allein erziehende Mutter. Da kann ich doch keine klugen Sätze von mir geben.«

»Braves Mädchen, liebes Mädchen, gut dressiertes Mädchen«, sagte Marga und machte dabei ein betont unschuldiges Gesicht.

»Marga, hör auf, mich mit deiner Ironie erziehen zu wollen. Ich will nicht erzogen werden, das wurde ich lange genug. Ich will erwachsen werden!«

Eva streifte die orangen Turnschuhe von den Füßen, ohne die Schnürsenkel zu öffnen. Margas Blick sprach Bände.

»Brauchst gar nicht zu schauen wie meine Mutter, Marga«, maulte Eva.

»Und du brauchst deine schlechte Laune nicht an mir auszulassen, liebe Eva.«

Sie klatschten einander die Hände wie nach einem gewonnenen Match und lachten laut. »Jetzt erzähl endlich weiter! Ist es eine Chance für dich, erwachsen zu werden?«, drängte Marga. Und Eva begann zu erzählen.

Anna: Aufschlussreiche Begegnung im Park

Anna ging nicht auf direktem Weg nach Hause. Wie von allein führten sie ihre Schritte zu dem Park in der Nähe ihres Hauses. Jahrelang hatten sich Anna und ihr Mann mit dem Thema »Bauen« befasst, es zu einer Art Wissenschaft gemacht. Gut überlegt hatten sie das Grundstück

gewählt. Gestaltung, Materialien – alles sollte harmonisch zueinander passen, alles sollte natürlich, gesund und ästhetisch sein.
»Dies stört mein ästhetisches Empfinden«, war eine Standardredewendung von Anna. Genauso gut hätte sie sagen können: »Das geht mir gegen den Strich.« Oder: »Das gefällt mir nicht.« Doch das wäre Anna zu banal gewesen. Sie wollte, sie musste immer klug erscheinen und auch so klingen. Dass sie dadurch teilweise künstlich und verkünstelt wirkte, merkte Anna nicht.
Ganz gegen ihre sonstige Gewohnheit hatte Anna heute Abend keine Angst vor der Dunkelheit. Sie war im Park angekommen, setzte sich auf eine Bank und schlug die Beine übereinander. Sie sah aus, als sei sie einem Plakat einer Werbung für eine Versicherung entsprungen.
Anna fühlte sich dumpf und leer. Sie wusste nicht, weshalb sie nicht nach Hause gehen wollte. Sie wusste nicht einmal, dass sie nicht nach Hause gehen wollte. Sie saß einfach nur da. Deutlich spürte sie den Knoten im Hals, stark und unangenehm empfand sie den Druck in ihrem Kopf, ihren ständiger Begleiter.
»Haben Sie etwas dagegen, wenn ich mich zu Ihnen setze?« Anna blickte auf und sah einen älteren, sehr gepflegten Mann mit Hut und Regenschirm. Er trug einen dunkelgrauen Mantel, frisch geputzte schwarze Schuhe. Seine Stimme klang sonor und weich.
»Bitte«, sagte Anna zaghaft und wies mit einer Handbewegung auf ihre linke Seite. »Ich möchte mich vorstellen, mein Name ist Hubert Wallberg.« Er lächelte und machte eine leichte Verbeugung. »Es entspricht nicht meiner üblichen Haltung, fremde Damen zu später Stunde im Park anzusprechen. Doch als ich Sie so allein auf einer Bank sitzen sah, hatte ich den Eindruck, dass Sie vielleicht Sorgen haben und sich einsam fühlen.«
Hubert Wallberg verbeugte sich erneut, und es hätte nur noch gefehlt, dass er wie ein Offizier die Hacken zusammengeschlagen hätte.
Er nahm in gebührlichem Abstand neben Anna Platz und begann ein-

fach drauflos zu plaudern. Anschaulich und kurzweilig unterhielt er Anna mit Anekdoten aus seinem Leben, streute weise Aphorismen ein und verbreitete seine kenntnisreichen Ansichten von Gott und der Welt. Anna hörte zu und fühlte sich von Minute zu Minute leichter und entspannter. Es war ihr, als säße sie im Kino und betrachtete einen angenehmen, nicht allzu tief schürfenden Film.

Sie wusste gar nicht, wie viel Zeit vergangen war, als der charmante Herr plötzlich meinte: »Ich hielte es für angebracht, wenn Sie nun nach Hause gehen würden. Es ist bereits kurz vor Mitternacht und es könnte ja sein, dass sich jemand um Sie Sorgen macht.« Dieser Satz brachte sie wieder in ihren Alltag zurück. Sie richtete sich auf.

»Ich danke Ihnen«, sagte sie zu dem Herrn. »Ich danke Ihnen von ganzem Herzen.«

»Wofür?«, fragte Hubert Wallberg überrascht.

»Dafür, dass Sie gesehen haben, dass ich allein bin. Und auch dafür, dass Sie mich nicht gefragt haben, was mir das Herz so schwer macht. Und ich danke Ihnen für die Gabe, mir durch Ihre angenehme Art Leichtigkeit zu vermitteln und das Schwere zu nehmen. Auf Wiedersehen!«

»Auf Wiedersehen«, antwortete Herr Wallberg und hielt ihr die Hand hin. »Und ich wünsche Ihnen, dass es Ihnen gelingt, zu dem zu finden, was für Sie persönlich wichtig ist.«

Brigitte zweifelt an ihrem Experiment

Trotz der nächtlichen Arbeit am Computer wachte Brigitte am Morgen nach dem ersten Treffen zeitig auf. Sie fühlte sich nicht sonderlich wohl. Irgendwie war ihr der Zusammenhang abhanden gekommen. Da hatte sie mit viel Schwung und Begeisterung ihre Idee umgesetzt und diese Zeitungsanzeige aufgegeben. Und nun fragte sie sich kritisch, ob sie überhaupt selbst auf so eine Anzeige geantwortet hätte. Nun, vielleicht. Sie war von Grund auf neugierig, sonst würde sie ja wohl nicht Therapeutin sein wollen. Aber mit wildfremden Frauen in eine Gesprächsgruppe gehen? Wer dazu bereit war, musste zunächst einmal eine große Hemmschwelle überwinden.

Brigitte fühlte eine starke Unruhe in sich aufsteigen und versuchte, sich durch eine Atemübung zu sammeln. Mit geschlossenen Augen legte sie sich auf den Teppich und spürte, wie sich durch das weiche, gleichmäßige Fließen des Atems ihr Bauch wölbte und senkte. Sie achtete darauf, dass Hals und Schultern ganz entspannt waren.

Ein Traum von heute Nacht fiel ihr ein. Er war so klar in ihrem Bewusstsein, als hätte sie ihn auf einer Filmrolle gespeichert und könne ihn jederzeit wieder abspulen. Sie fühlte starkes Bauchkribbeln, von dem sie zunächst nicht wusste, ob sie es als angenehm oder störend empfand. Doch bald merkte sie: Es war ein Gefühl wie Angst. Nein, keine hektische Panik, sondern eine ruhige, beständige Angst.

Sie hatte im Traum mit den Frauen zusammengesessen. Die Stimmung war unheimlich gewesen. Nebelschwaden waren durch den Raum gezogen, an den Wänden hatten Spinnweben gehangen. Und dann hatte sich eine der Frauen – sie glaubte sich zu erinnern, dass es Anna gewesen war – Brigitte zugewandt, ihr den Zeigefinger wie eine Pistole auf die Stirn gerichtet und mit scharfer, schneidender Stimme gefragt: »Was verstehst du unter Selbstbewusstsein?«

Brigitte war es jetzt, in der Erinnerung, noch ganz mulmig zumute, denn ihr war schlagartig bewusst geworden, dass sie sich mit der Klärung dieses Begriffs überhaupt noch nicht befasst hatte. »Typisch! Gibt 'ne kluge Zeitungsanzeige auf und weiß nicht, worauf sie hinauswill«, dachte sie und merkte, wie sie wütend auf sich wurde.

Selbstbewusstsein! Viele sprechen davon, überlegte Brigitte, das Wort wird so ganz selbstverständlich gebraucht. Aber was bedeutete es wirklich? »Wenn ich über Selbstbewusstsein reden und schreiben möchte, ist es notwendig, dass ich auch weiß, wovon ich spreche!«

Von Haus aus war Brigitte überzeugt davon, dass man alles tun konnte, wenn man es nur wirklich wollte: Ideen entstanden im Kopf, Entscheidungen wurden getroffen und die Umsetzung war dann eine Frage der Konsequenz – daran glaubte Brigitte, die sich in dieser zupackenden und dabei stets vom Verstand beherrschten Rolle gefiel. Schwache Menschen konnten weniger umsetzen als starke. Sie blieben verhaftet in der Vorstellung, dass der Wille zwar da sei, dass ihnen aber immer etwas im Wege stünde.

Solche Ausflüchte ließ Brigitte nicht gelten. Manchmal ertappte sie sich dabei, mit zögernden, unsicheren Menschen nichts zu tun haben zu wollen. Sie selbst hatte die Vorstellung, in ihr würde unablässig eine Art Kraftwerk arbeiten, Ideen produzieren, Verknüpfungen herstellen, sie antreiben und ihre Aktivitäten speisen.

Faulenzen und In-den-Tag-Hineinleben waren Brigitte verhasst. Sie musste immer Programm haben, am besten ein wenig mehr, als überhaupt zu leisten war, damit sie am Abend das Gefühl hatte, wirklich etwas geschafft zu haben. Da aber nicht alles zu schaffen war, was sie sich vorgenommen hatte, nagte immer eine leichte Unzufriedenheit in ihr. Genau wie heute!

Stets war Brigitte damit beschäftigt gewesen, sich zu beweisen. Sie hatte eine Ahnung, woher dies kam! In eine Familie hineingeboren, in der Tüchtigkeit das oberste Gebot war, erlebte sie von klein auf, dass ihr nur dann Zuwendung und Aufmerksamkeit entgegengebracht wurden, wenn sie etwas leistete.

Nein, nicht die alltäglichen, selbstverständlichen Hilfen im Haushalt. Auch nicht ihre recht guten Schulnoten. Damit konnte sie in ihrer Familie niemanden beeindrucken. Dafür musste sie sich ja nicht besonders anstrengen. Es zählte ausschließlich das Ringen um den Erfolg, die Arbeit, nicht die vorhandene Begabung.

»Da kannst du ja nichts dafür, das fliegt dir ja zu«, war ein Standardsatz ihres Vaters, wenn Brigitte etwas gelungen war. Also lernte sie schnell,

Dinge, die ihr leicht fielen, weniger wertzuschätzen als die, um die sie kämpfen musste. Wenn andere Kinder sich zum Spielen trafen, war Brigitte im Garten der Eltern und leistete Erwachsenenarbeit. Als dann auch diese Aktivitäten nicht mehr den erwünschten Effekt, nämlich Anerkennung und Beachtung, auslösten, musste sie immer mehr und mehr tun. In der Schule zählten nur noch beste Ergebnisse, im Sport nur noch außergewöhnliche Erfolge.

Nur in der Liebe, resümierte sie, hatte sie die Neigung, sich für Männer zu entscheiden, die ihr unterlegen waren. Dabei gingen im Grunde die Entscheidungen meist gar nicht von ihr aus. Die Jungen, später die Männer, wählten sie! Und wenn einer auf sie zukam und ihr signalisierte, dass er an ihr interessiert sei, war es für Brigitte fast selbstverständlich, sich auf ihn einzulassen.

Ihr Selbstbild war in dieser Beziehung sehr schief. Sie war davon überzeugt, Aufmerksamkeit nur über Leistung zu erhalten. Erhielt sie männliche Signale, ohne vorher etwas geleistet zu haben, war sie wie gebannt und konnte kaum anders, als »Ja« zu sagen.

Die beiden Seiten ihrer Persönlichkeit klafften wie eine Schere auseinander: auf der einen Seite ihre Tüchtigkeit im Kopf und ihre Erfolge in Ausbildung und Beruf, auf der anderen Seite ihre Unfähigkeit, im Privaten für sich zu sorgen und sich einen Partner zu wählen, der ihr gut tat.

Brigitte galt bei den meisten, die sie kannten, als selbstsicher und tüchtig. »Die nimmt sich, was sie will«, hieß es über sie. Welch ein Irrtum!

Müde von der Arbeit ging sie an diesem Abend bald zu Bett. Ein wenig traurig schlief sie ein. In ihrem Traum war sie allein unterwegs, mal mit dem Fahrrad, mal mit dem Schiff, mal mit dem Auto oder zu Fuß. Aber immer allein.

Sie fühlte sich einsam, aber unabhängig und stellte sich im Traum die Frage, ob es das war, was sie suchte? Sie sah andere Menschen: Zunächst eine Gruppe von Kollegen in einem Café in der Fußgängerzone, die dasaßen und sich angeregt unterhielten. Brigitte hatte den Wunsch, sich dazuzusetzen. Doch irgendetwas hielt sie zurück. Dann sah sie eine Gruppe von Frauen in einem Boot. Auch diesmal konnte sie sich nicht dazu durchringen, sich anzuschließen. »Ich bin mir nicht sicher, ob ich willkommen bin, so wie ich bin«, sagte sie im Schlaf und erwachte.

Am nächsten Morgen machte sich Brigitte auf den Weg zu einem Treffen mit Kollegen. Mit diesen fünf Therapeuten – drei Frauen und zwei Männern – traf sie sich einmal wöchentlich, um über Schwierigkeiten im Beruf zu sprechen. Schließlich war es für Therapeuten, Lehrer, Sozialarbeiter und andere Berufsgruppen, die sehr intensiv mit Menschen arbeiteten, wichtig, sich inhaltlich mit Kollegen auszutauschen. Sie machten häufig ähnliche Erfahrungen und konnten somit oft hilfreiche Unterstützung leisten. Diese Gruppen waren nach dem ungarischen Arzt Michael Balint benannt, von dem die Idee stammte, sich durch solche Kollegengespräche zu entlasten.

Heute war Brigitte aufgeregter als sonst. Sie wollte in ihrer Balint-Gruppe berichten, was sie beim ersten Treffen mit ›ihren Frauen‹ vor zwei Tagen erlebt hatte. Sie wusste aber auch, dass solche Schilderungen häufig kontroverse Diskussionen hervorriefen. Denn erfahrungsgemäß sahen die anderen aufgrund ihrer Distanz genauer einen Punkt, an dem man selbst Scheuklappen trug. Und es war nicht einfach für sie, damit umzugehen, wenn ein anderer einen Schwachpunkt entdeckte und dies auch deutlich aussprach.

Brigittes Aufregung hatte ihren Grund: Schon früh hatte sie gelernt, Dinge, die für sie wichtig waren, für sich zu behalten. Von Kindheit an hatte sie kaum Unterstützung und Zustimmung zu ihren Ideen erfahren, sondern immer Einwände und Hindernisse. Sie hatte nicht gelernt, sich über Wichtiges auszutauschen. Ja, schlimmer noch, sie hatte regelrecht Angst, man könnte sie in ihrem Schwung bremsen und die Ideen ausreden, weil »es ja doch nichts bringt«. Klar hatte die Engstirnigkeit ihrer Familie auch eine Geschichte, aber sie hatte nun einmal als Kind hauptsächlich Widerstand erlebt, ja sogar Kränkungen. »Lass Sie doch spinnen, die spinnt sich schon wieder aus«, solche Sätze zogen lang anhaltende, tiefe Spuren in eine Kinderseele. Also hatte Brigitte beschlossen, lieber etwas heimlich zu tun, damit niemand ihr von einem Vorhaben abraten konnte, als sich mit anderen auszutauschen. Mutig und feige zugleich, überlegte sie und atmete hörbar aus.

»Ist wohl auch schwierig, ein Kind zu erziehen«, murmelte Brigitte. Sie dachte an ihre Großmutter, die für jede Lebenslage einen Spruch parat hatte. Als Kind hatte Brigitte oft über die Weisheiten ihrer Oma gelächelt, sie teilweise sogar belächelt. »Ja, ja, Oma – ich weiß schon«, pflegte sie dann mit einem Anflug von Überheblichkeit zu sagen.
Eine jener Lebensweisheiten betraf den Unterschied von Wissen und Erfahrung: »Da liegen Welten dazwischen«, war Großmutters Spruch zu diesem Thema gewesen. Wie recht sie doch gehabt hatte, nicht nur in diesem Fall ...
Vermutlich auch beim Thema Kindererziehung. »Zwischen Pädagogikstudium und Muttersein werden wohl auch Welten liegen. Doch darüber kann ich selbst nichts sagen«, sann Brigitte nach. Sie stellte es sich schwierig vor, ein Kind zu einem selbstbewussten Menschen zu erziehen. Das war sicher ein Balanceakt. »Kinder sollen nicht überbehütet und verhätschelt werden, sondern etwas aushalten und vorbereitet sein auf die Anforderungen des Lebens. Andererseits brauchen sie ein gewisses Maß an Fürsorge. Aber woher weiß man, was ein Kind unterfordert oder überfordert?«, überlegte sie.
Brigitte wusste, dass es in jeder Familie bestimmte Muster, Erziehungsvorstellungen und Gewohnheiten gibt, die von Generation zu Generation weitergegeben werden. Für ihre Familie sah sie den Slogan als vorherrschend an: »Was dich nicht umbringt, macht dich stark.« So hatte sie bereits als Kind über viele starke Eigenschaften verfügt und war

schon damals als selbstbewusst eingestuft worden. Sie erinnerte sich, dass sie schon früh selbständig gewesen war und immer etwas mit sich anfangen konnte.

Doch zu ihrer Kindheit gehörten auch Gefühle tiefer Trauer und die Sorge, nicht das Kind ihrer Eltern zu sein, da diese ihr ziemlich viele Enttäuschungen zugemutet hatten. Was wie ein scheinbar großes Maß an Standfestigkeit aussah, entpuppte sich, im Nachhinein betrachtet, als auf tönernen Füßen stehend. Denn im Grunde genommen war sie nicht selbstbewusst gewesen.

Sie hatte lediglich Fähigkeiten entwickelt, sich stärker zu geben, als sie innerlich gewesen war. Und sie war immer auf der Hut gewesen, nicht in Situationen zu kommen, in denen sie schwach erscheinen konnte. Erst im Erwachsenenalter hatte sie dann gelernt, mit Enttäuschungen umzugehen und Kritik als Chance zu erkennen.

»Dazu gehört eben Frustrationstoleranz«, sagte Brigitte laut mit einem Anflug von Stolz. Beim Gedanken an den Begriff »Frustrationstoleranz« musste sie schmunzeln – hatte sie doch ein zwiespältiges Verhältnis zu solchen Fachbegriffen.

Besonders zu Beginn ihres Studiums hatte sie viele Begriffe und Zusammenhänge überhaupt nicht verstanden. Oft war sie sich wie eine Teilnehmerin an einem Seminar für eine Sprache von einem fremden Stern vorgekommen – marsianisch, uranisch oder saturnisch vielleicht.

Dies hatte sie einerseits zu intensivem Weiterlernen angespornt. Nahm jedoch das Fremde, das Abgehobene überhand, empfand sie eine derartige Frustration, ein solches Gefühl des Versagens, dass sie am liebsten alles hingeworfen hätte.

Im Studium hatte sie erfahren, was der Begriff »Frustrationstoleranz« bedeutet, und gleichzeitig gespürt, wie sich etwas anfühlt, das so klug benannt werden kann. Letztendlich ging es um eine Empfindung, die alle Menschen zeit ihres Lebens haben, und um die lebenslange Aufgabe, sich darin zu üben.

Frustrationstoleranz – das ist das bekannte Spiel ›Würstchenschnappen‹. Die an einer Schnur festgebundenen Würstchen müssen so hoch hängen, dass man sie mit ein wenig Anstrengung erreichen kann. Aber sie dürfen nicht so hoch hängen, dass die Aussicht, etwas abbeißen zu können, gleich null ist«, fasste Brigitte zusammen. Hochspringen musste sich lohnen. Und wenn es beim ersten Mal nicht gleich klappte, dann durfte man trotzdem nicht frustriert aufgeben, sondern hatte einfach noch einmal zu springen.
Man musste selbstbewusst genug sein, um zu wissen, dass man über ausreichende Sprungkraft verfügte. Man musste sich selbst richtig einschätzen können. Und schließlich hatte man über eine längere Zeit die Spannung auszuhalten, bis Wünsche erfüllt, Ziele erreicht, Aufgaben gelöst und Ideen umgesetzt werden konnten ...
Mit großen, festen Schritten war Brigitte durch die Innenstadt geeilt. Sie hatte kaum den lebhaften Verkehr und die vielen Menschen um sich herum bemerkt, so sehr war sie gedanklich mit der Frustrationstoleranz beschäftigt gewesen. Fast wäre sie an dem Hochhaus vorbeigelaufen, in dem das Treffen stattfand.
»Na, was das wohl zu bedeuten hat! Zuerst denke ich intensiv über Frustrationstoleranz nach – und dann renne ich fast an diesem Haus vorbei. Könnte es sein, dass ich heute gar nicht so gerne in die Gruppe will, weil es zur Sache gehen wird und ich eine gehörige Portion Standhaltevermögen brauchen werde? Na, wie dem auch sei, mein guter Herr Freud! Durchatmen, Bauch einziehen, Schultern nach unten, Kopf nach oben – und rein ins Getümmel!«
Nicht mehr ganz so aufgeregt ging Brigitte zum Fahrstuhl.

»Na, das war ja der Hammer! Mir ist ganz schlecht.« Die beiden Stunden in der Balint-Gruppe waren für Brigitte Möller wirklich starker Tobak gewesen. Es war hart zur Sache gegangen. Sie wusste gar nicht mehr so genau, wie sie danach wieder nach Hause gekommen war.

»Vielleicht sollte ich meinen Beruf gleich aufgeben, bevor ich richtig damit anfange? Bin ich überhaupt eine Therapeutin? Was ist eine Therapeutin? Gibt es eine Sprache für diese Arbeit? Jeder Handwerker lernt, mit seinem Werkzeug umzugehen, und verbessert im Laufe der Zeit seine Technik. Und ich? Warum habe ich nur so einen verdammt hohen Anspruch an mich? Warum bin ich so empfindlich, wenn ich merke, dass ich nicht perfekt bin? Ist das Beste, das ich geben kann, wirklich gut genug für die Menschen, denen ich es geben will?«

Brigitte tigerte in ihrem Wohnzimmer auf und ab und hielt laute Selbstgespräche. Der Kater beobachtete sie schläfrig, schließlich war es schon spät. Doch an Schlaf dachte Brigitte jetzt zuallerletzt. Viele Gedanken wirbelten in ihrem Kopf herum. Sie hatte das Gefühl, unfreiwillig im ersten Wagen auf dem vordersten Platz einer Achterbahn zu sitzen.

»Gibt es überhaupt etwas, was ich beim ersten Treffen mit den Frauen richtig gemacht habe? Ja, ja – ich weiß schon, es gibt in solchen Situationen kein ›Richtig‹ oder ›Falsch‹; alles hat sich aus der Situation ergeben. Das haben meine Kollegen ja auch gesagt. Trotzdem: Ich habe das Gefühl, dass alles schief gelaufen ist bei diesem ersten Treffen. Ich würde mich sehr wundern, wenn eine der Frauen überhaupt noch einmal wiederkäme.«

Brigtte hatte schwer mit sich zu kämpfen. Sie hatte zwar schon beim ersten Nachdenken über das Treffen so manches entdeckt, was ihr nicht besonders gut gelungen war. So fand sie es missglückt, so viel geredet zu haben, zu forsch und leger im Ton gewesen zu sein, Ruth durch eine zu frühe Deutung ihres Bildes verunsichert zu haben und einiges mehr. Aber insgesamt hatte sie zunächst durchaus den Eindruck gehabt, dass es im Großen und Ganzen ganz gut gelaufen war.

Diesen Eindruck hatten ihre Kollegen in der Balint-Gruppe allerdings nicht geteilt. Selbst ihre scheinbar so tolle Idee, die Frauen zum Malen aufzufordern, war von einer Kollegin brüsk kritisiert worden: »Sind Sie sich denn überhaupt bewusst, was Sie da tun!? Ein Analytiker hat sich zurückzuhalten und nicht aktiv einzugreifen, indem er zu etwas auffordert!«

Mit Schaudern erinnerte sich Brigitte daran, dass kein Kollege an dieser Stelle Partei für sie ergriffen hatte. Ja, sie war sogar in die Situation geraten, sich rechtfertigen zu müssen.

Brigitte seufzte laut. »Kater, du hast es gut! Kater müsste man sein. Nein, Katze! Denn schließlich bin ich eine Frau. Aber ob ich mal eine gute Therapeutin sein werde, weiß ich nicht mehr so recht. Warum suche ich mir so einen Beruf aus? Wenn ich im Supermarkt an der Kasse sitzen würde, bräuchte ich mich nicht mit meinem Selbstbewusstsein herumzuquälen. Oder doch?«

An Abenden wie diesem wünschte sich Brigitte einen Partner an ihrer Seite, der einfach den Arm um ihre Schultern legte und sich das alles in Ruhe anhörte.

Bewussterer Umgang mit sich und den anderen:

Das zweite Gruppentreffen

Nichts bleibt, wie es war ...

Anna betrachtete Brigitte sehr eingehend. Sie wirkte heute anders als beim ersten Treffen. Ihre Gesichtshaut war auffallend unrein, die Haare wirkten stumpf. Auch die Körperhaltung hatte sich verändert. Brigittes Spannkraft, Energie und Dynamik waren nicht spürbar, sie kam Anna wesentlich kleiner und zerbrechlicher vor als vor einer Woche. Ihr zuversichtliches Leuchten, das Anna bei der ersten Begegnung so fasziniert hatte, war einem zurückgenommenen Blick gewichen. Es war, als sei Brigittes Lebendigkeit verschwunden.

Anna hingegen fühlte sich heute ruhig und gelassen. Sie hatte viel Zeit zum Nachdenken gehabt in der Woche, die seit dem ersten Treffen vergangen war. Durch die Begegnung mit Hubert Wallberg hatte sie das Gefühl, als hätte sie innerlich eine andere Richtung eingeschlagen, als sei in ihr etwas in Bewegung gekommen. Sie erinnerte sich an einen seiner Sätze: Jeder könne darauf vertrauen, dass ihm Menschen in den Situationen begegnen würden, die für seine Entwicklung wichtig sind. Entscheidend sei allerdings, dies zu erkennen.

Anna löste ihren Blick von Brigitte und sah in die Runde. Ihr gegenüber saß Ruth, die eine weiße Jeans mit dem deutlich erkennbaren Namen des Herstellers trug. »Ist dieses Markenzeichen ein Ausdruck für Qualität oder für die Notwendigkeit, sich mit fremden Federn schmücken zu müssen?«, überlegte Anna. Da sie dies auch selbst tat, war ihr dieser Gedanke nicht fremd.

»Andererseits«, überlegte sie, »wer sagt, dass Ruth genauso denkt und handelt wie ich? Ruth ist Ruth, Anna ist Anna. Und Anna weiß über

Anna, dass sie besonders dann auf ihre Kleidung achtet und Designernamen präsentiert, wenn sie sich gar nicht wohl fühlt in ihrer eigenen Haut.«
Auch Eva sah verändert aus. Sie wirkte frischer und natürlicher, mädchenhafter, verletzbarer. Anna fühlte eine Art Beschützerinstinkt, als sie Eva betrachtete. »Die hätte ich gerne zur Freundin«, dachte sie. »Sie hat so etwas Liebes an sich.«
Neben Eva saß Christine. Ihr schmaler Mund war fest zusammengepresst, unter den Augen zeigten sich deutlich dunkle Schatten, die Hände lagen wieder fest verknotet im Schoß.
»Jetzt weiß ich es«, schoss es Anna durch den Kopf. »Sie erinnert mich an meine Mutter. Ich traue ihr nicht. Kann sein, dass ich mich täusche, aber ich vermute, dass sie zwei extreme Seiten hat, und nach außen zeigt sie nur das freundliche Gesicht. Mein Gefühl sagt: Mit der ist nicht gut Kirschen essen.«
Anna fühlte Erinnerungen in sich aufsteigen, Bilder aus den Kindertagen, verbunden mit Gerüchen und Gefühlen. Ja, sie konnte förmlich Kirschen schmecken und sah sich im Geiste mit den anwesenden Frauen im Raum um die Wette spucken, ein beliebtes Spiel aus ihrer Kindheit, das ihr stets verboten war.
»Das tut ein Mädchen nicht!« Wie oft hatte sie diesen Satz gehört. Anna war immer neidisch gewesen auf andere, die tun durften, worauf sie Lust hatten. »Lust – nein, Anna, nicht für dich! Zurück an den Platz, an dem du dich gerade befindest!«, rief sie sich innerlich zur Ordnung.
Brigitte räusperte sich und sagte dann mit belegter Stimme: »Ich würde nun gerne mit euch über unser erstes Treffen sprechen. Ich habe in der vergangenen Woche viel darüber nachgedacht, habe auch heftig geträumt und bin oft im Schlaf aufgeschreckt.«
In der kurzen Pause, die nun entstand, war es absolut still im Zimmer. Nur das leise Ticken der Uhr, die von Brigittes Platz aus zu sehen war, begleitete diese Stille.
»Ich auch«, beendete Anna das Schweigen, »ich habe auch viel nachge-

dacht und auch von unserer Gruppe geträumt. Dein Traum, Brigitte, würde mich interessieren!«

Brigitte blickte mit einer Mischung aus Erstaunen und Erschrecken auf Anna. »Hm,« entgegnete sie dann zögernd, »ich bin mir nicht sicher, ob ich ihn wirklich erzählen will, jedenfalls nicht, ob ich ihn im Moment erzählen will. Denn dann beziehen sich eure Gedanken hauptsächlich auf meine Person. Und darum soll es ja heute nicht gehen.«

Ruth blickte auf einen imaginären Mittelpunkt im Kreis und sagte dann leise: »Doch, es geht auch um deine Person, Brigitte. Es geht zum Beispiel darum, ob du die Gruppe leiten wirst, und wenn ja, in welcher Form. Ich weiß, dass ich nur dann bei der Gruppe bleibe, wenn wir die Bedingungen ganz klar besprechen.«

»Welche Bedingungen?« Christine blickte unsicher von Frau zu Frau.

»Ich finde die Idee gut, uns regelmäßig zu treffen«, erklärte Ruth. »Aber ich habe Bedenken, ob das, was Brigitte vorhat, so geht. Ich habe für mich entschieden, dass ich von der Gruppe beruflich nicht profitieren will, dass ich nicht mehr über uns schreiben möchte. Das fände ich euch anderen gegenüber unfair. Ich will mit euch etwas erleben, aber euch nicht benutzen. Kann sein, dass später mal etwas Geschriebenes daraus wird – später, wie gesagt. Und da möchte ich von Brigitte hören, wie das für sie ist. Sie will uns ja auch benützen. Wir sollen etwas für sie tun. Das halte ich für ungleich, das ist keine gute Grundlage für eine offene, gleichberechtigte Art, miteinander das schwierige Thema ›Selbstbewusstsein‹ anzugehen.«

»Ja, wie soll es denn sonst gehen?«, fragte Christine zaghaft. »Wir brauchen doch jemanden, der uns sagt, worauf es ankommt. Und Brigitte hat es doch studiert. Sie weiß doch, wie sie uns helfen kann.«

Wieder entstand eine Pause, wieder schien jede der anwesenden Frauen ihren Gedanken nachzuhängen. Dann setzte Christine mit einem Seufzer ihren Gedankengang fort: »Ich komme nur hierher, wenn Brigitte die Führung übernimmt. Für mich ist sie eine Lehrerin. Außerdem brauche ich jemanden, der mir sagt, was ich tun soll. Ich brauche die Sicherheit, dass es hier kein Durcheinander gibt.«

Ruth blickte stirnrunzelnd längere Zeit in die Richtung, in der Christine saß, die aber Ruths Blick auswich. Dann fragte sie sie in ruhigem, freundlichen Ton: »Gibt es vielleicht ein Durcheinander in dir selbst, vor dem du Angst hast, Christine?«

Schnell, zu schnell, antwortete Christine mit hoher, fast hysterischer Stimme: »Bei mir ist alles in Ordnung!« Und nach einer kurzen Pause setzte sie nach: »Wenn Brigitte eine von uns sein würde, dann wird es schwierig, das weiß ich. Wenn alle gleichberechtigt sind, gibt es viel Gerede und es kommt nur wenig dabei heraus. Ich finde: Einer muss sagen, wo es langgeht – oder etwa nicht?«

Jetzt wandte sich auch Anna an Christine, die deren Einstellung nur schwer ertragen konnte: »Wovor hast du denn Angst?«

Und wieder kam die Antwort wie aus der Pistole geschossen: »Dass es hier ein großes Durcheinander gibt, wenn wir keine haben, die bestimmt, was wir tun sollen. Wenn wir keine Aufpasserin mehr haben.«

»Aha«, sagte Anna gedehnt und nickte ironisch mit dem Kopf. »Aufpasserin! Wie war es denn in den letzten Minuten? Hat da Brigitte auch nur ein einziges Wort gesagt? Und sind wir uns in den Haaren gelegen, ist hier das große Chaos ausgebrochen?« Ernst fuhr sie fort: »Nein, das ist nicht passiert! Wir können sehr gut für uns selbst sorgen. Wir können es jedenfalls lernen. Und ich denke, wir lernen es am besten, wenn wir von vornherein keine Aufpasserin haben! Im Gefängnis gibt es Aufpasserinnen!« Anna hatte sich richtig in Rage geredet.

»Lass doch die arme Christine in Frieden«, meinte Ruth und wandte sich geduldig an die Angesprochene: »Schau, Christine: Wenn jede von uns weiß, dass sie ein wichtiger, gleichberechtigter Teil der Gruppe ist, dann haben wir alle mehr davon. Wir sind doch hier nicht in der Schule. Wir sind erwachsene Frauen. Jede von uns hat viele Erfahrungen gemacht. Kann sein, dass wir nicht für alles, was wir wissen, die richtigen Fachbegriffe haben. Kann auch sein, dass die eine oder andere ihre Lebenserfahrungen für nichts Besonderes hält. Trotzdem ist es wertvoll, was wir uns zu geben haben. Und vor allem: Wir sind selbst für uns verantwortlich, wenn wir nicht immer auf eine starren, die es angeblich besser weiß.«

Ruth saß, während sie sprach, kerzengerade auf ihrem Stuhl und wirkte, als habe sie einen Stock verschluckt. In Anna stieg eine Ahnung auf, dass die engagierte Rede etwas mit Ruth selbst zu tun haben musste. Zählte sie zu den Frauen, die immer deswegen ganz besonders klug sein mussten, damit sie keinem begegneten, der etwas »besser« wusste? Stand dahinter vielleicht die Sorge, dass sie sich dumm fühlen musste, wenn jemand anderer von einer Sache mehr Ahnung hatte als sie selbst?
»Wie ist denn das bei euch Journalisten?«, fragte Anna laut. »Wisst ihr immer, worüber ihr schreibt?«
Ruth sah Anna so erstaunt an, als könne sie kaum glauben, was sie da eben gefragt worden war, und antwortete: »Ich verstehe deine Frage nicht ganz. Und ich verstehe nicht, wie du auf so etwas kommst?«
»Ach, ich denke mir, Journalisten schreiben ganz viel über ganz verschiedene Themen«, sagte Anna. »Ich kann mir gar nicht vorstellen, dass die sich da wirklich überall auskennen.«
»Und was hat das mit gerade eben zu tun, Anna?« Ruth sah immer noch ziemlich entgeistert aus.
Anna ließ sich nicht einschüchtern und fuhr fort: »Na, du hast doch gesagt, dass wir nicht immer auf diejenigen starren sollen, die angeblich alles besser wissen. Das heißt doch letztlich, dass man sein eigenes Gehirn einschalten, sich seine eigenen Gedanken machen und hinterfragen soll, ob das, was man hört oder liest, auch wirklich so sein könnte. Und da dachte ich mir eben, dass auch du als Journalistin manchmal Angst davor haben könntest, etwas von dir zu geben, über das du nicht

ganz so gut Bescheid weißt. Und wenn dann jemand kommt, der sich besser auskennt als du, kann es doch auch peinlich für dich werden.«
An dieser Stelle unterbrach Brigitte den Dialog zwischen Anna und Ruth, indem sie darauf hinwies, dass dies zwar ein äußerst interessantes Thema sei, aber im Moment von dem wegführen würde, was eigentlich anstand: die Diskussion darüber, ob die Gruppe weitergehen sollte, und wenn ja, in welcher Form.
»Ich war in der ersten Stunde sehr beeindruckt von der Art und Weise, wie Brigitte den Abend geleitet hat«, sagte Eva. »Sie hat mich wirklich an einem Schwachpunkt erwischt. Mich beeinträchtigt es, wenn ich darüber nachdenke, dass Brigitte mir zuhört und gleichzeitig noch etwas anderes heraushört als das, was ich eigentlich sagen möchte. Da habe ich dann das Gefühl, dass sie mich durchschaut. Das ist kein gutes Gefühl, da werde ich unsicher und kann gar nicht mehr so drauflosplappern.«
Brigitte hob abwehrend ihre Hände: »Du meine Güte, Eva! Ich will dich weder erwischen noch dich durchschauen. Es stimmt, dass ich aufgrund meiner Ausbildung manchmal etwas genauer zuhöre als viele andere. Und wenn ich nachfrage, weil ich etwas nicht verstanden habe, geht es mir im Grunde immer darum, dass ich begreifen will, was gemeint ist. Aber das hat doch nichts mit Durchschauen zu tun.«
Ruth ergänzte, sie habe vor kurzem einen Artikel zum Thema »Angst vor dem Therapeuten« gelesen. Demnach werde diese Berufsgruppe häufig mit dem Vorwurf konfrontiert, andere Menschen zu durchschauen. Dahinter stehe einerseits die Angst, jemand könne mit einer Art Röntgenstrahlen bis in die hinterste Ecke der Seele schauen. Gleichzeitig gebe es aber auch den Wunsch, ganz und gar verstanden zu werden.
»Wenn ich dich durchschauen würde, Eva«, ergänzte Brigitte, »könnte ich dich gar nicht verstehen. Denn dann würde ich wie durch eine Glasscheibe durch dich hindurchschauen und so von dir gar nichts sehen.«
Ruth, der die Diskussion an dieser Stelle zu philosophisch wurde,

drängte es zur Grundsatzfrage zurück. »Durchschauen hin, Durchblick her – Brigitte, ich möchte jetzt einfach gerne von dir wissen, wie es deiner Meinung nach weitergehen soll. Es ist mir wichtig, dass dieses Thema abgeschlossen wird und wir eine Entscheidung treffen.«
Brigitte nickte nachdenklich. »Natürlich würde ich gerne mit euch zusammen das schwierige Thema Selbstbewusstsein angehen. Mir ist auch klar, dass es viel mit mir selbst zu tun hat. Es stimmt auch, dass dies ein ideales Thema für meine Examensarbeit wäre.« Sie machte eine Pause, in der sie förmlich um die Formulierung der nächsten Sätze rang. »Selbstbewusstsein – das interessiert mich. Und ich weiß, dass mir dann etwas gut gelingt, wenn es mich wirklich interessiert. Aber ich will euch nicht benutzen, so wie Ruth es vielleicht meint. Versteht Ihr den Zusammenhang?«
»Wir sind ja nicht doof«, warf Eva leicht indigniert ein.
Brigitte lenkte ein. »War nicht so gemeint. Und mir geht es wie Ruth: Auch ich stelle die Form infrage.« fuhr Brigitte fort.
»Rede bitte nicht so kompliziert daher«, sagte Anna ungeduldig. »Sag schlicht und einfach, was du meinst.«
»Ich will keine Führerin, Besserwisserin oder Guru sein. Kann sein, dass ich mehr Fachwissen als ihr habe. Das liegt schon allein an meinem Studium. Aber ich frage mich, ob das bei diesem Thema wirklich notwendig ist.« Brigitte atmete laut aus. »Es geht hier nicht um Wissen. Sich selbst bewusst werden, heißt doch: seine eigenen Gefühle finden. Auch die, die Angst machen. Es heißt auch, eben nicht auf jemanden zu schauen, der sagt, wie man zu denken und zu fühlen hat. Vielleicht bin ich eine Utopistin, aber ich glaube wirklich daran, dass wir in Gesprächen zu uns selbst kommen können.«
Christine starrte lange auf ihre Hände, dann blickte sie auf und sagte: »Ich komme mir jetzt ein wenig dumm vor. Manchmal verstehe ich nicht, was du sagst, Brigitte. Das ist mir zu hoch. Ich habe lange Jahre nicht mehr über Probleme nachgedacht und mir stattdessen sagen las-

sen, wie etwas sein soll. Mein Mann trifft bei uns zu Hause die Entscheidungen. Da kann ich nichts falsch machen. Ich bin das Denken nicht mehr gewöhnt.«
»Interessierst du dich überhaupt für dich selbst?«, fragte Brigitte.
Christine sah recht gequält aus und sagte: »Wenn es nicht so kompliziert ist. Aber mir brummt momentan mein Kopf.«
»Das Leben ist nun mal kompliziert«, warf Eva ein und fuhr fort: »Wir leben hier nicht in einer Fernseh-Familienserie. Das wirkliche Leben ist ganz anders als die künstlichen Gefühle, die uns die Glotze täglich vorgaukelt. Ich wette, Christine, dass du diese Seifenopern anschaust!«
Christine war den Tränen nahe: »Ihr lasst mich auch gar nicht in Ruhe. Immer habt ihr an mir etwas auszusetzen.«
»Aha«, schaltete sich Anna ein, »und jetzt erwartest du wohl, dass wir alle ein schlechtes Gewissen bekommen und uns bei dir für unsere Frechheit entschuldigen, von dir wissen zu wollen, was du denkst und fühlst. Aber die Masche läuft nicht – jedenfalls nicht bei mir, denn ich kenne diese Finte gut und bin zu Hause hundertmal darauf hereingefallen!«

»Wir sollten für heute zum Abschluss kommen.« Brigitte machte eine Handbewegung, als wolle sie alles Gesagte noch einmal zusammenfassen. »Dass wir hier sind, das ist unsere Chance! Wie auch immer – ihr hattet euch entschlossen, auf die Anzeige zu antworten, habt also meine Einladung zum Gespräch angenommen. Wir sind miteinander ins Gespräch gekommen. Wahrscheinlich hat euch genau das gefehlt: die Möglichkeit, durch Sprechen herauszufinden, was ihr wollt und was ihr fühlt.«
Ruth nickte zustimmend: »Wir bekommen so viel angeboten an geistigem Schnellimbiss in Form von Ratschlägen in Zeitschriften, Büchern, Filmen. Ich gehöre ja durch meinen Job selbst zu den Ratgebern. Aber was wir hier tun können – wir fünf Frauen hier -, ist, so langsam oder so

schnell vorzugehen, wie es uns entspricht.«

»Klar ist das anstrengender, als irgendetwas zu übernehmen, von dem jemand anderer behauptet, dass es gut und bekömmlich für uns ist!«, ergänzte Brigitte. »Aber ist das nicht genau die Chance, uns nicht mit künstlichen Gefühlen zu füttern, weil wir glauben, dass wir keine eigenen haben? Doch unsere eigenen finden wir nur, wenn wir auch danach fragen. Allein, im einsamen Kämmerlein gelingt dies nur selten. Doch nun sollten wir's gut sein lassen! Ich schlage vor, wir treffen uns in einer Woche wieder und entscheiden dann, wie es weitergeht. Gemeinsam. So hat jede von uns Zeit, die heutige Diskussion auf sich wirken zu lassen und zu überlegen, was und wie sie es will.«

Deutlich war zu spüren, dass das Gespräch in einer Situation endete, die noch keinen Abschluss darstellte. Brigitte hatte absichtlich ein Punkt gesetzt.

Die Frauen wussten, dass sie sich entscheiden mussten. Wie auch immer sie sich entscheiden würden – es war ihnen allen jetzt viel bewusster, dass sie an einer Schwelle standen. Sie hatten die großartige Möglichkeit, etwas Neues zu beginnen.

Und selbst wenn sie sich für das Alte entscheiden würden: Nichts war mehr so, wie es vorher war.

Ein kurzes Zwischenwort

Viele Bücher haben ein Vorwort oder ein Nachwort. Dieses hat ein Zwischenwort. Und das aus gutem Grund. Dass ich mich erst jetzt direkt an Sie, liebe Leserin, lieber Leser, wende, darüber kann man natürlich geteilter Meinung sein. Doch mein Hauptanliegen ist es, Sie nicht zu bevormunden: Sie sollten die Geschichte der fünf Frauen so lesen können, wie es Ihnen entspricht – ohne Gebrauchsanleitung, ohne Erwartungshaltung, ohne Spannungsverlust.
Die Geschichte von Brigitte Möller und ihrer Frauengruppe ist erfunden. Eventuelle Ähnlichkeiten mit lebenden Personen sind rein zufällig und nicht beabsichtigt. Trotzdem werden Sie (hoffentlich) vieles in dieser fiktiven Erzählung entdeckt haben, was Sie gut kennen: aus eigener Erfahrung, aus Ihrer Umgebung, Ihrer Familie, Ihrem Freundeskreis.
Jeder von uns, egal ob Mann oder Frau, hat sich schon Fragen gestellt wie: Bin ich eigentlich selbstbewusst? Was ist überhaupt Selbstbewusstsein? Wie wirke ich auf andere? Wie wirke ich auf mich selbst? Was löse ich durch mein Verhalten bei mir und bei anderen aus?
Als ich gefragt wurde, ob ich ein Buch zum Thema »Selbstbewusstsein« schreiben wolle, habe ich spontan »Ja« geantwortet. Ich hatte damals noch keine Ahnung, wie intensiv mich dieses Vorhaben für lange Zeit in Anspruch nehmen würde. Ich wollte etwas schreiben, das Hand und Fuß oder besser Herz und Hirn hat. Und so ist im Laufe vieler Monate dieses zweiteilige Buch entstanden.

Da ist zunächst der erste Teil, die Geschichte von fünf Frauen, die sich selbst besser kennen lernen wollen. Dies ist gewissermaßen eine märchenhafte Erzählung; wobei ich mir bewusst bin, dass sie die »klassische« Komponente eines Märchens – nämlich das Happy End – nicht erfüllt.

Doch mit dieser Erzählung hatte ich etwas beabsichtigt, was dem Sinn von Märchen ähnelt: Die vorhergehenden Seiten sollten Ihnen, liebe Leserin, lieber Leser, etwas durch Ihr Gefühl offen legen, was vielleicht Ihrem Verstand verborgen geblieben wäre. Geschichten und Märchen lassen uns oft vieles mit dem Herzen verstehen, was unser Denken nicht erfasst, oder, wie es der Schriftsteller Antoine de Saint-Exupéry in seinem zauberhaften Buch »Der kleine Prinz« nennt: »Man sieht nur mit dem Herzen gut: Das Wesentliche ist für die Augen unsichtbar.« Entdecken wir nun etwas in einer Geschichte, das wir gut kennen und uns betrifft, so gibt uns das eine gute Chance, unser eigenes Verhalten zu überdenken und Alternativen für uns zu finden.

Und damit kommen wir zum zweiten Teil des Buches: In ihm habe ich Teile dieser Geschichte analysiert, habe wie mit einer Lupe bestimmte Punkte genauer betrachtet, hinterfragt und erläutert. Sie werden auch hier viel Bekanntes und Vertrautes finden, aber hoffentlich auch Neues, Spannendes und Anregendes, das Ihnen Lust macht, sich mit sich selbst auseinanderzusetzen. Auch Widerspruch ist erwünscht.

Nicht jede einzelne Episode, jeder Vorgang der bewusst offen bleibenden Geschichte der fünf Frauen wird von mir hinterfragt. Zudem lässt sich auch nicht jede Information dieses zweiten Teils mit den fünf Personen der Geschichte verknüpfen. Auf diese Weise bleibt viel Spielraum für Ihre eigene Fantasie, viele Möglichkeiten, sich Fragen zu stellen, die Sie ganz persönlich betreffen. Das ist so beabsichtigt und ich halte es für wichtig.

Vergeblich suchen werden Sie Patentrezepte für ein »besseres Leben«. Drei Tropfen von dieser Psychotheorie und fünf Tabletten von jener Lebensphilosophie und fertig ist die selbstbewusste Frau – das kann und will ich Ihnen nicht bieten, das kann und darf Ihnen niemand bieten, der es ehrlich mit Ihnen meint.

Was ich zum Thema »Therapie« zu sagen habe, finden Sie in einem eigenen Kapitel des Buches. Ich bin selbst Psychotherapeutin mit analytischer Ausbildung und weiß, dass es keine fertigen Strategien gibt, die uns das Leben gut gestalten lassen und uns zum Glücklichsein führen. Natürlich verstehe ich den Wunsch nach Hilfs- und Heilmitteln, die schnell und wirksam aus Lebenslagen herausführen sollen, in denen es uns nicht gut geht. Ich kenne selbst die Sehnsucht nach dem Patentrezept – genauso wie die Angst vor dem Zurückgeworfensein auf sich selbst.

Unsere Gesellschaft ist geprägt durch Heilsversprechungen und durchzogen von Werbesprüchen, die eine gute, saubere Welt vorgaukeln. Das löst zwangsläufig Wunschdenken aus und fördert eine Empfängerhaltung.

Wer hier die Gegenposition bezieht und ganz klar sagt: »Du bist für dich selbst verantwortlich!«, wird nicht nur mit offenen Armen und aufmerksamen Ohren empfangen. Im Gegenteil: So jemand muss mit dem Vorwurf rechnen, Wesentliches verheimlichen und für sich behalten zu wollen, von dem andere profitieren könnten.

Sie können in meinem Buch eine Fülle von Anregungen finden. Ich biete Ihnen reichhaltiges Material für Ihre Reise zu sich selbst an. Dennoch ist und bleibt es Ihre ureigene Aufgabe, etwas für sich zu tun, um zu sich selbst zu kommen, sich Ihrer selbst bewusst zu werden und zu sein.

»Sie können auch anders« – das heißt nichts anderes als: Alles in Ihnen ist da, was Sie brauchen, um Ihr Leben so zu gestalten, dass es für Sie angenehm und stimmig ist.

Sie können – das heißt nicht: Sie müssen, dürfen oder sollen.

Sie können, das heißt, die Aktivität geht allein von Ihnen aus. Ich vertrete die – vielleicht für Sie provozierende – These: Tun Sie nichts für sich, damit es Ihnen besser geht, dann wollen Sie es so!

Vielleicht protestieren Sie jetzt laut und heftig. Vielleicht zählen Sie Behinderungen auf, die ihrem Wunsch entgegenstehen. Vielleicht denken Sie an Personen, die Ihnen das Leben schwer machen und Ihnen den Weg zu sich selbst versperren.

Natürlich gibt es all diese vielen Menschen und Dinge, die einem das Leben erschweren. Aber ich bin davon überzeugt, dass letztendlich immer wir selbst diejenigen sind, die es anders manchen können – wenn wir wollen.
Diese Aufgabe fällt den einen leichter, den anderen schwerer. Wer in einer Familie aufgewachsen ist, in der es selbstverständlich war, sich aktiv um sich selbst zu kümmern, hat große Chancen, dies auch als Erwachsener zu tun.
Andererseits wird die Fähigkeit, sich um sein Wohlergehen zu kümmern, nicht vererbt, sondern erlernt. Wer es also als Kind nicht mitbekommen hat, ein selbstbewusstes Leben zu gestalten, ist deswegen noch lange nicht dazu verdammt, für immer und ewig als passiver Mitläufer leben zu müssen.

Grundvoraussetzung, um »auch anders zu können« ist, die Möglichkeit zu besitzen, sich selbst zu erforschen und die Fähigkeit und den Willen mitzubringen, sich zu verändern.
Wir alle bevorzugen eine bestimmte Küche, Kleidung, Sportart, Automarke – was auch immer. Wer aber die sture Überzeugung vertritt: »Mir schmeckt nur …«, »Mir steht nur …«, »Ich fahre nur …«, dem entgeht die Gelegenheit auszuprobieren, ob ihm nicht doch auch etwas anderes schmecken, passen oder zusagen würde.

Zu den Grundvoraussetzungen, Impulse für seine individuelle Lebensgestaltung zu erhalten, gehört es, Scheuklappen abzulegen, über den Tellerrand hinauszusehen und neugierig und kritisch zugleich die Nase in den Wind zu halten und zu wittern, was einem in seiner Entwicklung weiterhelfen könnte. Der Idealzustand: standfest und offen zugleich sein für neue Anregungen, um Gesehenes, Gehörtes, Ausprobiertes dahingehend überprüfen zu können, ob es auch stimmig für einen selbst ist.

Wie banal und dennoch zutreffend: Nicht alles passt zu jedem!
Ich wünsche Ihnen: Lesen Sie die folgenden Seiten mit kritischer Distanz. Seien Sie gleichzeitig aber so offen, um auszuprobieren, ob das ein oder andere Ihnen ein Stück weiterhilft.
Ich glaube an die Kraft, die Intuition und die unendlich tiefen Seelenkräfte, die in jeder Frau, in jedem Mann, in jedem Menschen stecken.
Sie können auch anders,
- wenn Sie wollen,
- wenn Sie es sich zutrauen,
- wenn Sie an Ihre eigenen Kräfte glauben,
- wenn Sie Ihre Ängste annehmen, aber nicht wie ein Verhinderungsschild vor sich hertragen,
- wenn Sie auf sich selbst achten und dabei die anderen nicht aus den Augen verlieren,
- wenn Sie sich selbst und andere annehmen und ernst nehmen,
- wenn Sie an die Liebe glauben, die das wesentliche Element jeder Veränderung darstellt.

Wenn Ihnen dieses Buch ein paar Anregungen für den Weg gibt, der zu Ihrem persönlichen Ziel führt, hat sich auch für mich ein Wunsch erfüllt – denn: Sie können auch anders!

Sie können auch anders:

Wege zum Selbstbewusstsein – eine Annäherung

Teil 2

Was ist eigentlich Selbstbewusstsein?

»Wofür halten Sie sich eigentlich? Für eine selbstbewusste, emanzipierte Frau? ...«

So hat Brigitte Möller den Anfang ihrer Zeitungsanzeige formuliert. Eine gute Frage, nicht wahr? Ich möchte sie an Sie weitergeben: Halten Sie sich für selbstbewusst? Falls ja: Was, glauben Sie, macht Ihr Selbstbewusstsein aus? Falls nicht – woran hapert es bei Ihnen?

Nun, alle Menschen wären gerne selbstbewusst. Viele glauben auch, über Selbstbewusstsein zu verfügen. Doch nur wenige sind vermutlich in der Lage zu definieren, was sie konkret darunter verstehen.

Es ist wie bei vielen Begriffen unseres Lebens, die wir oft und gerne in den Mund nehmen – Begriffe wie Liebe, Glück oder Gott: Wir definieren diese Begriffe für uns selbst, reden mit anderen darüber – und reden oft aneinander vorbei.

Es gibt keine zufrieden stellende, allgemein verständliche Definition des Begriffs »Selbstbewusstsein«.

Wer in der gängigen Fachliteratur wie »Lexikon Medizin«, »Wörterbuch der Psychiatrie und medizinischen Psychologie«, »Schlüsselbegriffe der Psychoanalyse«, »Die Sehnsucht nach dem wahren Selbst«, »Die Heilung des Selbst«, »Biographiearbeit Lebensberatung« nachschlägt, muss verblüfft feststellen, dass er keine zufrieden stellende Definition des Begriffs »Selbstbewusstsein« findet. Auffallender noch: In den Sachregistern kommt vielfach der Begriff »Selbstbewusstsein« überhaupt nicht vor.

Wer in einem Lexikon unter »Selbstgefühl« nachschaut, stößt auf Erklärungen wie diese: »Erstens. Bewusstsein einer Person von sich selbst. Unreflektiertes Gefühl einer dauernden Identität mit sich selbst. Beginnt sich beim Kinde vom 2. Lebensjahr an zu entwickeln. Kann bei Schizophrenie gestört sein. Zweitens. Selbstbewusstsein. Bewusstsein des eigenen Wertes in Bezug auf anerkannte Wertesysteme.« (Wörterbuch der Psychiatrie und medizinischen Psychologie, Urban & Schwarzenberg).

Beim Stichwort »Selbstwertgefühl« findet man erneut allzu bekanntes Fachchinesisch: »Das Bewusstwerden des eigenen Selbst als ein positiv erlebter Wert von bestimmtem Stellenwert. Individuell verschieden; kann im Vergleich zu der Werteinschätzung durch andere verringert (schwaches Selbstwertgefühl) oder gesteigert (Selbstüberschätzung) sein. Kann als positives (Kraft, Überlegenheit, Stolz, Eitelkeit, Triumph) oder als negatives Gefühl (Schuldgefühl, Beschämung, Reue, Verlegenheit) erlebt werden.«

Seit über 100 Jahren diskutieren Psychoanalytiker über die Frage: Was ist das »Selbst«?

Wer sich auf eine derartige Begriffserklärung einlässt, begibt sich auf ein ungeheuer weites Feld. Allein über den Begriff des »Selbst« denken Psychologen und Psychoanalytiker seit über 100 Jahren nach, also seit der Zeit, als Sigmund Freud (1856–1939), Begründer der Psychoanalyse, zu praktizieren begann. Seitdem gibt es viele Diskussionen um das »Selbst«. Im Laufe der Jahre haben dann Psychoanalytiker verschiedene Betrachtungsweisen entwickelt und je nach theoretischem Ansatz unterschiedliche Definitionen gefunden. Dabei ist jede der Begriffserklärungen durch philosophische oder weltanschauliche Sichtweisen geprägt.

Erwähnenswert erscheint mir jedoch die Definition des Wissenschaftlers Gustav Theodor Fechner (1801–1887), dem Begründer der experimentellen Psychologie. Dieser hatte festgestellt: »Jeder Mensch birgt in seiner Seele ein kleines Reich, worin sich allerlei Empfindungen, Gefühle, Vorstellungen und Gedanken drängen und treiben, einander hervorrufen und verdrängen, sich vertragen und

Jeder Mensch birgt in seiner Seele ein kleines Reich, in dem nie Ruhe herrscht. Nur eines bleibt fest: Ich selbst.

streiten, sich vergleichen und scheiden. Es herrscht nie Ruhe darin, sondern alles ist in beständiger Bewegung, in fortdauerndem Fluss. Nur eines bleibt fest im Wechsel der Erscheinungen: Ich selbst, der diese Empfindungen, Gefühle und Gedanken hat, mein Bewusstsein.«
Auch Brigitte Möller ist Therapeutin. Sie ist ehrgeizig. Wer – wie sie – in diesem Beruf erfolgreich sein möchte, sollte einige wichtige Voraussetzung erfüllen: Er sollte sich selbst so gut wie möglich kennen, sich mit sich selbst intensiv auseinandersetzen und ein Bewusstsein für sich selbst entwickelt haben.

Brigittes Idee, eine Frauengruppe ins Leben zu rufen, ist aufgrund dieser Definition gut nachvollziehbar: Sie möchte im Gespräch mit anderen sich selbst, ihre eigene Meinung, ihre Standpunkte finden und gleichzeitig im Dialog andere kennen lernen.

Selbstbewusstsein muss man üben

Mit unserem Selbstbewusstsein verhält es sich anders als mit dem Fahrradfahren oder dem Schwimmen. Beides verlernt man nicht mehr, wenn man es einmal kann. Unser Selbstbewusstsein ist dagegen eher vergleichbar mit der körperlichen Kondition. Neugierde, Reflexion und die Fähigkeit zur Auseinandersetzung müssen immer wieder trainiert werden – so wie Ausdauer, Schnelligkeit und Kraft. Wer damit nachlässt, muss irgendwann wieder von vorne anfangen.

Durch Gespräche mit anderen und die Auseinandersetzung mit uns selbst gelangen wir zu Selbsterkenntnissen.

Ich bin davon überzeugt, dass wir weder als Einzelkämpfer zu uns selbst vordringen noch durch die Verschmelzung mit einer Gruppe. Meines Erachtens gelangen wir durch Gespräche mit anderen und die Auseinandersetzung mit uns selbst zu Selbsterkenntnissen. Da wir alle abhängig sind von den Beziehungen, in denen wir leben, ist es wichtig, sich mit diesen Beziehungen auseinanderzusetzen.

Die Geschichte der fünf Frauen zeigt, dass hier ganz verschiedene Menschen mit wichtigen Fragen zusammengetroffen sind, in der Hoffnung, durch intensive Gespräche sich selbst und die anderen ein Stück besser kennen zu lernen. Ob und auf welche Weise dies die Frauen letztlich tun werden, bleibt in unserer Geschichte bewusst offen.
Deutlich wird jedoch auch bei den beiden Treffen der fünf Frauen, dass die Begegnung mit sich und anderen ein Zusammenspiel ist aus eigener Aktivität und dem, was uns andere geben können und wollen.
Dieser Vorgang ist einer Mischung aus Archäologie und Neubau vergleichbar.

Seelenarbeit ist schweißtreibende Psychoarchäologie

Der Weg zu uns selbst ist zum Teil eine Art Psychoarchäologie. Wenn wir uns klar machen, was Archäologie bedeutet und wie vorsichtig und genau Archäologen vorgehen, erkennen wir, wie vielfältig diese Seelenarbeit sein kann und wie sorgfältig wir dabei vorgehen sollten.
Ausdauernd müssen wir wie die Forscher Steinchen für Steinchen umdrehen und nachprüfen, ob wir sie brauchen können oder nicht.
Schwere, schweißtreibende Grabungsarbeiten bringen uns körperlich und seelisch an unsere Grenzen. Und dabei müssen wir mit dem Kopf wach bleiben und aufmerksam auf das achten, was wir tun.

Um uns nicht versehentlich psychische Verletzungen zuzufügen, sollten wir uns auf dem Weg zu uns selbst viel Zeit lassen.

Hoffnungen und Wünsche, aber auch Tränen, Furcht und Angst begleiten die Grabungen, da wir anfangs noch nicht wissen können, wie das aussieht, was wir suchen.
Besonders zu Beginn unserer Psychoarchäologie sitzt uns der Zeitdruck im Nacken. Schließlich wollen wir so schnell wie möglich zu uns selbst kommen, damit wir so werden wie diejenigen, die wir bewundern und die es (scheinbar) schon geschafft haben, selbstbewusst zu sein.

Gehen wir jedoch zu forsch und unbedacht ans Werk, können wir uns verletzen, so wie jemand, der in der Erde gräbt und sich dabei an einer verborgenen Scherbe schneidet. Durch zu schnelles Vorgehen überfordern wir uns leicht, verletzen uns an scharfen Kanten, die wir im Eifer des Gefechtes übersehen haben, oder zerstören durch Unachtsamkeit wichtige Bestandteile unserer Ausgrabungen, die uns später im Gesamtbild fehlen werden.

Sich selbst zu erkennen heißt aber nicht: Veränderung um der Veränderung willen.

Die tieferen Geheimnisse des eigenen Selbst zu ergründen, ist spannend und ein vielschichtiger Prozess. Der Drang zur Beschäftigung mit sich selbst ist jedoch auch eine Modeerscheinung geworden. Oft versuchen aber andere, uns zur Veränderung nur um der Veränderung willen zu animieren. Ausgesprochen oder unausgesprochen begegnen uns Aufforderungen wie: »Wenn dir etwas an mir liegt, dann musst du ...« oder »Wenn du dich anders verhalten würdest, dann würde es mir besser gehen ...« oder »Wie es mir an dieser Stelle geht, daran denkst du gar nicht, denn dann würdest du ...«

So neigen manche Menschen dazu, durch hektische Aktivität eine riesige Staubwolke aufzuwirbeln, um zu zeigen, dass sie etwas für sich tun und wie viel sie für sich tun. In Wirklichkeit machen sie jedoch nur »viel Lärm um nichts«. Es geht nicht darum, viel zu tun und dabei anderen zu beweisen, dass man »an sich arbeitet«. Die Auseinandersetzung mit sich selbst, mit den eigenen Schwächen, den Macken, den vermeintlichen Fehlern, ist nur dann erfolgreich, wenn wir es selbst wollen, nicht wenn jemand anderer es sich von uns wünscht, es erwartet oder gar fordert.

Das eigene Wollen ist die Voraussetzung, damit die Auseinandersetzung mit sich selbst vom Erfolg gekrönt ist.

Eine der vordergründigsten Ausreden, sich an der psychischen Ausgrabearbeit vorbeizumogeln, ist: »Ich habe keine Zeit.« Meist steht dahinter die Furcht, etwas über uns selbst herauszufinden, das uns

Um sich mit sich selbst nicht auseinandersetzen zu müssen, werden oft fadenscheinige Ausreden vorgebracht.

nicht passt, und infolge dieser Erkenntnis ein Scheinbild von uns selbst aufgeben zu müssen.
Doch um im Bild der Archäologie zu bleiben: Wer die eigenen Schatzkammern entdecken will, darf sich nicht davor fürchten, in seine dunklen und halbdunklen Verliese und Grabkammern hinabzusteigen.

Schlüsselfragen öffnen innere Türen

Der Schlüssel zu all unseren inneren Kammern liegt in zielgerichteten Fragen. Sie öffnen uns die Türen. Diese Schlüsselfragen lösen Umwandlungsprozesse in unserem Bewusstsein aus. Doch wer stellt diese Fragen? Unsere grundsätzliche Neugierde wird die Fragen hervorbringen, die unsere geheimen Türen öffnen, damit wir nachsehen können, was sich dahinter verbirgt.

Wichtig ist, nicht an einer Stelle mit Fragen aufzuhören. Jede Frage ist eine wichtige Frage (siehe »Eva: Ich will erwachsen werden!«, Seite 57).

Nicht ohne Grund und mit reichlich zwiespältigen Gefühlen sagt in unserer Geschichte Eva zu Marga, sie frage an dem Punkt weiter, wo andere längst damit aufhören. Und genau dies veranlasse sie, Eva, zur Auseinandersetzung mit sich selbst.

Was ist so schwierig daran, Fragen zu stellen oder – wie bei Eva – gestellt zu bekommen?
Es geht nicht um richtige oder falsche Fragen. Jede Frage, die sich in uns bildet, ist eine wichtige Frage. Doch sehr früh haben wir erfahren, dass unsere Fragen überhört, nicht entsprechend beantwortet, als dumm oder naiv abgewertet oder gar nicht erst zugelassen wurden. Das hat uns verunsichert.
Deswegen ist unser erster Schritt auf dem Weg zu uns selbst, uns zu trauen, trotz dieser bisherigen Erfahrungen unsere eigenen Fragen zu stellen. Nicht selten müssen wir dabei gegen seit langem verin-

nerlichte Gebote verstoßen, die zum Beispiel lauten:

- »Stell nur Fragen, die ich hören will und die ich dir erlaube!«
- »Stell keine Fragen, die mich beunruhigen könnten!«
- »Stell meine Antwort nicht infrage und geh den Dingen nicht auf den Grund!«

Um noch einmal das Bild der Archäologie aufzugreifen: Die Werkzeuge, die Mittel zur Entdeckung unseres eigenen Selbst, sind ungenierte, neugierige Fragen. Wir stellen uns die Fragen aus dem Wunsch heraus, von Grund auf hören, sehen, wissen und erkennen zu wollen, wer wir sind und wie wir sind, und aus dem gewonnenen Wissen heraus zu handeln.

Jeder Neubeginn ist zugleich Chance und Wagnis

Rufen wir uns noch einmal eine Situation zu Beginn der Geschichte der fünf Frauen in Erinnerung: Anna denkt an eine Geburt, als sie auf dem Weg zum ersten Treffen mit der Gruppe ist. Eine Geburt ist ein Neubeginn, eine große Chance, aber auch ein großes Wagnis. Denn bei einer Geburt ist der Ausgang völlig offen. Ihr Verlauf kann letztlich nicht geplant werden. Alles kann gut gehen, aber es kann auch zu Komplikationen kommen, die das Leben der daran beteiligten Menschen auf lange Zeit maßgeblich bestimmen.

Ein Neubeginn ist wie eine Geburt: Er ist Chance und Wagnis, und der Ausgang ist völlig offen (siehe »Anna auf dem Weg«, Seite 9).

So ist es bei vielen Neuanfängen im Leben. Ob erster Schultag, junge Liebe, neuer Arbeitsplatz, Malen eines Bildes, Schreiben einer Geschichte – ganz egal, wie einfach oder kompliziert etwas ist: Der Beginn, der Eintritt in das Neue, birgt beides zugleich in sich: Chance und Wagnis.

Infolge dessen löst Annas Entschluss, sich auf etwas Neues einzulassen, in ihr zwiespältige, widersprüchliche Gefühle aus: Hoffnung auf eine Veränderung, aber auch Angst, sich von Gewohntem zu lösen und gleichsam über eine Schwelle zu treten. Man nennt dieses Gefühl auch »Schwellenangst«, also die Unsicherheit bei Situationen, die für uns neu, ungewohnt und schwer einzuschätzen sind.

Sich auf etwas Neues einzulassen heißt: Unsicherheit angesichts neuer Situationen, heißt: die Schwellenangst zu überwinden.

Jeder reagiert in Schwellensituationen anders. Manche Menschen haben Angst, andere sind positiv angespannt und motiviert. Einige hingegen fühlen kaum etwas, weil sie von früh an gelernt haben, unerwünschte oder Angst einflößende Gefühle zu verdrängen.

Das Wissen um sich selbst

Anna ist eine sehr feinfühlige Frau. Sie meint zwar, die Verbindung zu ihren Empfindungen verloren zu haben, doch dies trifft nicht zu. Sie ist wie viele Menschen verunsichert, ob das, was sie empfindet, »richtig« ist, ob das Gefühl, das sie wahrnimmt, wirklich zu ihr gehört und mit ihr identisch ist. Menschen, die unter Bedingungen aufwachsen wie Anna, tragen eine tiefe Unsicherheit in sich: »Fühle ich wirklich, was ich fühle, oder fühle ich etwas, das gar nicht zu mir gehört?« Manche dieser Menschen haben ein ungeheures Feingefühl für die Empfindungen anderer Menschen entwickelt. Sie können sich gut in andere hineinversetzen und nehmen deutlich Stimmungen wahr.

Das fehlende Vertrauen in die eigenen Gefühle liegt meist in der Kindheit begründet.

Kinder haben normalerweise einen guten Zugang zu ihrem Innenleben. Der »Kindermund«, der herausplappert, was ein Kind denkt, ist ja sprichwörtlich bekannt. Erlebt das Kind aber aufgrund seiner Spontanität Ablehnung, Kränkung oder die Botschaft, dass angeblich nicht stimmt, was es empfindet, wird es zunehmend unsicher und verliert das Vertrauen in das eigene Gefühl.

Anna trägt das tiefe Wissen um sich selbst in sich. Aber sie ist auch eine jener Frauen, deren weibliche Urinstinkte von anderen Menschen unterdrückt, dressiert und platt gewalzt wurden. Ihre Seele hat dieses unbewusste Wissen deshalb schon in ihrer Kinderzeit mit einer Mauer umgeben, um das psychische Überleben einigermaßen zu sichern.

Jedes Kind versucht sich auf die Gefühle und Bedürfnisse seiner Umgebung einzustellen. Es will alles tun, um »richtig« und »gut« zu sein, um Lob, Zuneigung, Zärtlichkeit und Wärme zu bekommen.

Stimmt die Erwartungshaltung der Eltern nicht mit dem Selbst des Kindes überein, so kann dies das kindliche Bewusstsein hemmen.

Kinder sind unglaublich anpassungsfähig und lernbereit. Sie identifizieren sich mit ihren Eltern und lernen auf diesem Weg, was richtig und was falsch ist, welche Gefühle zulässig und welche verboten, welche Wünsche erlaubt und welche verpönt sind.

Manche Eltern halten es aufgrund ihrer psychischen Struktur nicht aus, dass Kinder »andere« Gefühle haben als sie selbst. Sie können es nicht ertragen, dass sie eine eigene Meinung, ein eigenes Urteilsvermögen entwickeln. Oft reagieren die Kinder auf diesen Widerstand, indem sie sich auf die Erwartung ihrer Eltern einstellen und sich anpassen. Wenn sie das tun, entwickeln sie nicht ihr eigenes, stimmiges Selbst, sondern ein falsches, den Eltern angeglichenes.

Wir verdrängen oft uns unangenehme Erfahrungen und schütten dadurch mit der Zeit unser eigentliches Selbst zu.

Die Eltern vermitteln gleichsam eine – unausgesprochene – Botschaft: «Sei so, wie ich es mir vorstelle, dass du sein sollst. Dann kann ich dich lieb haben.« Das führt bei den Kindern zur Anpassung und hemmt das Bewusstsein für ihr eigenes Selbst. Dies führt zu dem – manchmal lebenslangen – Problem, unter diesem »falschen Selbst« das eigene, richtige nicht wiederzufinden.

Vergessen – das »kleinere Übel«?

Unsere Seele verfügt darüber hinaus über eine Vielzahl von Möglichkeiten – die so genannten Abwehrmechanismen –, damit wir Erfahrungen »vergessen« oder verdrängen können, die uns zu sehr belasten und unsere weitere Entwicklung zu stark beeinträchtigen würden. Dieses Vergessen ist zwar schlimm, aber letztlich das »kleinere Übel«.

Belastende Erfahrungen zu vergessen kann wichtig sein, um die weitere Entwicklung zu ermöglichen.

Auch Annas eigentliches Selbst ist unter zahlreichen Schichten überzivilisierter Verdrängung begraben. Sie wurde streng erzogen, zu einem braven Mädchen mit guten Manieren. Angepasstheit wurde belohnt, Versuche des Widerstandes wurden als »hysterische Anfälle«, Kritik und Ringen um eine eigene Meinung als »Wildheit« oder »kindliche Dummheit« abgetan.

Träume, Geschichten und Symbole können uns dabei helfen, den Weg zu unserem eigenen Selbst zu finden.

So entwickelte sie sich zu einem lieben, gefälligen und gut dressierten Wesen, unfähig, den eigenen Weg wach und neugierig zu gehen. Wenn eine Frau wie Anna in einer Art Dämmerzustand dahinlebt, wenn sie etwas sucht, ohne zu wissen, was, dann wird es Zeit, sich aufzumachen und in Träumen, Geschichten und Symbolen die Wege zu erkennen, die sie dem Wunschziel der lebendigen, selbstbewussten Frau näher bringen.

Jede Frau trägt in sich die Möglichkeit und Fähigkeit, ihre abgeschnittenen, verdrängten oder unerwünschten Seiten ins Leben zurückzuholen. Mit ihrem weiblichen Einfühlungsvermögen muss sie versuchen herauszufinden, welche Aspekte zu ihrem echten, wahren Selbst gehören und welche ihr falsches Selbst bestimmen.

Schließlich ist es an der Frau zu entscheiden, welche Teile ihres Selbst leben sollen, weil sie zu ihr gehören, und von welchen sie sich trennen will, weil sie fremdbestimmt sind. Dies ist für mich der Prozess, der zur wahren Emanzipation führt.

In der Fachliteratur wird häufig beschrieben, inwieweit scheinbar Vergessenes nicht vollständig von der inneren Bildfläche verschwindet, sondern in tiefen Schichten gelagert und gespeichert wird. Durch verschiedene Botschaften bringt die Seele diese verdrängten Erfahrungen immer wieder an die Oberfläche. Sie kehren wieder in Form von Träumen, psychischen oder psychosomatischen Schwierigkeiten, bis hin zu Fehlleistungen und Krankheiten.

Zwischen Wunsch und Angst

Frauen, die sich in ihrem Leben gut entwickeln konnten, ihre Sinne schärfen durften und einen direkten Zugang zu ihren Empfindungen haben, verfügen meist auch über eine intuitive Wahrnehmung – vergleichbar mit einem inneren Auge, das sich ohne große Anstrengung automatisch auf Weitsicht und Tiefenschärfe einstellt und damit auch das Verborgene und Hintergründige aufnehmen kann. Wer jedoch durch vielfältige Erziehungseinflüsse in seiner »Sehfähigkeit« beeinträchtigt und in seinem Blickfeld eingeschränkt ist, kann sich immer wieder aufgrund dieses ausgeblendeten Bereichs Schmerzen zufügen.

So betrachten manche Frauen die Welt wie durch eine Softlinse. Sie sind weichherzig, glauben immer das, was sie sehen wollen, und sehen nicht, was sie nicht glauben wollen. Zwangsläufig werden Wahrnehmungen und Erkenntnisse ausgeblendet, die nicht in das zurechtgezimmerte Bild passen.

Was nicht ins Bild passt, wird oft ausgeblendet – nach dem Motto: Was nicht sein kann, das nicht sein darf.

Ist beispielsweise eine Frau davon überzeugt, dass ihr Mann niemals fremdgehen würde (ausgedrückt in dem oft gehörten Zitat: »Ich kenne meinen Mann in- und auswendig.«), dann wird sie die Welt mit ihrem speziellen Weichzeichner betrachten (»Wir sind uns immer treu«). Sie wird vermutlich alle Anzeichen übersehen, die auf das Gegenteil hinweisen könnten, weil sie das

nicht wahrhaben will. Es ist ein äußerst egoistisches Verhalten mit weit reichenden Konsequenzen für alle Beteiligten, wenn jemand nach der Devise lebt: »Ich will nicht sehen, was nicht in meine Vorstellung von heiler Welt passt.«
Oft wünschen wir uns, klar sehen zu können, doch gleichzeitig haben wir Angst vor dem, was wir dann erkennen würden.
So empfindet Anna den Zustand, in dem sie lebt, gleichzeitig als angenehm und unangenehm. Man nennt dies in der Fachsprache »Ambivalenz«, das Hin- und Hergerissensein zwischen sich widerstrebenden Wünschen, Gefühlen, Vorstellungen oder Absichten. Ambivalenz tritt bei Gefühlen wie Eifersucht bzw. Trauer oder bei Zuständen wie Depressionen oder Zwangskrankheiten besonders deutlich hervor. Als Ambivalenz im weiteren Sinn gilt auch die menschliche Erfahrung, dass es fast nie eindeutige Gefühle und Einstellungen gibt, sondern beispielsweise etwa ein Liebender stets auch ein wenig hasst und umgekehrt.

So schwankt Anna hin und her zwischen dem Wunsch, aus ihrem Nebelzustand (eine Umschreibung für ihre Depression) einen Weg zu finden, und der Angst vor Veränderung. Oft liegen Wunsch und Angst sehr nahe beieinander, und wenn sie miteinander nicht vereinbar sind, kann es zum Konflikt kommen. Annas Empfinden, in einer nebligen Welt zu leben, hat für sie den Vorteil, ihre Angst nicht deutlich spüren zu müssen.

Der Wunsch, zu sich selbst zu finden, ist begleitet von einem Hin- und Hergerissensein zwischen Hoffnung und Angst (siehe »Anna auf dem Weg«, Seite 7–10).

Jeder scheinbar noch so unangenehme Zustand bringt demjenigen etwas, der in diesem Zustand lebt. Man nennt dies »Krankheitsgewinn«. Christine zum Beispiel fühlt sich auf der einen Seite von ihrer zwanghaften Ordnungsliebe in ihrer Lebensqualität und Lebensfreude beeinträchtigt. Andererseits schafft sie durch Ordnung eine Struktur, die ihrem Leben Halt gibt. Es ist also nicht damit getan zu sagen: »Sie soll eben damit

aufhören.« Denn etwas anderes muss dann an die frei werdende Stelle treten.
So ist es immer wichtig, bei Veränderungen den Blick auf den Gesamtzusammenhang zu richten. Es geht nicht nur darum, ein Symptom zu beseitigen, sondern auch darum, zu verstehen, wofür dieses Symptom gebraucht wird, welchen Sinn es hat und was an seine Stelle treten kann.

Bei Veränderungen muss stets gefragt werden, welche Bedeutung etwas hatte und was an seine Stelle treten kann.

Ist Therapie auf dem Weg zum eigenen Selbst nötig?

Sich mit Vergessenem und Verdrängtem zu beschäftigen macht Angst. Und doch ist es gleichzeitig eine große Chance, denn eine solche Auseinandersetzung mit sich selbst kann heilsam sein. Einen wesentlichen Einfluss darauf, ob eine solche »Geburt« gut ausgeht und zu einem selbständigen und chancenreichen Leben führt, haben Menschen, die einem dabei zur Seite stehen: Diese »Geburtshelfer« können ein guter Vertrauter, ein Freund, ein Mentor, ein weiser, kluger Mensch oder eben auch ein Therapeut sein.

Auf dem Weg zu sich selbst muss man aufpassen, sich nicht unkritisch bestimmten Meinungen oder Heilsbotschaften anzuschließen (siehe »Anna auf dem Weg«, Seite 7ff.).

Diese Gefühle der Angst vor Veränderung bestimmen auch die Situation von Anna, als sie auf dem Weg zum ersten Treffen mit der Gruppe ist. Ihre Skepsis, Zweifel und Sorgen sind berechtigt: Wer seine Beeinträchtigungen nicht genau kennt und keine »Brille« besitzt, um seine »Sehfähigkeit« zu verstärken, läuft Gefahr, sich unkritisch aktuellen Trends anzuschließen, Menschen in Schubladen zu stecken oder auf irgendeine Heilsbotschaft hereinzufallen. Auch Anna kennt die Bedingungen nicht, auf die sie sich einlässt. Schließlich kann jeder eine Anzeige aufgeben wie die, auf die sie geantwortet hat. Jeder kann behaupten, Therapeut zu sein.

Jeder kann sich Fähigkeiten zuschreiben, über die er gar nicht verfügt.
Deshalb soll im Rahmen dieses Kapitels zunächst geklärt werden, was Therapie überhaupt ist.

Was ist überhaupt Therapie?

Bis heute fehlt eine gesetzliche Grundlage für die Tätigkeit des Therapeuten. In Deutschland kann sich jeder Therapeut nennen.

Was überhaupt Therapie ist, das ist eine Frage, die nicht eindeutig zu beantworten ist. Es gibt allein in Deutschland etwa 600 verschiedene Therapieformen. Seit mehr als zwei Jahrzehnten wird über ein Psychotherapiegesetz diskutiert. Aber bis heute gibt es keine gesetzliche Grundlage, welche die Tätigkeit des Therapeuten als gesetzlich geschützten Heilberuf absichert. Die Gründe dafür sind vielfältig, die politischen Motive unterschiedlich. In der Praxis bedeutet das, dass sich in Deutschland jeder Therapeut nennen kann, ohne eine Ausbildung nachweisen zu müssen.

Selbst ernannte Therapeuten schmücken ihre Tätigkeiten mit bunten, vielfältigen Berufsbezeichnungen. Der Markt dafür boomt.

Die Berufsbezeichnungen, die verwendet werden, sind bunt und vielfältig und klingen meist sehr gut. Sie reichen von Lebensberatung über Psychokinesiologie bis zu Sexual Healing. Jeder selbst ernannte Therapeut kann anbieten, was ihm Spaß macht und ihm bringt, was er möchte: Geld, Anerkennung, Machtgefühle oder Wichtigkeit.
Der Markt boomt. Kaum eine Zeitschrift, die das Thema nicht plakativ darstellt. Kaum ein Verlag, der zu diesem Thema nichts anbietet. Das Ergebnis ist eine Bücherflut, die den Eindruck erweckt, wir lebten in einer Zeit, in der es hauptsächlich um die Suche nach der eigenen Identität geht. Und dies zum großen Teil mit Hilfe der verschiedensten so genannten therapeutischen Methoden. Die Hilfsmittel reichen vom Teebaumöl bis zu astrologischen Ratgebern.

Auf dem Weg zu sich selbst kann jeder viel Geld ausgeben, von Kurs zu Kurs, von Workshop zu Workshop hetzen und im Sog der Vorstellung »Viel bringt viel« seine Therapie mit diversen mehr oder weniger gut verträglichen psychologischen Ratgebern würzen.

Viele Werte und Traditionen verlieren in unserer Gesellschaft an Bedeutung. Heilsbotschaften und Ersatzreligionen drängen in den frei werdenden Raum.

Unsere Gesellschaft befindet sich im Umbruch. Werte, Traditionen und Religionsgemeinschaften, die lange Zeit für Struktur und Halt sorgten, werden infrage gestellt. Die frei werdenden Plätze werden sogleich von so genannten Therapieangeboten und Ersatzreligionen besetzt, die mit der Angst des Menschen vor Vereinsamung und der Furcht vor kaum noch durchschaubaren Anforderungen ihren Gewinn machen, indem sie ihm das Heil versprechen.
Die Angebote stimmen wiederum mit der zunehmenden Empfängerhaltung in unserer Gesellschaft, der Erwartung nach Versorgtwerden, überein. Die persönliche Rettung erscheint so manchem nur als Mitglied einer Gruppe möglich, die einem die Gefühle liefert, die man in sich selbst nicht mehr findet, ja zum Teil nicht einmal mehr vermutet.

Die Aussicht auf Geborgenheit bei solchen Heilsangeboten ist oft zweifelhaft und häufig mit dem Verlust an persönlicher Entscheidungsfreiheit verbunden.

So treffen Heilsangebote auf Heilserwartungen, sie bedingen sich gegenseitig. Aber statt Angst machende Gefühle gemeinsam anzugehen, stellen die selbst ernannten Heiler durch ihre zweifelhaften Versprechungen eine Geborgenheit in Aussicht, die der Hilfesuchende gerne und meist unkritisch annimmt. Und nur zu oft muss er vieles von sich hergeben – nicht nur Geld, sondern, viel schlimmer noch, wesentliche Teile seiner persönlichen Entscheidungsfreiheit.
Durch raffinierte Manipulationen, psychologische Tricks, Beschwörung von Paradiesvorstellungen und vielerlei Versprechungen

Vorsicht vor verführerischen Heilsbotschaften!

Für jeden, der sich in Therapie begibt, ist es wichtig, wachsam, aufmerksam und sehr kritisch zu sein. Es gibt so viele Scharlatane auf dem Gebiet der Therapie, die – scheinbar zur Heilung – genau das anbieten, was dem Hilfe Suchenden letztlich überhaupt nicht gut tut.

Ist das nicht praktisch? Da begegnet einem jemand auf der Suche nach der eigenen Identität und gibt vor, den Stein der Weisen gefunden zu haben. Man braucht sich selbst gar nicht mehr zu bewegen und nicht mehr anzustrengen.

Die »Heilsbotschaft« klingt sehr verführerisch. »Ich weiß, was dir hilft. Ich kann dich heil machen. Wenn du mir vertraust und dich in meine Obhut begibst, werde ich dich führen und zum Ziel bringen.«

Dieses Angebot ist zwar verlockend, jedoch sehr gefährlich! Es gibt keine Kontrollen, jeder Therapeut kann anbieten, was gefällt und Geld bringt. Wie leicht kann es sein, dass derjenige, der Hilfe anbietet, selbst welche benötigt. Möglich ist aber auch, dass er ein Scharlatan ist, ein Möchte-gern-Heiler, der sich Fähigkeiten zuspricht, um sich aufzuwerten, um sich wichtig zu machen, um sich zu bereichern – wie auch immer …

Vorsicht also, wenn jemand behauptet zu wissen, was einem hilft. Nur derjenige, der Hilfe sucht, weiß, was ihm selbst hilft. Und der Helfer kann im besten Fall ein Geburtshelfer sein, aber kein »Macher«. Seelische Gesundung verläuft nicht über das »Machen«, also über Anleitungen oder Rezepte für ein glückliches Leben.
Eine Veränderung und Gesundung der Seele kann nur über eigene Erkenntnis ablaufen. Aus ihr heraus kann der Hilfe Suchende Wege finden, die zu ihm passen, die für ihn stimmig sind.

wird dem Hilfe Suchenden jedoch nicht geholfen. Er wird vereinnahmt und ausgebeutet.

Es ist sehr schwierig, auf dem unüberschaubaren Psychomarkt den Menschen zu finden, der in der Lage und dazu bereit ist, jemanden ein Stück auf dessen Weg zu begleiten – noch dazu im Bemühen, dem anderen nicht den eigenen Stempel aufzudrücken. Eine sehr gründliche Ausbildung und eine ständige Analyse der eigenen Arbeit sollten deshalb ein Muss für jeden Therapeuten sein.

Der Klient sollte den Weg bestimmen

Wer jemandem die Macht gibt, etwas mit sich machen zu lassen, der begibt sich in eine Art Ohnmacht, der gibt sich und seine eigene Selbstbestimmung auf und wird zum Opfer.
Ein therapeutischer Dialog sollte im besten Fall ein emanzipatorischer Prozess sein. Wer den Weg sucht, sollte stets das Gefühl haben, ihn selbst bestimmen zu können. Kein guter Therapeut macht etwas mit seinen Patienten! Wer dies tut, ist kein wirklicher Geburtshelfer, sondern ein Macher, der Macht braucht, um sich gut zu fühlen, und andere Menschen dazu benutzt. Er ist ein Missbraucher unter dem Deckmäntelchen des Helfers – wie ein Wolf, der Kreide gefressen hat. Skepsis ist immer dann angebracht, wenn ein Therapeut zu wissen vorgibt, welcher Weg »zum Glück« führt, was also zu tun sei, um glücklich zu werden.

»Macher« missbrauchen ihre Macht. Vorsicht vor selbst ernannten Therapeuten, die den »Weg zum Glück« zu kennen vorgeben.

Dazu ein Beispiel:
Eine Frau, die in ihrer Kindheit Gewalt und Missbrauch erlebt hat, lässt sich auf eine zweifelhafte Therapie ein. Zweifelhaft, weil in dieser so genannten Therapie die Grenzen des anderen nicht respektiert

werden. Berührungen, Grenzüberschreitungen unter dem Deckmantel einer angeblichen Heilung gehören zum Repertoire der Pseudotherapeuten (nicht Psychotherapeuten!), die vor allem in kurzer Zeit gutes Geld machen möchten. Die Hilfe suchende Frau erlebt stattdessen eine Wiederholung der Vorgänge, die ihr Schmerzen zugefügt hatten und noch immer zufügen.

Doch da sie den Zugang zu ihren inneren Widerständen bereits verloren hat, ihr »Sehen« beeinträchtigt ist, bemerkt sie nicht, dass sie eine Re-Inszenierung, eine Wiederholung der krank machenden Umstände erlebt. Ihre verletzte Seele kann nicht »Nein« sagen. Im

Therapie als Ersatzdroge

Wer abhängig und süchtig ist, will zwar einerseits den Entzug, andererseits fürchtet er sich auch davor. So kann es dazu kommen, dass ein Hilfe Suchender sich jemandem zuwendet, der in der Therapie bildlich gesprochen eine »Ersatzdroge« anbietet. Doch dies ist keine Heilung, sondern die Wiederholung dessen, was Schaden zugefügt hat.

Die Angst vor den Schmerzen, die ein Entzug mit sich bringt, lässt dem in der Therapie Hilfe Suchenden eine Ersatzdroge als das geeignete Mittel der Wahl erscheinen. Selbst wenn diese ebenfalls ein bisschen wehtut: Diese Lösung bzw. Therapie ist jedoch eine Scheinlösung. Wer sich auf solch einen Weg einlässt, verbaut sich immer mehr die Chance auf einen wirklichen Neubeginn, auf eine wirkliche Geburt.

Darum sollte jede Frau und jeder Mann vor der Entscheidung für einen Therapeuten auf seine eigene kritische, innere Stimme hören. Skepsis und Zweifel sollten ernst genommen werden. Und jeder sollte bei sich selbst überprüfen, ob Gesagtes mit Gefühltem übereinstimmt.

Gegenteil: Kritik an der Methode des so genannten Therapeuten interpretiert sie dahin gehend, dass man es ihr nicht vergönnt, gesund zu werden. Festzuhalten gilt jedoch: Nicht jeder braucht eine Therapie, um sein Leben sinnvoll und erfüllt zu gestalten. Therapie ist ein Weg, um zu sich selbst zu finden. Einer von vielen. Es liegt an jedem von uns, die Verantwortung für sich selbst zu übernehmen. Es ist riskant zu meinen, was andere tun, sei auch gut für einen selbst.

Nicht jeder braucht eine Psychotherapie. Aber für manchen ist sie der richtige Weg, um aus einem Teufelskreis auszubrechen.

Für eine Therapie spricht, wenn sich jemand so krank, arbeitsunfähig, kontaktgehemmt, unglücklich oder sonst wie »komisch« fühlt, dass er die Unterstützung seines engeren sozialen Umfeldes kaum noch annehmen kann. Manchmal müssen die Hinweise aber aus genau diesem sozialen Umfeld kommen, damit der Betroffene aus seinem Krankheitszirkel herausfindet.
Doch wer sich dazu entschließt, durch therapeutische Gespräche zu sich selbst zu finden, wer sich also auf eine therapeutische Beziehung einlässt, sollte sie sehr gründlich und aufmerksam hinterfragen. Der Vergleich mit der Situation vor der Eheschließung ist durchaus nicht zu weit hergeholt. Denn eine therapeutische Verbindung kann lebenslange Folgen haben – im positiven und leider auch im negativen Sinn.

Auch der Klient hat das Recht, Fragen an den Therapeuten zu richten. Er darf und sollte gut prüfen, wem er sein Vertrauen schenkt.

Neugierige Fragen – etwa nach Art und Dauer der Ausbildung oder nach der Ausbildungsstätte – sind in jedem Fall angebracht. Das alte Sprichwort »Drum prüfe, wer sich ewig bindet« sollte auch und gerade in der Therapie zur Grundlage der Beziehung gemacht werden. Übrigens: Wer Informationen zu ausgebildeten Fachleuten sucht, findet einige Adressen im Anhang dieses Buches.

Wege zum Selbstbewusstsein – Hindernisse und Schranken

Was Bilder über uns selbst mitteilen können

Kleidung und Styling – gerade bei Frauen sind das wichtige Ausdrucksmittel der Seele (siehe »Anna auf dem Weg«, v. a. Seite 14f.).

Anna, Christine, Ruth, Eva und letztlich auch Brigitte – alle fünf Frauen aus unserer Geschichte zeigen schon beim ersten Treffen vieles von sich selbst her, ohne sich dessen bewusst zu sein.

Selbstdarstellung geschieht häufig über Äußerlichkeiten. Bei allen Frauen wird die Bedeutung der Kleidung deutlich, am auffälligsten bei Anna. Sie hat sich sorgfältig gestylt, will den Eindruck einer dynamischen, geschmackssicheren Frau vermitteln und gleichzeitig schießt ihr durch den Kopf: »Overdressed and undersexed«. In der Gruppe kommt sie sich in ihrem Outfit »makaber« vor.

Ein Phänomen, das wir vermutlich alle kennen. In für uns wichtigen oder schwer einschätzbaren Situationen versuchen wir oft, uns über Äußeres inneren Halt zu geben. Ist die Situation dann da, erleben wir nicht selten, dass unser Äußeres nicht stimmig mit unserem Gefühl ist. Wir vermitteln ein Bild von uns, das sich nicht mit unserem Innenleben deckt. Ruft unser Äußeres dann auch noch eine gewisse negative Wirkung hervor, hat unser Selbstgefühl einen weiteren Dämpfer erlitten.

Je besser unser Äußeres mit unserem Selbstgefühl harmoniert, umso mehr Selbstbewusstsein strahlen wir aus.

Natürlich gilt dieses Verhältnis auch umgekehrt: Je mehr unsere Kleidung zu unserer Stimmung passt, desto besser kommen wir an. Je sicherer wir auftreten, um so mehr strotzen wir vor Selbstbewusstsein.

Doch nicht nur das Aussehen bietet uns Möglichkeiten der Selbstdarstellung. Auch die bildliche Darstellung eignet sich dazu. Viele Erwachsene trauen sich aber nicht mehr, spontan zu zeichnen oder zu malen, weil sie Angst davor haben, etwas von sich zu zeigen, das aus ihrem tiefsten Inneren kommt. Auch Anna und Christine zögern beim Herzeigen ihrer Bilder.
Denn wer ohne Absicht und Stilmittel, von innen heraus malt, vermittelt ein Bild seiner Seele. In der Kunsttherapie wird diese Fähigkeit des Menschen aufgegriffen und in heilende Prozesse umgesetzt. Kinder malen übrigens, wenn sie frei malen dürfen, sehr deutlich ihre innere Welt.

Ohne Absicht und Stilmittel, das heißt von innen heraus gemalte Bilder sind ein Spiegelbild der Seele: Sie zeigen, wie man sich selbst sieht (siehe »Die Frauen stellen sich vor«, Seite 23ff.).

Auch die vier Frauen zeigen bei der Vorstellung ihrer gemalten Bilder in der Gruppe, wie sie sich selbst erleben. Sie haben dieses innere Bild jetzt konkret vor sich liegen und können es immer und immer wieder betrachten. In dieser Haltung können sie sich mit dem, was sie sehen, auseinandersetzen und von sich selbst etwas über sich selbst lernen.
Schauen wir uns deshalb die vier Bilder noch einmal etwas genauer an.

Anna, die Fee

Anna versteckt sich hinter ihrer »Diätfigur« und Designerkleidung. Doch wer ist sie wirklich? (Siehe »Die Frauen stellen sich vor«, Seite 23)

Annas Feenwesen ist kaum sichtbar, ätherisch, nicht ganz anwesend. Diesen Eindruck hinterlässt Anna auch bei Menschen, die mit ihr zu tun haben. Sie ist zwar »irgendwie« anwesend, aber nicht richtig greifbar. Sobald sich ihr jemand nähert, sie kennen lernen und verstehen möchte, zieht sie sich innerlich zurück. Was bleibt, ist eine äußerlich attraktive, lächelnde Hülle.
Anna gehört zu den Menschen, die sich an die frühen Jahre ihrer Kindheit nicht mehr erinnern. Sie hat nur eine dunkle Ahnung

davon, dass da etwas gewesen sein muss. Dies zeigt sowohl ihre Angst (»Ich weine bis an das Ende aller Tage, wenn ich darüber spreche.«) als auch die Art, mit der sie ihren inneren Konflikt löst: Sie ist nicht mehr ganz in der Wirklichkeit. So versteckt sie auch mit ihrem grammgenauen Achten auf ihre Figur und der Designerkleidung etwas Persönliches, etwas, woran man erkennen könnte, wer Anna wirklich ist.

Annas Feengestalt signalisiert ihr, dass sie sich mit ihrem Denken und Fühlen nicht hundertprozentig in der Wirklichkeit befindet.

Anna zeigt sich nicht, weil sie Angst hat. Wir könnten nun darüber fantasieren, was mit Anna war, was hinter diesem: »Wenn ich darüber spreche« steht. Anna könnte es uns sagen. Doch das ist im Moment nicht entscheidend. Wichtig ist für Anna, dass sie mit eigenen Augen sehen kann, wie sie sich selbst empfindet.

Anna weiß, dass das, was sie wahrnimmt, nicht die eigentliche Wirklichkeit ist, sondern ihre eingeschränkte Sicht der Dinge. Sie nennt dieses Wissen »sinnloses Bewusstsein«. Sie fühlt sich gefangen in ihrer Angst, sich mit der Vergangenheit und Gegenwart auseinanderzusetzen. Doch sinnlos ist dieses Wissen ganz und gar nicht. Zum einen hat jede Abwehrhaltung – und um eine solche handelt es sich bei Anna – ihren Sinn. Sie dient als Schutzmechanismus und muss deshalb respektiert und beachtet werden.

Zum anderen weiß Anna genug über sich, um ihren Alltag leben zu können. Sie weiß sogar so viel, dass sie sich eine Tür offen hält, um mehr über sich zu erfahren. Gelingt es ihr, durch diese Tür zu gehen, dann werden ihre Gefühle die Bedeutung zurückgewinnen, die sie eigentlich haben: Gradmesser für Beziehungen zu sein.

Anna hält sich eine Tür offen, um mehr über sich zu erfahren und zu sich selbst zu finden.

Wenn Anna ihre Gefühle nicht mehr als störend erlebt, werden sie ihr als unschätzbare Informationsquelle für ihr Leben dienen, als Signale, die bei Gefahr auf »Rot« und bei Sicherheit auf »Grün« schalten.

Ruth, die Abgehobene

Ruth stellt sich auf ihrem Bild betont männlich dar. Sie muss sich schließlich in einer anspruchsvollen, harten Berufswelt behaupten. Ihr äußeres Erscheinungsbild und die Bedingungen, unter denen sie lebt und arbeitet, stimmen überein. Doch unabsichtlich – und ich betone nochmals, dass genau darin die Chance eines solchen Bildes liegt – zeigt sie ihre Schwachstelle: Ihr fehlt der Boden unter den Füßen. Wer mit den Füßen auf dem Boden steht, hat Verbindung zur Erde – und damit auch zum Frausein und zur Mütterlichkeit.

Erscheinungsbild und Lebensumstände passen bei Ruth zusammen. Doch ihr fehlt der Boden unter den Füßen (siehe »Ruth: Mein Beruf ist mein Leben«, Seite 24–26).

Ruth thematisiert in der ersten Stunde ihr Problem. Sie stellt es zwar als »Nicht-Problem« dar und erzählt es so, als hätte sie alles mit dem Kopf gelöst und sich bewusst gegen Mutterschaft entschieden. Doch ihr Bild zeigt etwas anderes. Wir kennen diesen Vorgang bei uns selbst, wenn wir uns an manche Träume erinnern. Eine Methode der Seele ist die Umkehrung: Ein Wunsch wird in verkehrter, umgedrehter Art veranschaulicht. Ein gutes Beispiel dafür ist die Fabel »Der Fuchs und die Weintrauben«. Jeder von uns kennt diesen Vorgang: Wenn wir etwas besonders gerne haben möchten, die Trauben aber zu hoch hängen, dann tun wir einfach so, als würden wir sie gar nicht wollen.

Ruths Bild zeigt, dass die Seele immer einen Weg findet, sich zum Ausdruck zu bringen, so lange, bis die Botschaft gehört wird.

Um sich selbst näher zu kommen, wird es wohl für Ruth notwendig sein, sich mit der Mutterschaft zu beschäftigen. Ob es bei ihr darum geht, sich mit ihrer Mutter auseinanderzusetzen, oder ihre scheinbar so eindeutige Entscheidung gegen Kinder gar nicht so eindeutig ist – all das wissen wir nicht. Aber wir sehen, dass Ruth sich selbst abgehoben und ohne Bodenhaftung erlebt. In ihrem Bild zeigt sich ihr Wunsch, ja die Notwendigkeit, sich mit dem Thema zu befassen, um zu sich selbst zu kommen.

Auffällig an dieser Darstellung ist auch, dass dieser Wunsch Ausdruck findet, ohne dass Gedanken oder Kopfarbeit ihn davon abhalten können. Die Seele findet immer Wege, um das zum Ausdruck zu bringen, was wichtig ist. Und zwar wirklich immer und immer wieder. Darauf können wir vertrauen. Das Verdrängte kehrt so lange wieder, bis wir die Botschaft hören und anfangen, sie zu entschlüsseln. So sollte es uns zum Beispiel nachdenklich stimmen, wenn sich bestimmte Träume häufig wiederholen.

Der fehlende Boden unter den Füßen ist ein Bild für das Gefühl, nicht im Einklang mit sich selbst zu sein.

Der Grund, den Ruth nennt, weswegen sie sich der Gruppe angeschlossen hat, ist ein kopfgesteuerter Grund: Um einen Artikel zu schreiben, müsste sie nicht diesen Aufwand betreiben und dieses persönliche Engagement zeigen. Also muss es etwas anderes sein, was sich hinter dem vordergründigen Motiv versteckt, und das zeigt ihr Bild: Sie wünscht sich, auf den Boden zu kommen, sich mit ihren Füßen auf die Erde zu stellen und somit eine Verbindung zwischen oben und unten herzustellen. Ruth möchte ganz und einheitlich, stimmig und nicht mehr abgehoben sein.

Sehen wir uns ihr Bild an: Es »versteckt« – wie auch die Bilder der anderen Frauen – mehrere Wünsche. Ruths kraftvolle Darstellung der Frauenfigur zeigt, dass sie ihre Energien erahnt, die ihr die Kraft geben, sich mit dem »Boden der Tatsachen« auseinanderzusetzen. Hier finden wir ein Phänomen, das mich in meiner Arbeit als Therapeutin immer wieder fasziniert: Unsere Seele weiß auf so vielen Ebenen unglaublich viel! Und sie gibt es uns in unseren Bildern oder Träumen zu verstehen – immer dann, wenn unser Unterbewusstsein ins Freie drängt. In solchen Momenten zeigen sich gleichzeitig unsere Wünsche und Ängste, aber eben auch die Quellen unserer Kräfte.

Ruths kraftvolle, aber bodenlose Frauenfigur zeigt gleichzeitig ihre Wünsche und Ängste, aber auch ihre große Energie.

Wenn es uns nun gelingt, alle diese Anteile zu erkennen, werden die Ängste nicht einseitig überhand nehmen. Und genau dann können wir den Weg zum Selbst beschreiten. Für das aktive Kennenlernen unserer eigenen inneren Anteile ist es also äußerst wichtig, auch unsere Fähigkeiten und Kräfte ins Auge zu fassen. Setzen wir uns hingegen nur einseitig mit einem Anteil – etwa den Ängsten – auseinander, dann geraten wir auf eine schiefe Bahn.

Christine, die heimliche Herrscherin

Christines Selbstbild zeigt viel ordentliches, schmuckes Äußeres, kindlich liebevoll gestaltet, ein wenig naiv. Wir könnten, selbst ein wenig naiv, darauf hereinfallen und sie bedauern: eine Frau, die sich so selbstlos zurückhält, die im Haus für die anderen sorgt, sozusagen eine Traummutti.

Wir sollen auf Christine als Traummutti hereinfallen: als eine Frau, die sich für Mann und Kinder aufopfert (siehe »Christine: Mit 48 ist das Leben doch nicht vorüber?«, Seite 26ff.).

Ist sie das? Nein, denn wieder zeigt sich nur die eine Seite der Geschichte. Die andere Seite ist ihre Macht und Stärke, die sie versteckt – so wie sie sich auf dem Bild ja auch nicht zeigt. Sie »beherrscht« das Haus, sie ist diejenige, die bestimmt, was die anderen brauchen, die mit sanfter Hand die Familie dirigiert – aber so dezent, dass niemand auf die Idee kommt, dahinter Macht zu vermuten. Und wenn doch, dann würde er sich sofort für diesen Gedanken schämen: Eine Frau, die aufopfernd ihre Aufgabe als Hausfrau und Mutter erfüllt, zu verdächtigen, Machtgelüste zu haben! Nein!

Und trotzdem: Wer die Münze umdreht (ich verwende immer wieder dieses Bild, weil es so anschaulich ist!) und die verdeckte, die scheinbar verbotene Seite betrachtet, wer seine möglicherweise auftauchenden Zweifel ernst nimmt und nicht gleich mit einem »So etwas darf man nicht denken!« verscheucht, der kann diese scheinbare Zurücknahme, diese Bescheidenheit, diese aufopfernde Mutterliebe auch ganz anders sehen.

Hinter Christines Aufopferung für die Familie kann sich auch eine heimliche Machtausübung verbergen.

Die Familie ist draußen im Garten, Christine als einzige im Haus. Sie sondert sich ab, lässt die anderen draußen stehen. Dass es Christine in dieser Rolle nicht gut geht, wissen wir. Ihre zwanghaften Putzaktionen weisen auf ein neurotisches Verhalten hin, das sie nicht mehr unter Kontrolle hat.

Zwanghafte Putzaktivitäten können eine Form der Ersatzbefriedigung für sexuelle Lust sein.

Sie hat von sich selbst vermutlich die Erwartung und Vorstellung, alles geschickt und dezent vom Hintergrund aus bestimmen zu müssen und alles im Griff haben zu müssen, weil ansonsten irgendetwas passiert, dem sie nicht gewachsen ist. Christines Verhalten und ihre Gedanken weisen darauf hin, dass sie kein erfülltes Sexualleben führt. Sexuelle Antriebe und Lust werden in Putzaktivitäten umgeleitet, in der Fachsprache: »sublimiert«. Dies ist eine Form von Ersatzbefriedigung.
Auch Christines Körperhaltung, die verknoteten, verkrampften Hände und der verspannte Schulterbereich untermauern diese Vermutung, ebenso wie ihr Satz, mit 48 Jahren schon nicht mehr lebendig zu sein.

Immer in der Rolle der Guten und Unschuldigen zu verharren ist eine Form des Sich-nicht-zeigen-Wollens.

Es war Christines Mann, der die Anzeige gelesen und sie dann aufgefordert hatte, zu dem Treffen zu gehen. Auch wenn Christine eine Frau ist, die selten sagt, was sie will, so erreicht sie meist doch genau das, was sie vorhat, ohne dass dies nach außen deutlich wird. Damit bleibt sie immer in der Rolle der Guten und Unschuldigen (»Ich wollte ja nicht, aber ...«).

Wer sich mit ihr unterhält, wird kaum eine Ich-Botschaft hören (»Ich meine ...«, »Ich will ...«, »Ich wünsche mir ...«). Sie spricht in der »Man«-Form, weiß über diesen und jenen etwas zu erzählen, nur nicht über sich selbst. Wieder könnte man dies als Zurückhaltung betrachten. Doch es ist ein Sich-nicht-zeigen-wollen, und vielleicht hat Christine das auch nie gelernt. Vielleicht hat sie aber auch erfah-

ren, dass es für sie bequem ist, nie klar ihre Meinung zu äußern, Wünsche zu formulieren oder Kritik anzubringen.
Mitleid hilft Christine nicht weiter. Mitgefühl ja, aber kein Mitleid. Sie leidet unter ihrer Situation, aber ihre Familie leidet gewiss auch. Und so wird es Zeit, zu Christine zu sagen: »Du bist allein im Haus, das gibt dir vielleicht große Macht. Deine Familie lässt du draußen stehen, das wirst du wohl so wollen. Oder möchtest du es anders? Möchtest du mit deiner Familie an einem Tisch sitzen in eurem wunderbaren Garten und mit ihr zusammen Kaffee trinken und Kuchen essen? Dann tue etwas für dich! Du musst dich bewegen. Denn nur du kannst über dich selbst bestimmen! Darauf zu warten, dass die anderen sich so verändern, dass es dir besser geht, wäre dir vielleicht lieber. Doch nun wird es Zeit, dass du dich aktiv um dein Wohlergehen kümmerst, denn dann kann es den anderen auch besser gehen.«

Mitleid hilft Christine nicht weiter. Sie muss etwas für sich tun, sie muss sich zeigen.

Eva, die Namenlose

Bleibt uns noch ein genauerer Blick auf Eva. Sie hat nicht nur sich selbst, sondern auch ihre fünfjährige Tochter gezeichnet, die sie sogar zuerst vorstellt. Wir sehen daran, dass Sabine eine wesentliche Rolle in Evas Leben spielt: Mutter und Tochter sind sich sehr nahe. Erinnern Sie sich? Als Eva in der Gruppe ihr eigenes Bild vorstellte, »vergaß« sie zwar ihren eigenen Namen, den ihrer Tochter erwähnte sie jedoch sehr wohl. Das lässt den Schluss zu, dass Eva in Sabine ein Stück von sich selbst sieht.
Möglicherweise wiederholt sich zwischen den beiden etwas, was Eva aus ihrer eigenen Lebensgeschichte gut kennt. Allerdings wissen wir viel zu wenig über den Alltag der beiden, um diesen Gedanken weiterverfolgen zu können.

Mutter und Tochter stehen sich sehr nahe: Die Mutter sieht in der Tochter ein Stück von sich selbst und projiziert Vorstellungen auf sie (siehe »Eva: Allein erziehend und gerade frisch verliebt«, Seite 29f.).

Dass Eva in Sabine auch sich selbst sieht, wird im Gespräch mit Marga deutlich, als sie sagt: »Habe es überspielt, in meiner üblichen Klein-Mädchen-Art.«

Eva spürt, dass es Zeit ist, ihre Identität zu finden, erwachsen zu werden: zu wachsen und sie selbst zu werden.

Eva hat früh gelernt, sich dem Bild anzupassen, dass »man« sich von ihr macht. Und sie äußert genau dies gegenüber Marga: »Weißt du, das passt doch irgendwie zu dem Bild, das jemand von mir hat, der mich nicht kennt.« Eva weiß oder meint zu wissen, wie andere sie sehen. Aber sie weiß wenig von sich selbst. Das wird durch ihren Wunsch deutlich, endlich erwachsen werden zu wollen – also wachsen und sie selbst werden zu dürfen.

Eva wirkt salopp und flott, jugendlich und ausgeglichen. Der Hinweis auf die Kleidung wirkt etwas uniform. Doch scheint sie zufrieden zu sein und mit den Kompromissen (öder Job, um Geld zu verdienen) ganz gut leben zu können.

Aber: Sie vergisst ihren Namen! Sie redet drauflos und erzählt von scheinbaren Nebensächlichkeiten, und dabei vergisst sie, sich vorzustellen, zu sagen, wer sie ist.

Eva wirkt scheinbar zufrieden mit ihrem Leben. Doch sie vergisst sich den anderen vorzustellen.

Das ist keine Zurückhaltung in der Art von Christine. Dazu ist Eva viel zu lebendig, zu sprunghaft sprudelnd. So etwas kann ja jedem mal passieren! Was soll das?, könnten wir denken. Natürlich kann das passieren. Ich meine auch nicht, dass diese Vergesslichkeit eine Nachlässigkeit von Eva ist, für die sie verantwortlich ist. Ich stelle fest: Sie vergisst sich vorzustellen. Es könnte interessant sein, welche Botschaft dahinter steht.

Auch Eva kommt – wie Christine – nicht aus eigenem Antrieb zur Gruppe, sondern wiederum ist es ein anderer, der ihr den Weg weist. Eine Freundin, eine Kartenlegerin, deutet ihr die Zukunft, sagt ihr eine große Chance zur Veränderung voraus, wenn sie sich traut, etwas Ungewöhnliches zu tun.

Man kann zum Wahrsagen stehen, wie man möchte – entscheidend ist: Eva spürt, dass für sie eine Veränderung notwendig ist. Es wird Zeit für sie, sich mit sich selbst zu beschäftigen. Es wird Zeit, dass sie ihren Namen nennt, also zu ihrer Identität kommt. Und es wird Zeit, dass sie Ordnung in ihre Gedanken bringt: Wer bin ich? Wer ist meine Tochter? Wer sind die anderen? Was will ich mit ihnen zu tun haben?

Warum wir sind, wie wir sind

Wir sind alle keine unbeschriebenen Blätter. Es wäre ein Irrtum zu glauben, dass wir unser Leben von Grund auf selbst bestimmen könnten. Schon vom Zeitpunkt der Zeugung an wirken Einflüsse auf uns, die uns manchmal ein Leben lang begleiten. Waren wir Wunschkinder oder »Zufallsprodukte«? Haben uns unsere Eltern angenommen, wie wir sind, oder wurden wir eher geduldet als geliebt? Stammen wir aus geordneten oder zerrütteten Verhältnissen?

Unsere »Startbedingungen« ins Leben können wir nicht beeinflussen. Aber wir können uns bemühen, sie zu entdecken und so zu verändern, dass wir gut mit ihnen leben können.

All das und noch viel mehr hat in unserem Inneren Bedingungen geschaffen, die wir einfach nicht wegdiskutieren, nicht verleugnen können. Bedingungen, die unser Leben bestimmen. Doch da wir sie oft nicht kennen oder erkennen können, bestimmen sie uns manchmal heimlich.
Sie zu entdecken ist oft schwierig, und noch viel schwieriger ist es, sie so zu verändern, dass wir gut mit ihnen leben können. Doch allein das Wissen darum kann uns oft schon entlasten. Wir sind, wie wir sind. Warum wir so sind, könnten uns manchmal nur Menschen sagen, die vielleicht schon lange nicht mehr leben: Eltern, Großeltern, Freunde, Bekannte oder Nachbarn aus unseren Kindertagen, die miterlebt haben, was in unserer Familie geschah, als wir noch in der Wiege lagen. Und was uns heute noch bestimmt ...

Der innere Kritiker

Der Wunsch nach Veränderung erfordert nicht nur Mut und Antrieb, sondern auch einen gewissen Leidensdruck.

Anna aus unserer Geschichte führt wie viele Frauen ein emotionales Wüstenleben, karg an der Oberfläche, doch enorm verzweigt im Untergrund. Fällt segensreicher Regen auf den scheinbar leblosen Boden, dann fängt die Wüste an zu blühen. Es zeigt sich das, was bisher verborgen war. Aus diesem inneren Zustand heraus einen Schritt zur Veränderung zu tun, erfordert nicht nur Mut und Antrieb, sondern auch einen gewissen Leidensdruck.

Der »innere Kritiker« meldet sich in uns stets dann zu Wort, wenn uns ein Fehler unterlaufen ist – mit Kritik, Nörgeleien oder Herabsetzungen.

Anna hat eine verletzte Seele. In ihr spricht eine fremde Stimme, die zwar zu ihr gehört, die aber nicht ihre eigene innere Stimme ist. Diese Fremdbestimmung macht sie unfrei. Sie schränkt eigene innere und äußere Handlungsspielräume ein und drückt ihr einen Stempel auf. Wer dieses Gefühl kennt, weiß, dass eine solche Fremdheit zwar zum Teil wahrgenommen wird, aber gleichzeitig auch den Eindruck vermittelt, ihr hilflos ausgeliefert zu sein und nichts dagegen tun zu können. Deutlich wird dies oft in Form bestimmter Sätze, Sprichwörter, Verhaltensregeln oder Vorschriften. Wer gut auf das achtet, was die fremde Stimme sagt, wird erleben, dass sie vorwiegend kritisiert, einschränkt oder befiehlt.

Diese fremde Stimme – Anna nennt sie den »inneren Kritiker« – können wir erkennen, wenn wir darauf achten, was wir in schwierigen Situationen zu uns selbst sagen oder was uns dann für Gedanken durch den Kopf gehen. Sie schaltet sich fast automatisch ein, wenn wir einen Fehler gemacht haben, uns irren oder uns ein Missgeschick zustößt. Dann meldet sie sich mit Nörgeleien, Beschimpfungen oder Herabsetzungen.

Eine weitere Vorliebe der kritischen Stimme ist der Vergleich mit anderen. Sie sucht stets solche Vorbilder aus, die uns überlegen sind.

Gefühle werden abgewertet, das Zarte, Empfindsame, Weiche, Anschmiegsame verurteilt und bekämpft, Ängste lächerlich gemacht oder nicht ernst genommen durch Worte und Sätze wie: »Stell dich nicht so an«, »Du mit deiner blöden Angst«, »Heulsuse«, »Weichei«, »Blödmann ...«
Die Botschaft lautet: »Was du fühlst, ist falsch! Nimm dich zusammen; es gibt keinen Grund, so zu empfinden, wie du meinst zu empfinden.« Die Folge davon ist Verunsicherung. Irgendwann wissen wir nicht mehr, ob wir das, was wir spüren, auch tatsächlich empfinden.

Die fremde Stimme, unser »innerer Kritiker«, führt zur Entwicklung eines falschen Selbst – mit der Folge einer zunehmenden Verunsicherung. Wir wissen nicht mehr, wem wir Glauben schenken sollen – unserem Gefühl oder dem inneren Kritiker.

Wir können uns kaum über Erfolge und gute Leistungen freuen, und stellen selbst körperliches Unwohlsein oder Schmerz infrage. Es entwickelt sich eine Art falsches Selbst, das irgendwann Bestandteil des eigenen Ich wird. Vermutlich vollbringen wir gute Leistungen im Beruf, im Haushalt, unsere Ergebnisse werden von anderen anerkannt. Aber wir selbst sind durch die innere Stimme verunsichert, empfinden uns als eine Art Hochstapler und meinen, es sei nur eine Frage der Zeit, bis die anderen dies auch merken.
Statt sich an dem freuen zu können, was wir leisten, treiben wir uns unerbittlich an, stellen uns ständig infrage und können nicht mehr zur inneren Ruhe kommen. Die inneren Befehle, Vorschriften und Anweisungen, zum Teil sogar in Du-Form gesprochen, sind längst Bestandteil des Alltags geworden: »Nicht nachlassen!« »Reiß dich zusammen!«, »Halt den Mund, du bist nicht so klug, um mitreden zu können!«

Die Befehle und Vorschriften unseres »inneren Kritikers« werden zum festen Bestandteil des Alltags.

So stellen wir uns seelisch schon auf diesen »inneren Kritiker« ein und rechnen vorwiegend damit, dass wir etwas falsch oder schlecht machen, nicht damit, dass wir uns richtig verhalten.

Die Rüstung, die die Seele schützt

Das eben erläuterte Verhalten zeigt sich auch bei Anna, die sich selbst immer wieder innerlich entwertet, beschimpft, verurteilt oder lächerlich macht. Sie weiß jedoch um diesen Vorgang, und das ist ihre Chance. Ein Hinweis darauf ist zum Beispiel der erste Satz, den Anna zu Brigitte sagt. Wir erinnern uns: Auf die Frage, ob sie auch zum Treffen mit den anderen Frauen wolle, entgegnet Anna nach einer Weile des Abtauchens: »Ich will nicht mehr im Nebel stehen« und meint damit, dass sie durch die diffuse Nebelwand zu ihren wirklichen Empfindungen vordringen möchte. Sie wünscht sich, zu sich selbst zu kommen.

Das Wissen um die fremde Stimme ist zugleich die Chance zur Veränderung (siehe »Eine Prozess kommt in Gang«, Seite 11).

Ganz ungefiltert drückt sie das aus, was sie empfindet. Dies ist ein möglicher Beginn einer vertrauensvollen Beziehung zu Brigitte und der erste Schritt dahin, das auszusprechen, was Anna wirklich belastet: die Irritation, die Verunsicherung hinsichtlich ihrer Gefühlswelt.

Anna hat gelernt, ihre empfindsame Seele zu schützen. Sie hat Verhaltensmuster aufgebaut, diese in eine innere Schublade gesteckt und nimmt sie bei Bedarf, das heißt bei Verunsicherung, heraus: Sie rüstet sich. Bleiben wir bei diesem Bild und stellen uns vor, welche Handlungsmöglichkeiten wir hätten, wenn wir eine Rüstung tragen würden: das Visier heruntergeklappt, den ganzen Körper gepanzert mit unnachgiebigem, starrem Eisen.

Die Aufforderung, den Schutzwall einfach abzutragen, ist keine Hilfe. Denn zunächst muss gefragt werden, warum jemand diesen Schutz benötigt.

Jeder kennt Menschen, die starr, steif und bewegungslos wirken. Die innere Not zwingt sie dazu. Wer diese Menschen auffordert, ihre Rüstung abzulegen, hilft ihnen damit überhaupt nicht. Vielmehr eröffnet die Frage, warum jemand auf diesen Schutzwall angewiesen ist, die Möglichkeit, dass derjenige ihn selbstbestimmt dann ablegen kann, wenn er sich seiner selbst bewusst ist.

Wenn er weiß, dass er sich auf sich selbst verlassen kann – ohne Rüstung.

Seelische Verletzungen wurzeln oft in der Kindheit

Wie kann es zu seelischen Verletzungen kommen? Die Wurzeln dafür reichen bis tief in die früheste Kindheit zurück. Ein Kind, das sich grundsätzlich als geliebt und willkommen erlebt und das zuverlässig versorgt und gefördert wird, bekommt ein Selbstwertgefühl, das sich ungefähr in die Worte fassen lässt: »Ich werde geliebt. Ich bin in Ordnung, so wie ich bin.« Auf der Grundlage dieses Urvertrauens kann es ein gesundes Selbstwertgefühl entwickeln.

Ein von seinen Eltern geliebtes Kind erhält ein Urvertrauen, aus dem heraus sich ein gesundes Selbstwertgefühl entwickeln kann.

Körperliche und seelische Misshandlungen, tyrannische Erziehungsmaßnahmen, Missbrauch, Missachtung, Liebe gegen Leistung, kaltes Verhalten, Eltern mit Suchtkrankheiten führen hingegen zu tiefen seelischen Verletzungen.

Erinnern wir uns an die Situation, in der in Anna unbewusst ein Bild aufstieg, als sie sich auf das Malen einließ. Sie weiß, dass es in ihr tiefe Verletzungen gibt. Denn sie sagt: »Wenn ich darüber spreche, weine ich bis an das Ende aller Tage.« Die Atmosphäre in der Gruppe und das beginnende Vertrauensverhältnis zu Brigitte haben es möglich gemacht, dass aus Annas Tiefe etwas aufsteigen konnte, das sie bisher zu ihrem eigenen Schutz zurückgehalten, also verdrängt, hat.

Unbewusst steigt in Anna ein Bild auf, das sie bisher zu ihrem eigenen Schutz verdrängt hatte (siehe »Die Frauen stellen sich vor«, Seite 23f.).

Verdrängungsmechanismen haben eine wichtige Aufgabe: Sie halten Erinnerungen zurück, solange sie die psychische Gesundheit zu stark belasten könnten. Zum Teil zeigen sich seelische Verletzungen in körperlichen, so genannten psychosomatischen

Krankheiten. Wer in diese tiefen Schichten seines Selbst einsteigen möchte, sollte vorher sehr gründlich prüfen, mit wem er dies tun will, mit wem er sich das zutraut, wem er vertraut. Die Wahl der therapeutischen Begleitung ist sehr wichtig.

Abhängig von innerer und äußerer Ordnung

Wenn die innere Ausgeglichenheit extrem von äußerer Ordnung abhängt, ist dies ein Zeichen für die Angst davor, »ver-rückt« zu sein.

Christine ist ein weiteres Beispiel für jemanden, dem seine Gefühlswelt das Leben schwer macht. Sie ist eine Frau, deren innere Ordnung abhängig ist von äußerer Ordnung und Sauberkeit. Menschen wie Christine können nicht ertragen, wenn Dinge nicht an ihrem Platz stehen, wenn etwas verrückt ist. Sie haben tief in ihrer Seele eine riesige Angst davor, selbst »ver-rückt« zu sein oder zu werden.

Um diese innere Not abzuwenden, brauchen diese Menschen ganz notwendig eine gleich bleibende, zuverlässige Umgebung. Sie sind nicht imstande, mit sich und anderen flexibel und großzügig zu leben. Rituale bestimmen den Alltag: Mahlzeiten müssen zu ganz bestimmten Zeiten eingenommen werden und häufig gibt es auch an bestimmten Wochentagen festgelegte Gerichte. Eine Veränderung dieser Ordnung bringt eine große innere Unruhe mit sich.

Eine Veränderung der äußeren Ordnung bringt innere Unruhe mit sich. Um dies zu verhindern, bestimmen Rituale den Alltag.

Diese Menschen leben in totaler Abhängigkeit von vielen Äußerlichkeiten und verbringen sehr viel Zeit damit, diese Struktur aufrechtzuerhalten. Jedes Staubkörnchen wird sofort weggewischt, alle Kissen brauchen ihren Platz. Besuche werden als störend empfunden, da sie Veränderungen mit sich bringen.

Meist ist selbst die Sprache dieser Menschen floskelhaft und steril. Emotionen werden künstlich erzeugt, eine echte innere Anteilnahme ist kaum möglich. Nicht selten fallen solche Menschen durch übertriebene »Mitleidsbekundungen« auf: »Wie furchtbar!«, »Das ist ja grauenhaft!«, »Nein, so etwas Schreckliches!«

Der Hintergrund dieses Verhaltens ist Angst. Diese Menschen kennen sich selbst kaum und wissen nicht, ob sie sich auf sich verlassen können. Also verlassen sie sich auf äußere Umstände, die sie kontrollieren können. Und sie sind den ganzen Tag damit beschäftigt, irgendetwas zu tun. So können ihre Gefühle nicht spürbar werden.

Eine floskelhafte Sprache kann Anzeichen für Angst vor echten Gefühlen sein.

Unter der Oberfläche brodelt ein Gefühlsvulkan

Diese Menschen gleichen einem Vulkan, in dessen Innerstem eine Lava brodelt – bestehend aus Aggression, verhinderter Sexualität und vielen Impulsen, die in Schach gehalten werden müssen.

Die unbewusste Angst vor einem Ausbruch zwingt sie dazu, das Brodeln in ihrem Inneren durch zwanghafte Sauberkeit und Ordnung zurückzuhalten. Ihr Vulkan besteht aus einem inneren Herd und einem Kamin, der die Verbindung nach außen herstellt. Menschen, die ihr Feuer in Schach halten müssen und Angst vor einem Ausbruch und dem Ausgießen heißer Lava haben, müssen durch diesen Kamin immer wieder Dampf ablassen.

Doch es ist eben nur Dampf, nicht Lava – es sind Anfälle von Putzwut, wenn jemand etwas beschmutzt, oder Weinkrämpfe, wenn jemand die notwendige Ordnung stört, oder hysterische Gefühlsausbrüche, wenn sich andere nicht in das System einfügen lassen. Frauen, die in diesem Zustand leben, haben oft das Gefühl, mit einer »Bombe im Bauch« herumzulaufen, und empfinden häufig eine für sie selbst unerklärbare Wut und Anspannung.

Zwanghafte Menschen meinen oft, mit einer »Bombe im Bauch« herumzulaufen und empfinden häufig ihnen selbst unerklärbare Aggressionen.

Oft bauen sie Familienangehörige, die Aufgaben im zwanghaften Rhythmus übernehmen müssen, in den Kampf gegen die Triebe ein. Der äußere Halt soll fehlenden inneren Halt ersetzen. Dieser Umstand wird auch an vielen Stellen in Christines Geschichte klar. Deutlich wird auch, dass es für sie keine Kopfentscheidung sein kann, von den Zwängen abzulassen, denn sie sind ja notwendig, überlebens-notwendig.

Solange der Partner und das soziale Umfeld zwanghaftes Verhalten tolerieren, wird sich nichts ändern.

Christine hat dann eine Chance, freier zu sein, wenn sie in der Lage ist, ihr zwanghaftes Verhalten als solches zu erkennen und auch zu spüren, wie sehr sie sich dadurch ihrer Lebensimpulse, ihrer Lebendigkeit beraubt. Solange aber Partner und soziales Umfeld in diesem Drama mitspielen (und häufig heimlich außerhalb der beengenden Szene ihren Dampf ablassen!), wird sich nichts ändern. Die Sexualität spielt dabei eine entscheidende Rolle. Durch vielerlei Einflüsse, wie Erziehung, Religion und konservative Wertvorstellungen in der Familie entwickelt sich eine große Angst vor der Dynamik, die gelebte Sexualität mit sich bringt. So muss alles »sauber« gehalten werden.

Die Anrede »Mutti« entsexualisiert und enterotisiert eine Partnerschaft.

Christine und Bernd sprechen sich seit der Geburt ihrer Kinder nicht mehr mit dem Vornamen an, sondern mit »Mutti« und »Vati«. Was haben sie aus sich gemacht? Was machen sie mit dem Partner? Wo bleibt die Beziehung als Paar? Erinnern wir uns an die Szene, in der Bernd fragt: »Mutti, warum kommst du nicht ins Bett?«

Bernd will mit Mutti ins Bett. Da kann ja wirklich nichts mehr passieren, denn das wäre ja – wenn wir diesen Gedanken konsequent weiterführen – Inzest. Also bedeutet diese Anrede eine Ent-Sexualisierung und meist auch eine Ent-Erotisierung einer Partnerschaft. Die vielen ungelebten sexuellen Triebimpulse müssen daher von beiden auf andere Art und Weise ausgelebt werden.

Rollenerwartungen kontra eigene Wünsche

Nicht nur die Familie beeinflusst ein Kind in seiner Entwicklung, sondern auch das übrige gesellschaftliche Umfeld. Ruth, die Journalistin aus unserer Geschichte, ist ein gutes Beispiel dafür. Jede Kultur hat Rollenerwartungen festgelegt, nach denen sich Frauen und Männer zu verhalten haben.

In unserer Gesellschaft etwa wird von Männern erwartet, dass sie »ihren Mann stehen« sprich: dass sie kämpfen können. Frauen hingegen werden zum Helfen erzogen. Ein »richtiges« Mädchen muss tragen können – zunächst ihre Puppen, dann den Partner, die Kinder, aber auch, ganz allgemein, die sozial und emotional Schwachen und Bedürftigen.

Männer lernen von Kindheit an, »ihren Mann zu stehen«. Frauen hingegen werden zum er-tragen erzogen.

Frauen lernen früh, sich in andere einzufühlen und diese zu verstehen. Sie lernen aber auch, Probleme nicht mit Gewalt zu lösen, sondern nachgiebig zu sein, sich nach anderen zu richten. Tun sie das geschickt genug, gelten sie als »klug« und »diplomatisch«.

Die Kehrseite der Medaille: Wer von klein auf lernt, sich an anderen zu orientieren, verlernt, seine eigenen Gefühle wichtig und ernst zu nehmen. Falls er dann ausnahmsweise doch einmal auf seine eigenen Wünsche achtet, erlebt er sich selbst und seine Wünsche als egoistisch, als verboten.

Wer lernt, sich nach anderen zu richten, wird sich selbst nicht wichtig nehmen. Die eigenen Wünsche werden dann als egoistisch erlebt.

Schönheitsideale verleiten zu Gewalt gegen sich selbst

Wenn wir diesen Gedanken zu Ende denken, bleibt nur der Schluss: Viele Frauen lernen sehr früh, sich Gewalt anzutun, indem sie sich verleugnen, und dies auch noch für selbstverständlich halten. So ist auch zu erklären, warum sich nicht wenige Frauen konkreter kör-

Das Gespür für den eigenen Körper fehlt: für seine Unverwechselbarkeit und Individualität. Stattdessen soll er standardisiert und einem Idealbild angeglichen werden.

perlicher und seelischer Gewalt aussetzen, ohne dies überhaupt zu erkennen.

Denken Sie nur an die vielen »Schönheits«-Operationen, vom Silikonbusen bis zum Lifting. Diese von Männern ausgedachten und meist auch von ihnen ausgeführten Eingriffe haben in der Regel nur ein Ziel: Die Frau soll dem Mann gefallen.

Spricht man mit diesen Frauen über dieses Thema, wird sehr oft deutlich: Ihnen fehlt das Gespür für den Wert des eigenen Körpers, für die Kostbarkeit der Gesundheit, für ihre Individualität und Unverwechselbarkeit. Stattdessen wollen sich diese Frauen nach einem Idealbild richten, das »Mann« von »Frau« hat.

Frauen wenden viel Zeit für ihr Äußeres und die Erziehung der Kinder auf. Für darüber hinausgehende Aktivitäten bleibt kaum Zeit.

Ein weiteres Beispiel sind die unzähligen sinnlosen und gesundheitsschädigenden Diäten.

Frauen begründen diese Gewalt gegen sich selbst oft dermaßen überzeugend, dass ihr Verhalten beinahe logisch erscheint. Die wahren Gründe, weshalb sich Frauen auf so etwas einlassen, klammern sie hingegen aus.

Diese Art der Gewalt an sich selbst hat politische Dimensionen: Frauen wenden sehr viel Zeit, Energie und Geld dafür auf, sich (für den Mann) schön, interessant und attraktiv zu machen, und kümmern sich zusätzlich um die Erziehung der Kinder, was man ihnen – so suggeriert es die ebenfalls männerdominierte Werbung – keinesfalls ansehen darf. So bleibt keine Zeit, sich um das zu kümmern, was die kämpfenden Männer in der Welt anrichten, indem sie Gewalt anwenden gegen Mensch und Natur. Im Gegenteil: Die Frau stärkt dem Krieger den Rücken und hilft ihm noch, wo sie kann. Kein Wunder, dass unsere Welt so ist, wie sie ist …

Die Macht der passiven Rolle

Frauen sind nur bedingt einfühlsam. Sie können sich so weit in andere einfühlen, wie es die herrschende Vorstellung von »richtig« oder »falsch« verlangt. Weniger einfühlsam sind sie, wenn es um sie selbst und ihre eigenen Abhängigkeiten geht. Da kommen sie aus ihrer Helferhaltung kaum heraus, bleiben passiv und halten aus. Die Rollenverteilung bleibt unberührt: Der Mann kämpft, die Frau hilft.

Die Opferrolle verleiht Macht und Befriedigung: Die Familie ist von einer solch »selbstlosen« Helferin abhängig.

Dass dieses Helfen, diese passive Rolle durchaus auch Macht verleiht, sehen wir an Christine. Denn der Mann und auch meist der Rest der Familie ist von einer solchen Helferin abhängig. Zugleich verschafft solchen Frauen die Opferrolle auch Befriedigung: Sie erwarten Rücksichtnahme und appellieren indirekt an die Schuldgefühle der anderen.

Ein solches Verhalten zeigt Christine auch gegenüber der Gruppe, wird allerdings schnell von Anna durchschaut: »Die Masche läuft nicht – jedenfalls nicht bei mir, denn ich kenne diese Finte gut ...«, sagt sie am Schluss unserer Geschichte.

Die Erleiden- und Erduldenhaltung solcher Frauen zwingt die Familie zu ständiger Rücksichtnahme, die von Schuldgefühlen begleitet wird (siehe Seite 77).

Auf diese Weise bedingen Frauen- und Männerbild einander: Die »anspruchslose« Christine sorgt für ihre Familie, holt sich durch Erleiden und Erdulden Aufmerksamkeit und Zuwendung, verschleiert ihre Wünsche. Auch Anna fällt es ja schwer, ihre Wünsche zu äußern. Auch sie zwingt durch ihre Migräneanfälle die Familie zur Rücksichtnahme – Anfälle, die auch Ausdruck des Kampfes gegen das Andrängen der Wünsche sein können.

Pflichtbewusste Mutter oder kämpferische Amazone

Was passiert nun, wenn die Kinder aus dem Haus sind, wenn all das Sorgen, Tragen, Pflegen und Helfen nicht mehr gefragt ist, wenn die

Fehlt die Droge »Pflicht«, dann kommt es zur Krise.

Frau von ihren Pflichten entbunden wird? Dann erleben viele Frauen das, was Christine bei ihrer Vorstellung in der Gruppe beschreibt: Die Frauen fühlen sich überflüssig, wertlos, verbraucht und alt.

Auch die Ehe von »Mutti« und »Vati« war ja bestimmt durch Erziehung. Die Aufgaben wurden pflicht- und rollengemäß erfüllt. Aufgaben, von denen Christine abhängig, ja nach denen sie regelrecht süchtig ist. Fehlt die »Droge«, kommt es zur großen Krise: Christine wird depressiv.

Ruth ähnelt einer Kriegerin: Sie ist ständig im Kampf mit der Außenwelt.

Unbewusst versucht sie das Problem zu lösen, indem sie alles »in Ordnung«, »ins Reine« bringt. Ihr Mann, der Krieger, »kämpft« für sie, sucht nach Abhilfe, macht sie auf die Zeitungsanzeige aufmerksam.

Wie steht es mit Ruth? Sie ist anders, sie ist eine Kriegerin. Ihr Beruf erfordert Kämpferqualitäten: Sie braucht ein gutes Durchsetzungsvermögen, ja, sie muss sogar eine Ellbogenmentalität entwickeln, bis hin zur Rücksichtslosigkeit. Auf der Strecke bleiben die Erdung zum Weiblichen und zur Mütterlichkeit.
Ruths Verzicht auf Kinder ist scheinbar eine klare Kopfentscheidung. Doch käme sie nicht in enorme Turbulenzen, wenn sie sich als Mutter mit ihrer weiblichen Seite auseinandersetzen müsste?

Christine und Ruth – zwei Gegenpole: Beiden gemein ist, mit sich selbst nicht stimmig zu sein, und der Wunsch, zu sich selbst zu kommen.

Christine und Ruth – zwei Gegenpole: Die eine bezieht ihre Existenzberechtigung ausschließlich aus ihren weiblichen, mütterlichen Fähigkeiten, aus ihrem Sorgen für andere. Die andere sucht den Kampf, die Auseinandersetzung, einer Amazone gleich. Da sich Ruth nicht mit ihrer Weiblichkeit auseinandersetzt, geht sie gewaltsam gegen ihre Natur vor; ihr fehlt der Boden.

Beide Frauen sind nicht bei sich selbst, doch beide entwickeln letztlich den Wunsch, zu sich und zu ihrem echten Selbstbewusstsein zu kommen.

Bei Christine bleibt die Frage offen, ob es ihr gelingen wird, sich auf den Weg zu machen. Sie zeigt sich am Ende der Geschichte nach wie vor als sehr abhängig von den anderen und wünscht sich eine starke Führungsperson, die ihr sagt, wo es langgeht. Die Angst, auf sich selbst gestellt zu sein, ist groß. Von klein auf hat Christine gelernt, dass es wichtiger ist, andere zufrieden zu stellen als sich selbst. Sie stellt nicht die Frage, wie es ihr geht, sondern was sie tun kann, damit sich andere wohl fühlen.
Das führt so weit, dass ihre innere Ordnung zerbricht, als die Gruppe sie mit Fragen nach ihren Gefühlen konfrontiert. Sie reagiert mit dem verzweifelten, aber vergeblichen Versuch, die anderen dazu zu bringen, ihr zu sagen, wie sie sich zu fühlen hat. Und sie weist ihnen letztlich die Schuld zu, als diese sich nicht darauf einlassen.

»Nein«-Sagen allein genügt nicht

Es ist ein großer Unterschied, für jemanden zu sorgen und auf ihn einzugehen oder sich anzupassen, sich nach einem anderen zu richten und sich förmlich an ihn anzuketten. Wer für einen anderen Menschen gut sorgen möchte, muss die Voraussetzung mitbringen, ihn zu sehen, wie er ist, um auf seine Wünsche und Bedürfnisse eingehen zu können. Dies wiederum setzt voraus, sich selbst und seine eigenen Wünsche wahrzunehmen, sich ernst zu nehmen und gut mit sich umzugehen.

Nimmt man sich selbst und seine eigenen Wünsche wahr, so werden die Wünsche des anderen nicht als Zwang erlebt.

Funktioniert dieses Zusammenspiel, werden die Wünsche des anderen nicht als Zwang erlebt. Wer den Eindruck hat, dass alle etwas von einem wollen, kann Wünsche nur als Befehle oder gar Übergriffe empfinden. Da bleiben dann nur noch zwei Möglichkeiten: sich zu unterwerfen oder sich zu widersetzen.

»Ja« oder »Nein« verantworten zu können – das ist selbstbewusst.

In vielen Fällen höre ich den Wunsch: »Ich müsste einfach mal lernen, ›Nein!‹ zu sagen.« Das ist nicht das Problem! Wichtiger ist es, dass jedes »Ja« und jedes »Nein« wirklich der eigenen Gefühlslage und den eigenen Möglichkeiten entspricht. Dann wird aus einem »Ich sage ›Ja‹ oder ›Nein‹, weil es der andere so von mir verlangt« ein »Ich sage ›Ja‹ oder ›Nein‹, weil ich selbst es so verantworte.« Und dies ist der Weg zum eigenen Selbstbewusstsein.

Selbstbewusstsein beginnt mit der äußeren Erscheinung

Auch die äußere Erscheinung kann bereits viel darüber aussagen, ob jemand selbstbewusst ist. Denn oftmals kommt es auf die richtige Ausstrahlung an, die wir auf unsere Gesprächspartner ausüben. Zur äußeren Erscheinung zählen sowohl die passende Kleidung als auch ein selbstsicheres Auftreten.

Kleidung kann wie eine Rüstung sein, hinter der man sein Selbst versteckt (siehe »Anna auf dem Weg«, Seite 14f.).

Den zu sich passenden Kleidungsstil finden

Anna zum Beispiel zieht sich übertrieben gut an, als sie zum ersten Mal in die Gruppe geht; sie bezeichnet sich selbst als »overdressed«. Dahinter steht bei ihr zum einen der Wunsch, einen guten Eindruck zu machen, zum anderen gleichzeitig die Angst, als biedere Hausfrau eingestuft und damit abgewertet zu werden. Für Anna ist Kleidung also eine Art Rüstung, eine Auf-Rüstung. Sie legt sie regelrecht an, mit dem Ziel, sich selbst dahinter zu verstecken. In vielen Märchen und Sagen spielen Kleider und deren

Die Kleidung drückt unsere Stimmungen aus

Wir alle haben schon erlebt, wie sich unsere Stimmungen, Empfindungen und die Wahrnehmung von uns selbst in unserer Kleidung ausdrückt. Wir spüren dies auch, wenn wir Kleidung wechseln! Etwa, indem wir dunkle Kleidung gegen helle oder dumpfe Farben gegen leuchtende tauschen. Farben und Stoffqualität, Schnitte und Kombination der verschiedenen Elemente zeigen unsere innersten Empfindungen und beeinflussen uns gleichzeitig.

Bedeutung eine große Rolle. Man denke nur an »Aschenputtel« oder «»Des Kaisers neue Kleider«.

Annas Ver-Kleidung hat den Zweck, sich selbst und andere zu täuschen. Der Spruch in ihrer Schranktür (»Bei einem scheinbar hohlen Gefäß richtet sich aller Augenmerk auf Form und Aussehen«) zeigt, dass sie die Sorge quält, andere könnten in ihr genau das sehen, was sie selbst zu sein befürchtet, nämlich ein hohles Gefäß. So legt sie viel Wert auf gute Figur und ansprechende Kleidung.

Ver-Kleidung dient der Täuschung: Das Selbstbewusstsein kommt nicht von innen heraus, sondern allein daher, wie man auf andere wirkt.

Erinnern wir uns an Annas Gedanken: »Overdressed and undersexed« und noch dazu übertrieben geschminkt! Viele Menschen holen sich die Energien für ihr Selbstbewusstsein aus dem Grad der Attraktivität, die sie auf andere ausstrahlen. So gibt es den männlichen Don-Juan-Typ, der Frauen sammeln muss, um sich gut und potent zu fühlen. Dahinter steht jedoch häufiger »Sammlerleidenschaft« als wahre Freude und Genuss an Sexualität.

Der Don-Juan-Typ: Er muss Frauen sammeln als Selbstbestätigung.

Zahlreiche Frauen versuchen, bewundernde Blicke auf sich zu ziehen: Sie sind gierig nach Anerkennung. Und da sie früh gelernt haben, durch ein angenehmes äußeres Erscheinungsbild

Bewunderung und Streicheleinheiten zu erhalten, wenden sie viel Zeit für ihr Äußeres auf. Das Aussehen ersetzt die eigene innere Anerkennung.

Manche Frauen versuchen, über ihr äußeres Erscheinungsbild etwas für ihr Inneres zu holen: Äußere Schönheit ersetzt eigene innere Anerkennung.

Diese Frauen versuchen, über die äußere Wirkung etwas für ihr Inneres zu holen. Meist sind sie sich des eigenen inneren Wertes gar nicht so sicher. Infolgedessen gefährden sie ihre Gesundheit durch Hungerkuren oder übermäßige Sonnenbestrahlung, quälen sich durch Fitnessräume und über Trimm-dich-Pfade oder lassen sich sogar auf schmerzhafte und zweifelhafte Schönheitsoperationen ein.

Um nicht missverstanden zu werden: Es ist nicht die Rede von Menschen, die etwas für ihren Körper tun, um sich etwas Gutes zu tun. Sportliche Betätigung, Auftanken in der Sonne und Einschränkung der Genussmittel sind für das leibliche und seelische Wohl wichtig. Es geht um die Übertreibung, um das Maß, das nicht mehr gut tut, um ein Verhalten, hinter dem nicht selten Suchttendenzen stehen.

Auch die Nachlässigkeit im äußeren Erscheinungsbild dient als Schutzhülle vor dem eigenen Wunsch nach Anerkennung und Sexualität.

Auf der anderen Seite gibt es auch genügend Frauen (und Männer), die auf ihr Äußeres wenig Wert legen. Auch dies kann als eine Art Schutzhülle oder Rüstung eingesetzt werden. Für manche Frauen ist es leichter, sich hinter ihrem Übergewicht als einer fülligen Rüstung zu verschanzen, als sich dem eigenen Wunsch nach Anerkennung und Sexualität zu stellen.

Dies funktioniert nach dem Prinzip der Fabel vom Fuchs, der an die süßen hoch hängenden Weintrauben nicht herankommt und daraufhin ganz einfach behauptet: »Ich mag die blöden Weintrauben gar nicht, sie schmecken sowieso sauer« – obwohl er natürlich großes Verlangen danach hat.

Auf die Ausstrahlung kommt es an

Das, was auf uns und andere wirkt, sind weder ideale Körpermaße noch die Superfigur, weder der sinnliche Mund noch schönes, volles Haar: Es kommt vielmehr auf unsere Gesamterscheinung, auf unsere Ausstrahlung an.

Wir wirken auf unsere Mitmenschen aufgrund unserer Ausstrahlung. Stilsicher und unverwechselbar sein – das macht unwiderstehlich.

Ausstrahlung bedeutet nichts anderes, als sich mit seiner Gesamtpersönlichkeit darzustellen, mit unseren starken und schwachen Seiten.

Dazu gehören auch eine gewisse Sicherheit über den eigenen Stil und die unverwechselbare Art, mit der wir uns selbst präsentieren. Wer sich wirklich kennt und mag und wer in der Lage ist, die unterschiedlichen Teile seiner Persönlichkeit voll zur Geltung zu bringen, wird von den Mitmenschen als lebendig, interessant, anziehend und attraktiv erlebt.

Selbstbewusst zu sein bedeutet auch, sich abzuwenden von einem falschen Perfektionswahn. Frauen, die an ihrem Aussehen ständig etwas auszusetzen haben, geraten in einen fortwährenden inneren und teilweise auch äußeren Leistungszwang: Sie hetzen von einem Gymnastikkurs zum anderen, vom Friseur zum Kosmetiktermin, durchstreifen stundenlang Kaufhäuser und Geschäfte, probieren unzählige Diäten aus, sind den ganzen Tag damit beschäftigt, Kalorien zu zählen und besondere Gerichte zu kochen und schauen dabei nie darauf, was wirklich gut und stimmig für sie ist. Stattdessen blicken sie wie gebannt auf das, was »fehlt«.

Selbstbewusstsein äußert sich darin, sich so zu akzeptieren, wie man ist. Falscher Perfektionismus führt in die Sackgasse.

Dahinter steht ein »Ich-will-anders-sein«-Denken, eine permanente Unzufriedenheit, ein selbst produziertes Unglücklichsein und manchmal auch die innere Erlaubnis für schlechte Laune, Neid auf »Besitzende« und nicht zuletzt eine gute Entschuldigung für Misserfolge.

Der Mythos »Schönheit«: Mehr Schein als Sein

»Schön ist eigentlich alles, was wir mit Liebe betrachten«, sagt der Dichter Christian Morgenstern. Frauen fühlen sich oft aufgrund ihres Aussehens, genauer gesagt, durch die Selbsteinschätzung ihres Aussehens, in ihrer Selbstsicherheit eingeschränkt. Bei Umfragen zum Thema »Was Frauen an sich nicht gefällt« ergab sich: Mit der liebevollen Betrachtung ihrer selbst haben viele Frauen Probleme. Sechs von zehn Frauen jammerten über zu breite Hüften, der Hälfte der Befragten war ihr Bauch nicht flach genug, fast genauso viele beschwerten sich über Zellulite. 45 Prozent waren mit ihrem scheinbar zu kleinen Busen unzufrieden, etwa genauso viele klagten über ihre Haarfarbe, über blassen Teint, Pickel, Akne oder Fältchen.

Frauen neigen dazu, ihre »Figurprobleme« wie unter einer Lupe zu betrachten. Sie messen sich mit Traummaßen von Fotomodellen, vergleichen sich mit perfekt geschminkten Gesichtern aus Zeitschriften oder Filmen, gehen in »Wettbewerb« mit geschönten Frauen, die ungeschminkt meist auch nicht anders aussehen als »der Durchschnitt«. Gemessen an diesem illusionären Maßstab, schneidet die große Mehrheit des weiblichen Geschlechts selbstverständlich schlecht ab und steht somit ihrer eigenen Persönlichkeit und Zufriedenheit im Weg. Dabei ist es doch gar nicht so schwer, seinen Körper so zu akzeptieren, wie er ist! Denn anders als in früheren Generationen gibt es in unserer Zeit kein »genormtes« Schönheitsideal. Wenn wir die Palette der Stars und Fotomodelle betrachten, lässt sich kein einheitliches Schönheitsvorbild entdecken. Stattdessen erfreuen wir uns an vielen Varianten, die als »schön« gelten: Frauen, die ihre weiblichen Formen mit Freude zur Schau stellen, sportliche Frauen, klassische Schönheiten – mal blond, mal dunkel, mal rothaarig. Kurz und gut: »Die« typische Schönheit gibt es nicht – zum Glück!

Wenn wir Gründe für Kontaktschwierigkeiten, Misserfolge im Beruf oder Privatleben auf äußere Dinge schieben (»Das Übergewicht ist schuld!«, »Es liegt an meinen Falten «), dann brauchen wir nicht nach den wahren Gründen unserer Probleme zu forschen. Die Konzentration auf »Schwächen« ist ein typisches Phänomen unserer Konsum- und Leistungsgesellschaft.

Eine Entschuldigung für Misserfolg wird oft in Äußerlichkeiten gesucht. Die wahren Gründe für Probleme werden jedoch so nicht aufgedeckt.

Vermutlich spielt hier auch das männliche Interesse eine große Rolle. In der Werbe- und Medienwelt geben Männer den Ton an. Welches Frauenbild entspricht ihren Fantasien? Vergleichen wir Fotos, die Männer oder Frauen von Frauen machen, können wir interessante Details feststellen. Fotografinnen vermitteln häufig eine »Gesamtperson«, bei der es nicht primär um Figur, Gesicht oder Hände geht, sondern um die ganze Frau mit ihrer Ausstrahlung und Persönlichkeit.

Nur mit ihrem Aussehen beschäftigte Frauen haben keine Zeit für wesentlichere Aufgaben und überlassen den Männern die wichtigen Entscheidungen.

Provokant gesagt: Frauen, die ausschließlich mit ihrem Aussehen beschäftigt sind, lassen die Finger von wesentlicheren Dingen und überlassen damit Männern das breite Feld der wirklich wichtigen Entscheidungen! Die bestehenden Machtstrukturen bleiben auf diese Weise erhalten, die Konkurrenz für die Männer entfällt und es gilt nach wie vor die altbekannte Einteilung: Die Sekretärin sorgt für den Chef, die Mutter versorgt seine Kinder, die Geliebte kümmert sich um sein Vergnügen ...

Sich um selbstsicheres Auftreten bemühen

Die meisten Menschen haben ein sehr feines Empfinden dafür und nehmen oft intuitiv wahr, ob jemand tatsächlich selbstsicher ist oder nur Selbstsicherheit vortäuscht und sich aufbläht.
Wer selbstsicher auftritt, signalisiert:

- »Ich nehme mich ernst!«
- »Ich nehme mich wichtig!«
- »Ich habe ein Anliegen und möchte gerne meine Wünsche umsetzen.«

Mimik und Gestik sind wichtige Ausdrucksmittel unseres Selbstbewusstseins!

Wer sein Selbstbewusstsein auf diese Weise in einem selbstsicheren Auftreten ausdrücken möchte, der sollte sich mit seinen gewohnten Verhaltensweisen auseinandersetzen. Denn die eigene Unsicherheit kann sich in Körpersprache, Lächeln sowie verlegenen Körperhaltungen und Gestik ausdrücken.

Die Körpersprache

Es gibt in der Körpersprache Unterschiede zwischen den Kulturen, aber auch zwischen den Geschlechtern.

Woran erkennt man selbstsichere Menschen?

Selbstsichere Menschen
- strahlen beim Reden und Handeln eine gewisse Selbstverständlichkeit, Stimmigkeit und Gelassenheit aus;
- brauchen nicht viele Worte oder grandiose Inszenierungen in Form von besonderer Kleidung, auffallenden Autos, luxuriösem Schmuck oder anderen extravaganten Statussymbolen um sich herum;
- entschuldigen sich nicht andauernd dafür, dass sie überhaupt da sind – sei es mit mit Worten, Gesten, Mienenspiel oder Körperhaltung;
- sagen ganz klar und meist sehr bestimmt, was sie wollen und was sie nicht wollen;
- reden nicht um den heißen Brei herum, sondern kommen schnell – meist freundlich und bestimmt – zum Thema;
- ruhen in sich und scheinen eine Art unsichtbaren Kreis um sich zu tragen, der von den anderen respektiert wird.

Frauen neigen dazu, sich schmaler und kleiner zu machen, als sie in Wirklichkeit sind. Sie nehmen zum Beispiel häufig eine »damenhafte« Sitzweise ein (Beine eng übereinandergeschlagen) und betonen durch Kleidung zusätzlich ihre schmale Silhouette.

Frauen neigen dazu, sich schmaler und kleiner zu machen als sie sind.

Das muss nicht grundsätzlich ein Ausdruck von Unsicherheit sein. Aber Sitz- und Stehhaltungen können Zeichen dafür sein, dass Frauen darauf verzichten, präsent oder dominant zu sein. Sie können zugleich ein Ausdruck von Unterlegenheit, wenn nicht sogar ein Angebot der Unterwürfigkeit sein. Zumindest kann eine solche Körpersprache so verstanden werden.

Die Wirkung eines Menschen hängt entscheidend davon ab, ob Körperhaltung, Mimik und Gestik mit dem übereinstimmen, was jemand sagt und wie er es sagt. Man nennt das »Kongruenz«. Wir empfinden jemanden als unsicher, bei dem ein Widerspruch besteht zwischen dem Inhalt seiner Worte, der Art, wie sie ausgesprochen werden, und der sie begleitenden Körpersprache.

Die Körperhaltung sowie die Mimik und Gestik sollten mit dem Inhalt des Gesprochenen übereinstimmen.

Es gibt vielerlei Signale für Unsicherheit. Sie zu kennen und wahrzunehmen, bedeutet den ersten Schritt zur Entwicklung einer stimmigen Persönlichkeit.

Das Lächeln

Lächeln ist ein doppeldeutiger Bote. Es kann zum einen ein Wohlgefühl ausdrücken, Freude und Zustimmung. Es kann aber auch eine Art von »Befriedungslächeln« sein, eine Art »weiße Fahne« wie sie besonders gut bei kleinen Kindern zu beobachten ist. Dann hat dieses Lächeln den Charakter von Besänftigung und Unterwerfung und heißt übersetzt: »Bitte tu mir nichts, ich will auch schön brav und friedlich sein!«

Ein ständig lächelndes Gesicht wirkt wie eine Maske. Eine solche Erstarrung löst beim Gegenüber Unbehagen aus.

Auch viele Frauen tragen dieses ständig lächelnde Gesicht vor sich her. Es wirkt wie eine Maske. Diese Frauen bemerken ihre Erstarrung häufig selbst nicht, lösen aber dadurch beim Gegenüber Verwirrung und Unbehagen aus.

Das Dauerlächeln hält die Mitmenschen auf Distanz, die dadurch nicht erfahren können, wie es der »lächelnden Maske« wirklich geht.

Lächelnde Masken haben vielerlei Sinn. Zum einen entschärfen sie das Gesagte. Eine lächelnd vorgetragene Kritik, Forderung oder Ablehnung trägt die Botschaft: »Nimm mich nicht so ernst!«

Lächeln dient aber auch einer inneren Verleugnung: Schlimme Erfahrungen und Begebenheiten werden lächelnd erzählt und so die eigenen Gefühle verleugnet, die diese negativen Erlebnisse begleiteten. Die Botschaft heißt in diesem Fall: »Ich nehme mein Gefühl nicht ernst. Es ist nicht wichtig.«

Eine weitere Aufgabe des Dauerlächelns kann auch sein, sich den anderen ein Stück weit auf Distanz zu halten. Wenn das Gesicht stehen bleibt und in einem Lächeln verharrt, kann der Gesprächspartner nicht mehr einschätzen, wie es dem anderen wirklich geht und wo er sich gerade innerlich befindet. Die Botschaft heißt: »Ich nehme dich nicht ernst und lächle dich auf Distanz.«

Verschiedene Verlegenheitshaltungen und -gesten

Verlegene Menschen wirken meist linkisch: Ihre Körperhaltung ist ein Spiegelbild ihrer Unsicherheit.

Es gibt viele Ausdrucksmittel der Verlegenheit. Wer versucht, seine Unsicherheit zu überspielen, weiß dies jedoch oft nicht. Zu den Anzeichen von Verlegenheit gehört es zum Beispiel, an Fingern, Fingernägeln, Nase, Ohrläppchen, Kleidungsteilen, Schmuck und anderen Gegenständen zu zupfen oder zu spielen, auf der Unterlippe zu kauen, Haare aus dem Gesicht zu streifen und Ähnliches.

Unsichere Menschen wirken meist linkisch, in sich zusammengesunken, ziehen die Schultern hoch, neigen den Kopf nach vorne, senken die Augen zu Boden oder halten ihre Finger an Mund oder Stirn. Auch automatisiertes Kopfnicken führt teilweise zu Missverständnissen. Es kann als wortlose Zustimmung aufgefasst werden, obwohl es meist nicht so gemeint ist.

So lässt sich Selbstsicherheit trainieren

Unsicherheit kann man jedoch durch Selbstsicherheit ersetzen. Wichtig dabei ist es, die eigene Haltung genau zu studieren und selbstsicheres Verhalten einzuüben. Wer allerdings vor dem Spiegel ein regelrechtes Trainingsprogramm absolviert, Gestik, Mimik und Körperhaltung im Detail einstudiert, baut auf diese Weise nur eine unlebendige Fassade auf. Schlimmer noch: Beim ersten kleinen Windstoß wird diese neue »Verkleidung« zusammenbrechen!

Beschäftigen Sie sich mit Ihrer Haltung, aber bauen Sie keine neue »Maske« auf!

Die folgenden Methoden haben sich vielfach bewährt

- Die Vertrauensperson

Wir können einen Menschen, dem wir vertrauen, darum bitten, uns zu erzählen, was er beobachtet, und wie das, was er sieht, auf ihn wirkt.

- Die Videoaufzeichnung

Wir können uns auf Video aufzeichnen lassen und uns dann – auch mit einer Vertrauensperson – diese Aufnahme mehrmals in Ruhe anschauen. Wie wirken wir auf uns selbst? Stimmt, wie wir uns fühlen, mit dem überein, wie wir wirken?

- Das Trainingsprogramm

Wer mit seiner Körperhaltung unzufrieden ist und etwas dafür tun will, sollte wissen: Unsere innere Haltung strahlt nach außen aus, aber man kann durch äußere Übungen auf die innere Haltung Einfluss nehmen.

Wichtig ist es dabei, eine Bewegungsart zu finden, die uns entspricht und an der wir Freude haben. Ob Yoga, Tai Chi, Wirbelsäulengymnastik, Kraft- oder Konditionstraining: Alles, was die Wirbelsäule stärkt, die Haltung aufrechter macht, den gesamten Bewegungsapparat kräftigt, den Schulterbereich lockert, den Gesichtsbereich entspannt und uns innerlich ein Stück wachsen lässt, hilft uns auf dem Weg zu uns selbst.

Kräftigende und entspannende Körperübungen sind ein guter Anfang für eine verbesserte Haltung.

Solche Übungen machen beweglicher und unverkrampfter, verbessern Gang und Haltung. Der Atem kann ungehindert fließen und wir wirken gefestigt, aufrecht, klar und kräftig.

Allerdings gilt es, für diesen Schritt zur Veränderung wieder einmal den »inneren Schweinehund« zu überwinden. Bemerkungen und Einwände wie

- »Zu wenig Zeit ...«
- »Ich würde ja gerne, aber ...«
- »Ich weiß ja nicht, was ich machen soll, was zu mir passt ...«
- »Ich habe niemanden, der mir sagen könnte, was mir gut tut ...«

machen uns den Neuanfang schwer.

Wer sich hinter Einwänden wie »zu wenig Zeit« versteckt, will letztlich keine Veränderung. Doch wir schaden damit am Ende nur uns selber.

Allerdings: Wer so redet, wird vermutlich tief in seinem Innersten gar keine Veränderung wollen. Denn manchmal ist es viel leichter, sich hinter einer Mauer aus »Hätte, wenn und aber ...« zu verstecken, statt den Kopf nach oben zu recken und für sich selbst verantwortlich zu werden.

Doch je perfekter die Ausrede, hinter der wir uns verschanzen, desto mehr schaden wir uns selber! Denn es ist schwierig, sich auf die Schliche zu kommen und die Falle zu entdecken, die man sich selbst stellt, wenn sie geschickt aufgestellt wurde ...

Also: Kopf nach oben strecken, Bauchnabel nach innen nehmen, Pomuskulatur anspannen, sich mit beiden Füßen auf den Boden stellen und die eigene Erdung spüren. Dann sind die ersten Schritte zur Selbstsicherheit getan ...

Was uns den Zugang zu uns selbst verbaut

Jeder von uns hat sicher schon einmal in einer Zeitschrift einen der beliebten »Erkenne Dich selbst«-Tests gemacht. Und bestimmt haben auch Sie ziemlich schnell durchschaut, wie so ein Test aufgebaut ist und was Sie ankreuzen müssen, um zu dem Ergebnis zu kommen, das Sie haben wollen.

Erkenne dich selbst – aber wähle dazu die richtige Methode!

Es gibt eine wahre Flut scheinbarer Möglichkeiten, über sich selbst die Wahrheit herauszufinden, oft verbunden mit Angeboten, dieses oder jenes zu verbessern. Eine Menge Tricks helfen dabei, sich zu belügen und dabei guten Glaubens zu sein, etwas für sein Wachsen und Werden getan zu haben.
Es gibt auch seriöse Angebote. Doch Blendwerk hat Hochsaison, und man benötigt sehr viel Informationen und Erfahrung, um die Spreu vom Weizen trennen zu können.

Ich möchte das mit der Zubereitung eines guten Essens vergleichen: Viele Kochbücher machen noch keinen guten Koch, und mit tausenderlei Zutaten allein zaubert man kein gutes Menü. Wer Genießbares zubereiten will, braucht Grundwissen. Feinheiten, die dann das Besondere ausmachen, erwirbt man durch Erfahrung, Übung, Kreativität und den Mut, etwas auszuprobieren.

Selbsterkenntnis ist wie die Zubereitung eines guten Essens: Man braucht die Zutaten, ein Rezept und Grundwissen über Verarbeitungsmethoden.

Wer sich selbst kennen lernen möchte, kann - einer Zutat gleich - Bücher kaufen. Nach der Lektüre hat er durchaus etwas gelernt. Dieses Wissen sitzt jedoch bestenfalls im Kopf und hat noch sehr wenig mit Selbstbewusstsein zu tun. Nächste Schritte etwa wären, sich modisch beraten zu lassen, eine neue Frisur zuzulegen oder ins Fitness-Studio zu gehen. Wer sich dann im Spiegel betrachtet, wird ehrlicherweise sagen müssen: »Na ja, äußerlich habe ich mich schon verändert – aber innerlich?« Er ist jetzt gewissermaßen in dem Stadium, in dem man bei einem Menü von »Genießbarkeit« sprechen könnte.

Um zu den Feinheiten zu gelangen, böte sich vielleicht ein Seminar oder Psychokurs an. Doch würden Sie einen teuren Kochkurs bei jemandem belegen, der Ihnen zwar wahre Wunder verspricht, doch von dem Sie nicht einmal wissen, ob er überhaupt über Grundkenntnisse verfügt?

Um uns die Komplexität des Selbstbewusstseins zu vergegenwärtigen, können wir den Vergleich mit einem Festmenü anstrengen!

Der Mensch und sein Selbstbewusstsein ist ein komplexes Gebiet, vergleichbar mit einem Menü aus unzähligen Gängen, mit diversen, zum Teil schwer miteinander zu vereinbarenden Bestandteilen. Und um da etwas Genießbares und gut Verträgliches zuzubereiten, braucht es unendlich viel Zeit, Übung, Überwindung von Fehlschlägen und vor allem auch die Kenntnis der Schranken, die das Vorhaben vereiteln könnten.

Wir leben nicht auf einer einsamen Insel. Unser gesellschaftliches Umfeld ist sehr vielschichtig. Jede Veränderung, die wir anstreben, löst Unruhe aus – in uns selbst und in unserer Umgebung. Wenn wir einen Stein in einen See werfen, bilden sich an der Stelle, an der er ins Wasser taucht, Kreise, die sich immer weiter ausdehnen. Genauso geben wir durch unser persönliches Verhalten Bewegungen nach außen weiter.

Wer sich selbst nicht richtig einschätzt, gibt falsche Signale an seine Umgebung weiter. Kein Wunder, wenn Selbst- und Fremdwahrnehmung dann auseinanderklaffen.

Manche Menschen wundern sich ihr Leben lang, weshalb sie von außen ganz anders gesehen werden, als sie sich selbst erleben. Sie glauben, sich zu kennen, glauben zu wissen, wie sie sind und warum sie tun, was sie tun. Doch die Reaktion der anderen ist oft sehr irritierend. Da passt dann etwas nicht zusammen. Solche Menschen geben sozusagen falsche Signale. Sie schätzen sich selbst falsch ein und werden als Folge davon auch von anderen nicht richtig eingeschätzt.

Gehen diese Menschen den Ursachen auf den Grund, dann können sie Steinchen entdecken, vielleicht sogar regelrechte Felsbrocken, die ihnen im Weg liegen. Sie finden vielleicht Sätze, die ihr bisheriges Leben begleitet haben, ohne dass sie dies wussten. Sie stoßen auf Schranken, die ihnen den direkten Zugang zu sich selbst und damit auch zu anderen verstellen.

Wer die Steine aus dem Weg zu sich selbst räumen will, muss Psychoarchäologie betreiben (siehe Seite 88ff.).

Wenn es ihnen nun gelingt, aktiv und mutig die Steine oder Felsbrocken anzuschauen und, wenn nötig, auf die Seite zu räumen, dann eröffnen sich neue Wege zu sich selbst – direkt, offen und unverstellt.

Ich nenne im Folgenden diese Steine der Einfachheit halber Prinzipien und werde Ihnen einige davon vorstellen. Vielleicht entdecken sie die eine oder andere Variante in sich selbst und können dann aktiv etwas verändern.

Prinzip »Gedankenschranken«: Von Sätzen, die einem das Leben schwer machen

In vielen Frauen leben behindernde Sätze, die sich wie selbst erbaute Schranken auswirken und ihnen das Leben schwer machen. Diese »heimlichen Leitsätze« sind den meisten Frauen gar nicht bewusst. Einige davon kennen wir aus der Geschichte der fünf Frauen im ersten Teil dieses Buchs.

Siehe »Brigitte zweifelt an ihrem Experiment«, Seite 64ff.

»Wenn ich etwas erreichen will, dann muss ich es heimlich tun, sonst stellt mir jemand ein Bein, und ich komme nie zu dem, was ich haben will.« Brigitte denkt über diese innere Schranke nach, als sie sich aufgeregt auf den Weg zum Treffen mit den Kollegen macht. Aus ihrer

Lebensgeschichte wissen wir, weshalb sie sich diese Technik angeeignet hat. Wer als Kind erlebt, dass es immer ein »Wenn und Aber« gibt, wenn Ideen vorgetragen, Fantasien ausgebreitet oder kindliche Hirngespinste erzählt werden, lernt früh, in die innere Welt abzudriften, denn dort sind die Gedanken frei und keiner kann sie erraten.

Wird diese Verhaltensweise jedoch zur Gewohnheit, verpasst man Gelegenheiten, sich über Wichtiges und Unwichtiges auszutauschen und die Meinung der anderen zu hören. Eine Meinung zu hören, heißt ja nicht, sie annehmen und teilen zu müssen. Sie stellt aber in jedem Fall eine Bereicherung dar, man kann Ideen nochmals überdenken, überprüfen und weiterentwicklen.

Siehe »Anna auf dem Weg«, Seite 33.

Die Auflösung dieser inneren Schranke kann heißen: »Wenn ich möchte, kann ich anders. Ich kann mich austauschen und dennoch meinen Weg gehen. Ich kann mir Informationen holen und trotzdem für mich entscheiden, was ich tun will.«

»Wenn ich unauffällig, liebenswert und nett bin und mich schwächer zeige als ich bin, dann halten mich andere für nicht so gefährlich und ich komme besser voran.« Anna erkennt, dass sie vor allem deshalb von anderen gemocht wird, weil sie nett ist. Und doch gibt es auch die andere Stimme in ihr, die sagt, dass sie sein will, wie sie wirklich ist. Frauen (und Männer) sind zum Teil hin- und hergerissen zwischen dem Wunsch, unauffällig und damit auch unangreifbar durchs Leben zu segeln, und der Sehnsucht nach einer frischen Brise, um die Fahrt zu beschleunigen.

Siehe »Christine: Mit 48 ist das Leben doch nicht vorüber?«, Seite 26ff.

Dennoch bestimmen Leitsprüche wie der von Anna das Leben und verhindern zügiges Vorwärtskommen und kraftvolle Bewegung. Dies mag vielleicht eine Zeit lang gut gehen. Doch im Grunde genommen ist es ein Trugschluss. Ob im Beruf oder im privaten Umfeld: Wir kommen dann gut voran, wenn wir uns unserer Kräfte bewusst sind und diese zielgerichtet einsetzen. Wie soll der Chef die Stärken seiner Sekretärin erkennen, wenn sie sich schwach gibt, und zwar pflichtbewusst, aber deutlich gebremst ihre Aufgaben erledigt?

Wer immer nur mit angezogener Handbremse unterwegs ist, schadet sich selbst und wird irgendwann nicht mehr wissen, über welche Kräfte und Dynamik er verfügt. Die Veränderung, die ein Vorwärtskommen ermöglicht, besteht darin, uns selbst möglichst realistisch einzuschätzen und uns klar zu werden, wie wir unsere Kräfte nutzen möchten.

Jeder Mensch sollte die Kräfte, über die er verfügt, auch einsetzen. Nur so entsteht ein realistisches Bild seines Ichs.

»Wenn ich mich selbst nicht so wichtig nehme, meine eigenen Wünsche ganz zurückstelle und für andere da bin, dann liebt und achtet man mich, und ich werde eines Tages belohnt werden.« Irrtum, Christine! Nur wer an sich selbst denkt, kann auch an andere denken. Wer sich scheinbar selbstlos für gut hält und im Gefühl des Altruismus, des »Nur für andere da sein« sonnt, und sich dabei – was gerne geschieht – hinter dem Deckmäntelchen der Christlichkeit versteckt, übersieht die Hälfte eines der wichtigsten Sätze der Bibel: »Liebe deinen Nächsten wie dich selbst!«

Ich bin davon überzeugt, dass eine bestimmte Form der Eigenliebe Voraussetzung dafür ist, auf andere Menschen liebend zugehen zu können. Christine zeigt sich enttäuscht darüber, dass ihre Familienmitglieder sich zwar versorgen lassen, aber nicht mit gleicher Münze zurückzahlen. Wer so tut, als sei er nur für andere da, verhält sich egoistisch und zugleich manipulativ.

Eigenliebe ist – im richtigen Maß und in der richtigen Form – Voraussetzung dafür, andere Menschen lieben zu können.

Denn ganz umsonst ist diese fürsorgliche Haltung nicht. Sie löst in ihrem Umfeld häufig Schuldgefühle aus (»Oh, ich habe meine Mutter wieder nicht angerufen! Mein gutes Muttchen, das immer nur an mich denkt.«) .

Da war das Gefühl, das in Anna wie eine Art von Witterung aufstieg, als sie Christine zum ersten Mal sah. Wir alle kennen den Wunsch, ehrliche Zuwendung und Aufmerksamkeit zu erhalten, statt ein Leben lang eine offene Rechnung mit sich zu führen.

Menschen, die so tun, als würden sie sich nicht wichtig nehmen, sind schwer angreifbar und auch schwer begreifbar. Mir jedenfalls sind Menschen lieber, die sagen, was sie wollen, aber auch, was ihnen nicht gefällt. Dann weiß ich, woran ich bin, und kann mich so verhalten, wie es für mich gut ist. Die Karten liegen auf dem Tisch, das Spiel ist fair.

Siehe »Eva: Ich will erwachsen werden!«, Seite 57.

»Ich kenne meine Fähigkeiten. Doch wenn ich sie ernst nehme, werde ich mein Leben und meine Beziehungen anders gestalten müssen. So, wie es ist, ist es doch auch ganz bequem.« Eva bietet immer wieder ihre Klein-Mädchen-Nummer an, obwohl sie eine erwachsene Frau ist und selbst eine Tochter hat. Sie hat die Vorstellung, dass andere sie so sehen wollen, und richtet sich wie eine Fahne nach dem Wind.

Fähigkeiten wollen nicht nur erkannt, sondern auch gelebt werden. Nun könnte man sagen, wer dumm sein will, der soll es doch sein. Wäre da nicht der psychodynamische Selbstläufer, der dafür sorgt, dass Begabungen ans Tageslicht kommen wollen.

Wer seine eigenen Kräfte nicht leben will oder kann, sucht sich häufig eine Art von Ersatzfigur, die dann (oft unausgesprochene) Aufträge erfüllen muss. Wie viele Kinder haben die Aufträge ihrer Eltern und Großeltern zu erfüllen: »Sei klug!« – »Sei super im Sport!« – »Sei brav!« usw.

Siehe »Ruth: Mein Beruf ist mein Leben.«, Seite 24ff.

Daran ist nichts auszusetzen, wenn es den Fähigkeiten und Wünschen der Kinder entspricht. Wenn die Kinder aber zum Supersportler, Klassenbesten oder sonstigen Überflieger werden müssen, damit Eltern sich wohl fühlen und Bestätigung erhalten, dann werden diese Kinder zur Erfüllung der eigenen Zwecken gebraucht.

Selbstbewusstsein heißt also auch, sich seiner eigenen Kräfte bewusst sein und zu entscheiden, ob und wie man sie einsetzt. Sie können darauf verzichten, Ihre Begabungen zu leben. Aber: Sie können auch anders!

»Als Frau bin ich nur eine Frau. Will ich mich behaupten, dann kann ich es nur, indem ich meine Weiblichkeit durch Männlichkeit ergänze.« Ruth behauptet sich auf einem harten Feld. Sie vergleicht Weiblichkeit mit Schwachsein. »Nur eine Frau« – das klingt sehr abwertend. Frauen haben es immer schwerer als Männer, Beruf und Weiblichkeit, Karriere und Mütterlichkeit miteinander zu vereinbaren. Und so lösen manche Frauen das Problem für sich, indem sie ihre weiblich-mütterliche Seite verbannen. Sie vergeben damit viele Chancen, zu sich selbst zu stehen und selbstbewusst das Leben zu gestalten. Nicht jede Frau muss Mutter sein. Doch in jeder Frau leben auch mütterliche Anteile, die zwar verdrängt werden können, aber damit nicht aufgehoben sind.

Zu den mütterlichen Anteilen in der eigenen Persönlichkeit sollte auch eine Karrierefrau stehen können.

Für Frauen wie Ruth geht es nicht darum, »anders« sein zu müssen, sondern sich auch ihrer weiblich-mütterlichen Anteile bewusst zu werden. Und dann können sie anders, denn dann müssen sie nicht mehr anders sein.

Das Prinzip »Mülleimer«: »Ich bin mir selbst nichts wert – es ist egal, wie andere mit mir umgehen!«

Das Mülleimerprinzip ist bei Frauen weit verbreitet. Vor allem diejenigen, die ihre Aufgaben in Haushalt und Kindererziehung gewählt haben (haben sie die wirklich selbst gewählt?), tragen oft schwer an dieser Einstellung sich selbst gegenüber. Sätze wie: »Ich habe ja sonst nichts zu tun«, wie sie Christine in der Gruppe vorträgt, oder »Ich bin ja sowieso zu Hause« öffnen Ausbeutern Tür und Tor.

Jeder »Mülleimer« hat einen Deckel

Frauen, die sich selbst als »Mülleimer« ihrer Familie und Umgebung empfinden, weil bei ihnen alles mögliche abgeladen wird, haben eine Chance, dies zu ändern und damit ihr Selbstwertgefühl zu steigern. Eine wichtige Voraussetzung dafür ist jedoch, die eigene Situation aus einem anderen Blickwinkel heraus zu sehen. Wesentliche Punkte der neuen Betrachtungsweise könnten etwa folgende sein:

- Der Mülleimer hat einen Deckel mit Griffen.
- Jede Frau kann bestimmen, wann der Deckel geöffnet und geschlossen wird.
- Jede ist selbst dafür verantwortlich, was ihr in den Eimer geworfen wird.
- Ausreden gelten nicht. Wer nicht selbst seinen Deckel schließt, damit ihm niemand etwas hineinwirft, was er nicht möchte, der hat etwas davon, dass er seinen Deckel offen hält.

Viele Frauen, die in Haushalt und Kindererziehung tätig sind, haben das Prinzip »Mülleimer« für sich gewählt (siehe »Christine: Mit 48 ist das Leben doch nicht vorüber?«, Seite 28).

Diese Frauen erleben sich selbst wie einen Mülleimer. Natürlich steckt immer eine Geschichte dahinter, weshalb sich diese Frauen selbst so wenig wert sind. Schließlich degradiert sich niemand gerne und freiwillig zum Abfalleimer. Meist stehen dahinter viele Erfahrungen, die sie schon als kleine Mädchen in Elternhaus, Schule und sozialem Umfeld gemacht haben.

Wer sich wie ein Abfalleimer fühlt, dem ist egal, wenn ihm jemand das hineinwirft, was er selbst nicht mehr will oder braucht.

Ist das nicht ein seltsames Gefühl von Wichtigkeit, wenigstens mit Abfall beworfen zu werden, wenn man schon ansonsten nichts wert ist? Das entspricht der Einstellung: »Lieber ein Mülleimer als ein leeres Gefäß!«

Wer auf diese Weise innerlich über die anderen, die »Egoisten« triumphiert, kann sich als moralischer Sieger fühlen! Letztlich betreibt er ein Machtspiel. Eine Frau, die sich schlecht behandeln lässt, sieht – oft unbewusst – in ihrem Masochismus ihre Stärke, so verrückt das klingt und so verrückt das auch ist!
Wenn diese Frauen sich ihres Verhaltens bewusst werden, gelingt es ihnen oft, wenn auch langsam, mit dieser Selbstschädigung aufzuhören.

Ein Beispiel dazu:
Eine Büroangestellte beschwert sich ständig über ihren überquellenden Schreibtisch und jammert über die anderen, die sich auf ihre Kosten einen faulen Lenz machen. Zu ihren eigentlichen Aufgaben kommt sie kaum, Termine kann sie nicht einhalten, weil sie so viele Dinge zu erledigen hat. Alle Kollegen schieben ihr unangenehme Arbeit zu, die sie selbst nicht tun wollen. Zu guter Letzt bekommt sie von ihrem Chef eine Abmahnung, da sie einige wichtige Aufgaben aus ihrem eigenen Bereich nicht erledigt hat.

Übertragen wir unser Mülleimerprinzip auf diesen Fall, erkennen wir, dass es ohne weiteres eine Lösung des Problems gäbe. Sie könnte auch anders, wenn sie sich selbst ernst nehmen würde. Doch da sie der moralische Sieger bleiben muss, wird sie ihre selbstschädigende Lebensweise weiterführen, bis sie es wirklich leid ist, Mülleimer zu sein.

Das Prinzip »Tropfender Wasserhahn«: »Mach du das für mich – ich kann mir selbst nicht helfen!«

Erlernte Hilflosigkeit ist für viele Frauen das zentrale Konzept in verschiedensten Lebenslagen. Ob es darum geht, den tropfenden Wasserhahn zu reparieren, eine Überweisung auszufüllen oder auf der

Landkarte den Weg von X nach Y zu suchen: Manche Frauen meinen, diese Dinge nicht zu können. Und können es dann wirklich nicht, wenn sie ihre »Frau stehen« müssen.

Wer sich einfache Aufgaben nicht zutraut, macht sich selbst zum Opfer erlernter Hilflosigkeit.

Nicht die wirkliche Situation ist für diese Haltung ausschlaggebend, sondern die eigene Einschätzung. Und die basiert oft auf der Überzeugung, selbst keinen Einfluss auf den Ausgang einer Situation zu haben, sondern ihr hilflos ausgeliefert zu sein.

Frauen, die sich so verhalten, sind Kinder geblieben und wollen meist gar nicht richtig erwachsen werden. Denn es ist nur allzu bequem, unangenehme Aufgaben abgeben zu können, beispielsweise mit einen Augenaufschlag, einem Lächeln und den hingehauchten Worten: »Das kann ich leider nicht!«

Viele Frauen übersehen dabei, dass sie sich im Laufe der Zeit tatsächlich immer weniger zutrauen und irgendwann selbst davon überzeugt sind, hilflos zu sein. Die Folge: Sie werden immer handlungsunfähiger und abhängiger von anderen.

Aber wenn solche Frauen erkennen, dass diese Hilflosigkeit erlernt ist, begreifen sie auch, dass sie diese Lähmung wieder verlernen können. Dazu ist es jedoch notwendig, von sich aus einen Schritt nach außen zu tun.

Das Prinzip »Dunkle Vorahnung«: »Das wird ganz bestimmt schief gehen – ich weiß es schon vorher!«

Sobald eine Frau davon überzeugt ist, dass sie sich ganz bestimmt verfährt, wenn sie von A nach B unterwegs ist, dann wird sie sich auch verfahren. Wenn sie davon ausgeht, dass sie den Videorekorder sowieso nicht programmieren kann, wird sie, wenn sie es doch versucht, mit Sicherheit auch noch die Kassette löschen, auf der ihr ein Freund vor kurzem ihren Lieblingsspielfilm aufgenommen hat.

Damit bestätigt sie zugleich, dass sie mit ihrer Skepsis Recht hatte. Sie übersieht aber, dass sie selbst die Urheberin des Teufelskreises ist. Man nennt dies eine »sich selbst erfüllende Prophezeiung«. Denn wenn jemand eine bestimmte Erwartung im Hinblick auf ein Geschehen hat, ist die Wahrscheinlichkeit hoch, sich innerlich genau in diesem Sinne auf die zukünftige Situation vorzubereiten.

Ist man innerlich von vorneherein auf Scheitern eingestellt, so ist die Wahrscheinlichkeit groß, dass die »dunklen Vorahnungen« auch eintreten.

So hat Anna aus unserer Geschichte schon von früh an den Satz gehört: »Lass das lieber deinen Bruder machen, du schaffst das nicht.« Und später ist es dann ihr Mann, der ihr immer wieder zu verstehen gibt, dass sie zwar kurze Strecken mit dem Auto ganz gut fahren kann, aber wohl kaum dafür geeignet ist, längere Entfernungen zurückzulegen. Es folgt der berühmte Satz: »Lass mich ans Steuer, du verfährst dich ja doch bloß!«

Anna hat nie dagegen protestiert, denn schließlich kennt sie diesen Satz von klein auf. Wenn sie eine längere Strecke zurückzulegen hat, ist sie sehr nervös und davon überzeugt, sich bestimmt zu verfahren. Und so ist es dann auch: Sie kommt nie auf die Weise ans Ziel, wie sie es gerne hätte. Und so wächst in ihr die Überzeugung, dass sie einen starken Mann an ihrer Seite braucht.

Das Prinzip »Lämmchen«: »Frauen, die nicht sanft sind, kriegen keinen Mann!«

Manche Frauen haben Angst davor, nicht gemocht zu werden, nicht attraktiv zu sein, keinen Partner zu finden und von der Gemeinschaft nicht geachtet zu werden, wenn sie nicht sanft und lammfromm sind, nach dem Motto: »Wölfinnen ausgeschlossen, es lebe die sanfte Demut!«

Frauen zeigen Stärken nicht offen und direkt, sondern weiblich verpackt – in der Annahme, man würde dies von ihnen erwarten.

Selbst in Berufen, die Durchsetzungsvermögen erfordern, wird von Frauen erwartet, ihre Stärken nicht offen und direkt

Unterdrückte Aggressionen können ein Eigenleben führen und sich in Form von Schlaflosigkeit, Antriebslosigkeit, Kopfschmerzen und Ähnlichem äußern.

zu zeigen, sondern angenehm weiblich zu verpacken. Oft verlangen dies Frauen auch von sich selbst, in der Annahme, andere würden dies von ihnen erwarten. Im Lächeln liegt ihre Stärke, lächelnd zeigen sie am liebsten ihre Zähne ...

Teilweise haben Frauen Angst vor Aggressionen und bekommen vor sich selbst Angst, wenn sie ihre Wut oder ihren Ärger spüren. Die Folge davon: Aggressive Gefühle dürfen nicht mehr gespürt werden. Irgendwann tritt dann eine Art Stillstand des Fühlens ein; ein ganz wesentlicher Teil der Gefühlspalette wird sozusagen auf Eis gelegt.

Aber Gefühle können wir nicht einfach auslöschen, nur weil wir sie nicht mehr spüren. Tief im Innersten verankert führen sie in solchen Fällen ein recht undurchsichtiges Eigenleben und äußern sich in Müdigkeit, Antriebslosigkeit, Schlafstörungen, Kopfschmerzen, Depressionen und Ähnlichem.

Die Fessel des lächelnden Mona-Lisa-Gesichtes verhindert, ans Ziel zu kommen und seine Wünsche durchzusetzen.

Häufig wird Aggression mit Gewalt verwechselt, und wer gilt schon gerne als gewalttätig. Wenn wir uns klar darüber werden, dass Aggressionen an sich nicht zerstörerisch, sondern eine lebenswichtige Antriebskraft und durchaus erlaubt sind, ist dies ein wichtiger Schritt zurück zu den Gefühlen.

Wenn wir uns wie in Watte gepackt fühlen oder auf andere Weise das Empfinden haben, neben uns zu stehen, sollten wir nachforschen, warum wir uns selbst gefühllos machen.

Viele Frauen wissen tief in sich um ihre Stärke und ihr Potenzial. Doch wie ein schönes Kleid legen sie sich die Fesseln des lächelnden Mona-Lisa-Gesichtes an.

Bildhaft gesprochen: Wenn wir versuchen, in hochhackigen Schuhen, engem, kurzem Rock und knapp auf Figur sitzendem Oberteil einen Spurt hinzulegen, um noch den gerade abfahrenden Bus zu erreichen, werden wir feststellen: Geht nicht! Wir werden erkennen, dass wir die falsche Kleidung tragen. Und wir werden uns das nächste Mal so bequem wie möglich anziehen, um ans Ziel zu kommen. Das gilt innerlich wie äußerlich, wenn wir wirklich unsere Wünsche durchsetzen wollen.

Prinzip: »Verbotene Wünsche«: »Ich habe keine Wünsche, du musst ahnen, was ich will!«

Viele Frauen trauen sich nicht, offen und direkt ihre Wünsche zu äußern. Wünsche, Forderungen, Erwartungen und Ziele scheinen für sie verboten zu sein. Doch kein Mensch ist wunschlos glücklich. Über Heimlichkeiten, Verdrehungen und geschickte Verpackungen wird er versuchen, seine Ziele zu erreichen.
Ganz problematisch wird es, wenn es uns gar nicht bewusst ist, dass wir etwas Bestimmtes möchten. Unser Unterbewusstsein schickt diesen Wunsch jedoch trotzdem los. Dieser so genannte »Selbstläuferwunsch« nimmt dann oft eigenartige Wege und Wendungen. Teilweise sind Familie, Partner, Arbeitskollegen in das Labyrinth mit eingeschlossen und werden Teil eines großen Verwirrspiels.

Manche Wünsche, die uns gar nichts bewusst sind, werden über das Unterbewusstsein geäußert. Als so genannte »Selbstläuferwünsche« sorgen sie für ein Verwirrspiel.

Viele Frauen fühlen sich unzufrieden und unglücklich, da sie innerlich davon überzeugt sind: Würde ihr Partner sie lieben, dann würde er durch ein Geschenk, eine Einladung, eine Aufmerksamkeit dafür sorgen, dass es ihnen besser geht.
Bei sich selbst nachzuforschen, woran es denn liegen könnte, dass sie sich nicht wohl fühlt, wagt eine solche Frau nicht. Sie könnte sich dann selbst auf die Spur kommen und mit dem Erkennen der eigenen Wünsche und Vorstellungen eine Lawine in ihrer Beziehung auslösen.

Das eigene Unwohlsein wird oft nicht hinterfragt. Vielmehr erwarten solche Frauen von ihrem Partner, dass er für ihr Wohlgefühl sorgt.

So ist es für sie viel ungefährlicher, von anderen zu erwarten, für ihr eigenes Wohlgefühl zuständig zu sein. Bleibt dann die eigene unbekannte Wunschliste vom anderen unerkannt, ist die Frau meist enttäuscht, gekränkt und davon überzeugt: »Würde er mich wirklich gerne haben, dann wäre er anders zu mir.« Oder: »Weil er so ist, wie er ist, kann es mir nicht gut gehen!«

Nicht ausgesprochene Wünsche können auch nicht erfüllt werden (siehe auch Christine: »Glück, was ist das?«, Seite 32).

Die Nichterfüllung unausgesprochener Wünsche kann auch als Bestätigung dafür gesehen werden, dass wir gar keine Wünsche haben dürfen. Wie etwa Christine, die bei der Vorstellung in der Frauengruppe davon berichtet, dass ihre Kinder nie Zeit haben, wenn sie etwas von ihnen möchte.

Aber Wünsche, die nicht ausgesprochen und somit von anderen nicht erkannt werden, können auch nicht erfüllt werden. In diesem Kreislauf finden Frauen, die so denken, die Bestätigung: Ich darf gar keine Wünsche haben; es wäre auch zwecklos, wenn ich welche hätte, denn die werden ja doch nicht erfüllt.

So bricht man aus dem Teufelskreis aus: Sich selbst als Urheberin seiner Wünsche anerkennen, nicht andere für sein Unwohlsein verantwortlich machen, das heißt: selber aktiv werden.

Ein Teufelskreis! Doch wie kommt man da wieder heraus? Tauchen Gefühle der Unzufriedenheit, des Unglücklichseins auf, wechseln Stimmungen zwischen himmelhoch jauchzend und zu Tode betrübt, herrschen Müdigkeit und Abgespanntheit, Energie- und Lustlosigkeit vor, heißt es, hellhörig zu werden und in sich zu gehen.

Aber es gehören eine Portion Mut und Aktivität dazu, aus diesem Dilemma herauszufinden. Ist es doch viel angenehmer, andere für das eigene Wohlgefühl oder besser: Unwohlgefühl verantwortlich zu machen. Das erleichtert Schuldzuweisungen.

Erkennen wir uns hingegen selbst als Urheberin der Wünsche, Erwartungen und Sehnsüchte, dann können wir uns nicht mehr hinter einem bequemen Schutzwall verstecken und müssen uns gleichzeitig selbst deutlicher ins Spiel bringen. Ein Risiko einerseits – aber auch eine große Chance, etwas für unser Selbstbewusstsein zu tun!

Das Problem mit dem Selbstwertgefühl

Menschen mit geringem Selbstwertgefühl haben es schwer. Sie leben häufig unter dem Zwang, andere beeindrucken zu müssen. Oder sie fühlen sich für alle und jedes verantwortlich. Sich selbst als nicht besonders wichtig zu erleben, hat manchmal Selbsthass und selbstschädigendes Verhalten zur Folge. Dies kann sich in einer ungesunden Lebensweise zeigen oder sogar in Form von Verletzungen, die dem eigenen Körper zugefügt werden. Einige Probleme, die sich daraus ergeben, sollen hier vorgestellt werden.

Frauen mit Minderwertigkeitsgefühlen haben Angst vor Ablehnung, wenn sie sich so zeigen, wie sie sind.

Frauen, die sich selbst nicht mögen (dies meist jedoch nicht wissen)

Frauen mit Minderwertigkeitsgefühlen gehen unbewusst davon aus, im Grunde genommen nicht geliebt zu werden und damit im Kern ihres Wesens anderen nicht zu genügen. Sie sind überzeugt davon, sich ganz besonders anstrengen zu müssen, um in der Welt Bestätigung, Zuneigung und Respekt zu bekommen. Sie vermuten, abgelehnt zu werden, wenn sie sich so zeigen, wie sie wirklich sind.

Zum Teil kennen diese Frauen ihr wahres Ich gar nicht. Aufrichtig gemeintes Lob oder Bestätigungen können sie meist nicht annehmen, da sie meinen, sie würden etwas Gutes nicht verdienen. Auf Spaß, Genuss, Freude, Zuneigung und Liebe können sie sich nur sehr schwer einlassen. Wenn sie es sich gut gehen lassen, fühlen sie sich häufig schlecht und schuldig.

Wer sich selbst nicht gerne hat, ist dauernd unzufrieden und nörgelt auch an anderen herum.

Einige dieser Frauen verbeißen sich regelrecht in negative Dinge. Sie finden in jeder Suppe ein Haar, sehen in vielen Situationen zunächst das Fehlerhafte, die Mängel und Schwachstellen. Sie neigen hauptsächlich dazu, zu tadeln und zu nörgeln, unzufrieden zu sein und an sich selbst, anderen Menschen und der Umwelt zu leiden. Tief in ihrem Innersten sind sie davon überzeugt, nicht liebenswert zu sein und keine liebevolle Behandlung zu verdienen.

Emotionale Blutsauger und hinterhältige Fieslinge – solche Leute suchen sich ihre Opfer unter Frauen, die sich selbst nicht lieben.

Dieser wenig liebevolle Umgang mit sich selbst führt häufig dazu, dass sie mit fast traumwandlerischer Sicherheit immer wieder an Menschen geraten, die ihnen nicht gut tun. Ob dies nun ein tyrannischer Chef ist, eine ausbeuterische Freundin, ein gewalttätiger Liebhaber oder ein ruinöser Geschäftspartner: Es sind in der Regel Menschen, die sich nach einiger Zeit als emotionale Blutsauger oder hinterhältige Fieslinge entpuppen.
Frauen, die sich so verhalten, machen sich immer wieder zum Opfer. Sie gestalten ihr Umfeld so, wie sie es kennen und innerlich erwarten: ein Kreislauf von Selbst- und Fremdentwertung, Gewalt von innen und von außen.

Frauen, die sich schwer abgrenzen können

Mangelndes Selbstwertgefühl ist auch bei Frauen anzutreffen, die sich aus einem Harmoniebedürfnis heraus nicht abgrenzen können.

Probleme mit dem Selbstwertgefühl haben auch Frauen, die sich nur schlecht abgrenzen können. Diesen Frauen fällt es schwer, »Nein« zu sagen. Da sie besonders harmoniebedürftig sind, scheuen sie Auseinandersetzungen. Sie haben Sorge, einen Mitmenschen vor den Kopf zu stoßen.
Die Kehrseite, die sie meist nicht kennen, sieht so aus: Durch ein »Nein« von einem anderen fühlen sie sich selbst gekränkt. Und so leben sie nach dem Motto: »Was du nicht willst, das

man dir tu', das füg auch keinem andern zu.« Die Folgen sind schwerwiegend. Frauen, die immer »Ja« sagen müssen, überfordern sich – und andere genauso!

Die Mitmenschen können nicht klar erkennen, was diese Frauen wollen. Und diese Frauen selbst haben das Gefühl, dass alle etwas von ihnen fordern. Wie Christine in der Geschichte fühlen sie sich verbraucht, ausgelaugt und energielos. Sie können nicht für sich sorgen, sich nicht für das eigene Wohl verantwortlich fühlen und lassen es zu, dass andere Menschen ihre Zeit, Energie und Liebe sowie ihren Raum, ihren Körper oder ihre Finanzen ausnutzen.

Diese Frauen gehen oft über die eigenen Grenzen. Besser gesagt: Sie können ihre Grenzen und ihren Kreis um sich herum nicht gut ziehen, sodass andere (zum Teil ahnungslos und mühelos) dann in diesen Grenzbereich eindringen. Sind die Grenzen schließlich überschritten oder verletzt, kommt es zum körperlichen und psychischen »burn-out-Syndrom«.

Frauen, die sich für andere übermäßig verantwortlich fühlen

Es gibt Frauen, die sich um alles und um jeden kümmern müssen. Wenn sie sich um andere sorgen können, für andere sorgen können, fühlen sie sich wohl. Man kann dies als eine Art »Ersatzhandlung« sehen: Diese Menschen tun sich über andere etwas Gutes.

Sich selbst über andere etwas Gutes zu tun, ist nichts anderes als eine »Ersatzhandlung.«

»Nimm noch das letzte Stück Kuchen! Es tut mir gut, wenn es dir schmeckt!« Hinter solchen Sätzen können zwei Botschaften stecken: Entweder jemand spürt seinen eigenen Hunger nicht. Oder er hat Angst, im wahren wie im übertragenen Sinn, dass das Stück Kuchen bei ihm ansetzen würde, dass es Folgen haben könnte, wenn er seinen Wünschen nachgäbe.

Wer seine Wünsche klar erkennt und äußert, muss damit rechnen, dass dies mit Konsequenzen verbunden ist – auch unangenehmen. Deshalb handeln viele Frauen nach dem Grundsatz: Da wollen wir doch lieber alles so lassen, wie es ist. Geschehen dann Dinge, die nicht in Ordnung sind, tragen »die anderen« die Verantwortung. Selbst ist man dann »rein« geblieben und kann sich in gutem Licht sehen. So können wir uns vor möglichen Enttäuschungen schützen.

Wer seine Wünsche klar erkennt und deutlich äußert, muss mit Konsequenzen rechnen – mit angenehmen und unangenehmen.

Nicht selten nehmen »Fürsorgerinnen« anderen Menschen die Verantwortung für sich selbst ab und fühlen sich dann für deren Wohlergehen zuständig. Sie springen sofort vom Stuhl auf, wenn andere etwas brauchen. Sie neigen dazu zu meinen, sie wüssten genau, was andere wollen oder nicht, und betrachten dies auch noch als besondere Einfühlungsgabe.

Den anderen jeden Wunsch von den Augen abzulesen, vermittelt große Zufriedenheit. Schnell sind diese Helfer mit Ratschlägen und Hilfsangeboten bei der Hand und reagieren betroffen, wenn ihre Fürsorglichkeit nicht mit offenen Armen und dankbar in Empfang genommen wird.

Durch zu fürsorgliches Verhalten werden die Grenzen der Mitmenschen überschritten. Diese haben kaum die Freiheit, die Fürsorge abzulehnen.

Dass sie dabei häufig die Grenzen ihrer Mitmenschen überschreiten, bemerken sie nicht. Meist ist diesen Menschen – auch hier in der Mehrzahl Frauen – kaum zu vermitteln, dass ihre gut gemeinte Hilfe aus ihrer eigenen Unfreiheit kommt und den anderen kaum die Freiheit lässt, Angebote anzunehmen oder dankend abzulehnen.

Frauen, die den Drang haben, andere beeindrucken zu müssen

Auch Frauen, die den Drang haben, andere beeindrucken zu müssen, haben Probleme mit ihrem Selbstwertgefühl. Denn die Gedan-

Was Fotoalben über uns verraten

Ob wir uns annehmen oder ablehnen, ob unser äußeres Erscheinungsbild mit dem inneren wirklich übereinstimmt, kurz gesagt: ob wir uns mögen oder nicht, hängt entscheidend davon ab, wie viel Wertschätzung wir seit der Kindheit erfahren haben. Auf der Spurensuche nach verschütteten oder verwischten Anteilen der eigenen Persönlichkeit hilft uns das gute alte Fotoalbum. Bei einem Blick auf die Bilder vergangener Zeiten können folgende Fragen einiges erhellen:

- Wie war das damals?
- Wie habe ich mich gefühlt auf dem Arm der Oma?
- Mit welchen Wünschen habe ich auf dieses Weihnachtsfest gewartet?
- Welche Erwartungen hatte ich, als ich zu dieser Party gegangen bin – und was ist dann wirklich geschehen?

Und plötzlich hören wir in uns deutlich die »magischen Sätze« der Kindheit. Magische Sätze, die zum Teil nicht klar ausgesprochen wurden und dennoch die Atmosphäre sowie das Klima in Familie und Umwelt bestimmt haben, wie etwa:

- »Wir sind eine anständige Familie.«
- »Bei uns gibt es so etwas nicht!«
- »Die Nachbarn müssen so ein großes Auto haben, wir hingegen sind bescheiden.«
- »Müßiggang ist aller Laster Anfang.«

Unerwartet gut konservierte Erinnerungen und Gefühle lassen sich auf einer solchen Zeitreise in die eigenen Vergangenheit ausgraben.
Heute, mit der Distanz zum damaligen Geschehen und mit der Kraft eines Erwachsenen, fällt es leichter, damit umzugehen.
Wenn wir anfangen zu verstehen, warum die eigene Entwicklung die eine oder andere Wendung genommen hat, dann verlieren einengende Sätze ihre magische Kraft und wir können die Richtung, in die wir uns entwickeln möchten, selbst bestimmen.

Wer zwanghaft damit beschäftigt ist, was andere über ihn denken, hat große Probleme mit seinem Selbstwertgefühl.

ken dieser Frauen sind fast zwanghaft damit beschäftigt, was andere über sie denken könnten und wie andere ihr Verhalten beurteilen. Sie versuchen, einen möglichst guten Eindruck zu machen, um die gewünschte Anerkennung und Bewunderung zu bekommen, die sie für sich selbst nicht empfinden können.

So wird es dann besonders wichtig, »was die Leute denken«, »welchen Eindruck die anderen haben« und dass andere »ja nichts Schlechtes denken«. Diese Suche nach Bestätigung ist häufig mit dem Bestreben verbunden, alles hundertprozentig richtig zu machen, gängige Normen zu erfüllen und nirgendwo anzuecken.

Die Sehnsucht, gut anzukommen, lässt diese Frauen viele Opfer bringen, um endlich jemand zu werden, der von anderen geliebt wird.

Zum Teil bringen diese Frauen große Opfer, um gut anzukommen. Sie geben viel Geld aus für Kleidung, Kosmetik, Schönheitsfarmen, Fitness-Studios, quälen sich durch Diätpläne und schädigen manchmal sogar ihren Körper, indem sie sich »verschönern« lassen. Solche Schönheitsoperationen sollen helfen, die Sehnsucht danach zu befriedigen, endlich einmal jemand zu sein, der von anderen geliebt und geachtet wird, da sie sich selbst nicht lieben können.

Wege zum Selbstbewusstsein – Chancen und Möglichkeiten

Wichtig ist es, sich selbst zu mögen

Fast jede zweite Frau – so ergaben diverse Umfragen – leidet unter mangelndem Selbstbewusstsein. Das hat weitreichende Konsequenzen für das soziale Leben und sogar für die Gesundheit. Die Folgen eines schwachen Selbstbewusstseins: Wer sich unsicher fühlt, vermeidet Kontakte und Begegnungen, zieht sich zurück, verlernt, sich anderen zu öffnen, sich mit anderen positiv auseinanderzusetzen und büßt damit Lebensfreude und Lebensqualität ein.

Fast 50 Prozent der Frauen leiden unter einem schwachen Selbstbewusstsein – mit der Folge zunehmender Isolation bis hin zu psychosomatischen Erkrankungen.

Dies führt zwangsläufig in die Isolation. Frauen, die in dieser Haltung leben, haben deshalb häufig das Gefühl, dass sich »ihr Leben lebt« dass »es vorbeirauscht«; sie empfinden – wie Anna in unserer Geschichte, als sie auf dem Weg zum ersten Treffen ist – eine »milchige, kühle Glaswand« eine Trennwand zwischen sich und anderen. Nicht selten sind psychosomatische Krankheiten das Ergebnis eines solchen Lebensgefühls.

Selbstbewussten Frauen scheint alles zu gelingen: Ihre positive Ausstrahlung wirkt sich auf ihren Beruf und ihr Privatleben aus.

Selbstbewusste Frauen dagegen scheinen das Glück gepachtet zu haben. Es scheint ihnen »alles zu gelingen« sie stehen scheinbar »auf der Sonnenseite des Lebens«. Tatsache ist, dass sie eine positive Ausstrahlung besitzen und sich in Gesellschaft wohl fühlen. Sie haben oft auch Erfolg im Beruf und sogar ihre persönlichen Beziehungen sind oft glücklicher, oder wirken zumindest so.

Selbstachtung ist die Voraussetzung

Uns selbst zu mögen, uns gut zu finden, mit uns selbst einverstanden sein – dies sind entscheidende Voraussetzungen dafür, ein freudvolles, ausgeglichenes, zufriedenes Leben führen zu können. Zu einer harmonischen Persönlichkeit und einem gesunden Ego gehört Selbstachtung, ohne die sich weder Selbstbewusstsein noch Selbstvertrauen gut entwickeln können. Doch wie sollen wir zur Selbstachtung gelangen, wenn wir glauben, nie gut oder gut genug zu sein?

Wenig Achtung vor sich selbst führt zu Selbstzweifeln und immer geringerem Selbstvertrauen: ein Teufelskreis.

Wenn wir unsere Handlungen ständig skeptisch, kritisch und unzufrieden unter einem inneren Mikroskop beäugen, legen wir uns selbst viele Steine in den Weg und begeben uns in einen Teufelskreis: Haben wir wenig Achtung vor uns selbst, so bekommen wir zunehmend Selbstzweifel und daraus resultierend immer geringeres Selbstvertrauen. Deswegen können wir dann Dinge, die unser Leben positiv beeinflussen könnten, oft nicht mehr in die Hand nehmen. Somit verschenken wir kostbare Möglichkeiten, die uns innerlich und äußerlich weiterbringen würden. Die Folge: Wir werden immer weniger Anlass bekommen, uns selbst gut zu finden.

Wo liegt der Unterschied zwischen Menschen, die aufgrund ihres gesunden Selbstbewusstseins Ideen verwirklichen, Beziehungen eingehen und das Leben insgesamt positiv gestalten, und denen, die sich kaum etwas zutrauen und immer wieder in persönlichen oder geschäftlichen Beziehungen scheitern?

Mit der Erziehung fängt es an

Am Anfang dieser Entwicklung steht die Erziehung. Denn die Ursachen dafür, ob wir uns mögen oder nicht, liegen vor allem in der

Kindheit. Wer sich hier ungeliebt fühlte, hat es später schwer, sich selbst anzunehmen und in Einklang mit sich zu leben. Wer als Kind kaum etwas über seinen eigenen Wert erfahren hat, dem wird es auch als Erwachsener noch schwer fallen, Werte in seinen Mitmenschen zu entdecken und zu respektieren. Das grundlegende Lebensgefühl der ungeliebten Kinder und späteren Erwachsenen lässt sich etwa als »Ich bin nichts wert – du bist nichts wert« beschreiben. Keine gute Basis für ein positives Selbst und kreatives Miteinander …

»Ich bin nichts wert – du bist nichts wert« – dieses Lebensgefühl entsteht bei Erwachsenen, die sich in der Kindheit nicht geliebt gefühlt haben.

Manche Kinder werden zwar als Prinzen und Prinzessinnen geboren, aber ihre Eltern verwandeln sie in Frösche. Kinder sind in ihrer Entwicklung auf den Glanz in den Augen der Eltern angewiesen. Freuen sich Vater oder Mutter über das Kind, das zum ersten Mal nach dem Ball greift, leuchten ihre Augen und sie vermitteln auf diese Weise: »Ich freue mich über dich, mein Kind!« Es gibt unzählige kleine Ereignisse im Leben eines Kindes, die diesen freudigen Glanz in den Augen der Eltern auslösen können. Wenn das dann auch geschieht, bleiben die Königskinder wie sie sind. Manchmal jedoch wächst ein Kind unter Bedingungen auf, die ihm seelischen Schaden zufügen, obwohl die Eltern es scheinbar gut meinen: Strenge Disziplin, unnachgiebige Härte, körperliche oder seelische Misshandlungen sind ebenso schädlich wie mangelnde Grenzsetzungen, Verwahrlosung oder Überbehütung.

Wer als Kind permanente Missachtung erfahren hat, gibt dies oft als Erwachsener an Schwächere weiter.

Wer als Kind missachtet, misshandelt oder missbraucht wurde, neigt als Erwachsener mit großer Wahrscheinlichkeit dazu, sich selbst zu missachten, zu misshandeln und zu missbrauchen. Er wird voraussichtlich nicht gut für sich selbst sorgen. Oft wird er Beschämungen, Kränkungen oder Grausamkeiten, die er an sich selbst erlebt hat, später an Schwächeren wiederholen.

Dies ist ein sehr komplexer psychodynamischer Vorgang, der von den Betroffenen selbst meist nicht erkannt wird. Im Gegenteil: Viele Menschen, die Schlimmes erleben mussten, wollen auf keinen Fall diese Erfahrungen an ihre eigenen Kinder weitergeben – und dennoch tun sie es oft, wenn auch unbewusst und unreflektiert.

Wer als Kind misshandelt wurde, wiederholt diesen Fehler oft in der Erziehung seiner eigenen Kinder – unbewusst und nicht gewollt.

Somit gibt es nicht selten über Generationen hinweg Bedingungen in einer Familie, die der Selbstentwicklung der Kinder sehr schaden. Leider vermitteln manche Eltern ihren Kindern eher schwächende als stärkende Botschaften. Oft nicht aus böser Absicht, sondern weil sie es selbst nicht besser wissen. In ihrem Wunsch, ihre Kinder zu »ordentlichen« Mitgliedern der Gesellschaft zu erziehen, lassen sie ihnen wenig Spielraum, überhäufen sie mit Belehrungen, Verhaltensmaßregeln und Vorschriften. Diese Wortschwälle bewirken jedoch das Gegenteil von dem, was eigentlich beabsichtigt ist. Kommen dann noch ungünstige Einflüsse zum Beispiel aus dem Freundeskreis oder der Schule hinzu, kann sich kein gutes Gefühl für das eigene Selbst, das so genannte Selbstwertgefühl, entwickeln.

Es ist schwierig und oft ohne Hilfe nicht möglich, dem Kreislauf seelischer Verletzung aus der Kindheit und dem eigenen verletzenden Handeln als Erwachsener zu entrinnen.

Immer wieder erlebe ich in meiner psychotherapeutischen Praxis, dass schlimme Erfahrungen aus der Kindheit als Begründung für Minderwertigkeits- und Ohnmachtsgefühle genannt werden. Und es ist schwierig, aus dem Kreislauf von seelischer Verletzung, den damit verbundenen Gefühlen aus der Kindheit und dem Handeln, das sich in der Gegenwart wiederholt, auszusteigen.

Doch Erwachsene haben zum Glück die Möglichkeit, den Kreislauf von schwachem Selbstwertgefühl, weiteren Kränkungen und schlechten Behandlungen zu unterbrechen. Für unser gegenwärtiges Selbstbewusstsein tragen wir selbst – und niemand anderer! – die Verantwortung.

»Behalten Sie doch Ihren Scheiß-Hammer!«

Als Anna zum ersten Mal auf die Gruppe trifft, erinnert sie sich an die Geschichte mit dem Hammer aus Paul Watzlawicks Buch »Anleitung zum Unglücklichsein«. Es geht dabei um einen Mann, der von seinem Nachbarn einen Hammer benötigt, aber auf dem Weg zu ihm starke Aggressionen gegen ihn aufbaut.

Hintergrund ist: Von jemand anderem etwas zu brauchen, Hilfe in Anspruch nehmen zu müssen, Abhängigkeit zu spüren, macht Angst. Denn die Ahnung, abhängig zu sein, geht Hand in Hand mit der Angst abgewiesen zu werden.
So entwickeln viele Menschen Strategien bei der Vorbereitung auf eine Situation und zeigen oder sagen das Gegenteil von dem, was sie im Grund genommen möchten, um nicht enttäuscht und frustiert zu werden. Sie sind wie ein kleiner Hund, der bellt, um seine Furcht zu überspielen.

Wenn wir uns nicht nur unsere Wünsche, sondern auch unsere Ängste, womöglich zurückgewiesen zu werden, bewusst machen, können wir auf solche »Scheinangriffe« verzichten. Wir müssen den anderen nicht mehr erschrecken und genau das Gegenteil von dem auslösen, was wir eigentlich erreichen möchten. Wir können stattdessen unsere Angst reflektieren, sie offen äußern und so die ernst gemeinte Hilfsbereitschaft anderer annehmen oder sogar einfordern.

Dies lässt sich gut bei Kindern beobachten, die gerade dann, wenn sie in Wirklichkeit Halt und Grenzen bei einer schwierigen Situation brauchen, besonders ungestüm und wild sind. Wenn wir dieses Phänomen durchschauen und, statt selbst aggressiv zu reagieren, die nötige Unterstützung anbieten, werden die Kinder meist ruhig und können ihre Aufgabe gut bewältigen.

Die Suche nach dem scheinbar Fehlenden

In der Arbeit mit Frauen ist immer wieder auffallend, dass viele auf der Suche nach etwas sind, was sie zum einen nicht genau benennen können und ihnen zum anderen in vielen Fällen unerreichbar scheint. Häufig höre ich den Satz: »Ich weiß nicht genau, was ich suche. Aber ich weiß, dass ich etwas suchen muss und dass es dieses Etwas gibt. Gleichzeitig bin ich davon überzeugt, dass ich es für mich niemals finden werde.«

So irren Frauen jahrzehntelang durch die Welt, um etwas zu suchen, was ihnen scheinbar fehlt. Sie sind auf der endlosen Odyssee, außerhalb von sich selbst etwas zu suchen, von dem sie überzeugt sind, dass sie es in sich oder an sich nicht finden werden. Hierzu passt auch Annas Motto im Schrank: »Bei einem scheinbar hohlen Gefäß richtet sich aller Augenmerk auf Form und Aussehen.«

Siehe »Anna auf dem Weg«, Seite 14.

Es drückt aus, dass sie über ihr Äußeres eine vermutete Leere in sich ausgleichen muss. Vor allem Frauen, die ihre Aufgaben im häuslichen Bereich gewählt haben, leiden auffallend häufig an einem eingeschränkten Selbstbewusstsein. Doch nicht selten sind gerade sie es, von denen Sätze kommen wie: »Wenn ich ein Mann wäre, dann ...« oder »Eigentlich hätte ich ein Junge werden sollen, sagen meine Eltern ...«

Wenn ich ein Mann wäre, dann ... Viele Frauen fühlen sich durch ihr Geschlecht benachteiligt.

Hatte also Sigmund Freud doch Recht mit seiner Vermutung, dass Frauen unter dem so genannten Penisneid leiden? Werden die Mitglieder des weiblichen Geschlechtes durch den fehlenden »kleinen Unterschied« dazu verdammt, einen biologischen »Mangelzustand« durch vielerlei Aktivitäten, Verschleierungstänze oder auch durch Kopf-in-den-Sand-Stecken auszugleichen?

Lässt sich auf diese Weise eventuell sogar erklären, weshalb viele Frauen mit ihren Müttern in schier unendlichem, offen oder versteckt geführtem Clinch liegen? Wie logisch scheint doch die Begründung, dass schon das kleine Mädchen einen Hass auf die Mutter entwickelt, weil es glaubt, diese hätte ihr den heiß ersehnten, fehlenden Körperteil absichtlich vorenthalten. Ja, schlimmer noch! Die Mutter wendet sich besonders dem Teil der menschlichen Gattung zu, der über dieses Wunderding verfügt, nämlich dem Vater.

Der »kleine Unterschied« macht sich bemerkbar

Zur Entwicklung der weiblichen Sexualität, dem »kleinen Unterschied«, gibt es in der Literatur verschiedene interessante Darstellungen.
Hier einige Details aus Untersuchungsergebnissen, wie sich der »kleine Unterschied« bereits in Versorgung, Pflege und Erziehung von Jungen und Mädchen bemerkbar macht:

- Die Brustmahlzeiten bei Jungen dauern etwa 45 Minuten. Weibliche Säuglinge dagegen werden von ihren Müttern durchschnittlich nur 25 Minuten gestillt.
- Bei fast allen Mädchen (94 Prozent) gibt es Schwierigkeiten beim Füttern, aber nur bei 40 Prozent der Jungen.
- Mädchen werden deutlich früher entwöhnt als Jungen.
- Die Sauberkeitserziehung beginnt bei Mädchen früher; außerdem sind Mütter Jungen gegenüber duldsamer, wenn diese in die Hose gemacht haben.

Einen wesentlichen Unterschied gibt es auch beim Benennen der Geschlechtsorgane. Da der Penis »auffällig« und »augenfällig« zu sehen ist, wird er von Anfang an benannt, häufig sogar sprachlich adäquat. Die Geschlechtsorgane des Mädchens liegen dagegen verborgen in der »Scham«. So kommt es vor, dass viele Mädchen für ihre Geschlechtsorgane keine Benennungshilfen bekommen und beim Erkunden der eigenen Geschlechtlichkeit zum Teil mit Sanktionen zu rechnen haben: »Finger weg!«

Die neuere psychologische Forschung widerspricht Freuds Konstruktion des »Penisneids«.

In der neueren psychologischen Literatur widersprechen die Autoren – übrigens vorwiegend weibliche – dieser Mangeltheorie über die unterschiedliche Entwicklung der Geschlechter (Frauen mangelt es am Penis, folglich sind sie neidisch auf diejenigen, die darüber verfügen).

Heute herrscht in der Psychologie die Meinung vor, dass nicht das Fehlen des Penis zu Neidreaktionen führt. Beneidet werde dagegen vor allem die stets vorhandene, sichtbare und nie verschwindende Lustquelle. Untersuchungen zufolge nehmen sich Mütter weniger Zeit und sind weniger zärtlich beim pflegerischen Umgang mit ihren weiblichen Säuglingen. Dies setzt sich dann in der Folgezeit fort. Mit einen andersgeschlechtlichen Kind scheint der Austausch von Zärtlichkeit und Nähe einfacher zu sein. Und da meist Mütter in den ersten Jahren ihre Kinder versorgen, entstehen für Mädchen sehr früh Unterschiede, die tatsächlich mit dem »kleinen Unterschied« zu tun haben.

Der Neid der Mädchen richtet sich auf die stets vorhandene Lustquelle der Jungen, während ihre eigene Geschlechtlichkeit häufig sanktioniert wird.

So eignet sich für das weibliche Geschlecht zur Darstellung des Unerreichbaren nichts besser als das Geschlecht, das man nicht hat. Dies um so mehr, als es seiner Natur nach dem Erleben des eigenen Körpers fremd ist.

Darum also wird eine unerreichbare Sache zum begehrten Objekt und zwingt viele Frauen ein Leben lang, bewusst oder unbewusst dem »fehlenden Etwas« nachzulaufen – in der Hoffnung, es zu finden (und sei es in Ersatzform), und gleichzeitig begleitet von der Trauer, der Enttäuschung und dem Wissen darum, dieses »fehlende Etwas« selbst nie zu bekommen.

Der Weg nach innen führt zu den eigenen Schätzen und ist Voraussetzung, damit aufhören zu können, dem »fehlenden Etwas« nachzujagen.

Lernen die Frauen jedoch zu erkennen, dass das, wonach sie sich sehnen, in ihnen selbst ist, sind sie meist zunächst sehr überrascht, misstrauisch, skeptisch und gleichzeitig entlastet. Es dauert dann noch längere Zeit, bis sie sich auf den Weg nach innen, zu sich selbst, zu ihren eigenen Schätzen aufmachen und aufhören können, dem »fehlenden Etwas« nachzujagen.

Gibt es eine Anleitung zum Glücklichsein?

Erinnern wir uns noch einmal an die Geschichte der fünf Frauen. Auf Ruths Frage, ob sie glücklich sei, antwortet Christine: »Glück, was ist das?«

»Glück, was ist das?« – Christines Frage nach dem Glück, siehe Seite 32.

Glück ist das mehr oder weniger erklärte Lebensziel vieler Menschen. Für jeden jedoch kann die Erklärung, was Glück bedeutet, unterschiedlich ausfallen. Wir können davon ausgehen, dass es sich bei Glück um ein subjektives Wohlbefinden handelt. Und je höher der Grad der subjektiven Empfindungsmöglichkeit eines Menschen ist, desto intensiver wird er Glück empfinden können. Jemand, der ein gutes Gespür für seine eigene Persönlichkeit hat, der seine Stärken und Schwächen kennt, der mit sich selbst im Einklang lebt, hat viel größere Chancen, sein Leben angenehm und glücklich zu empfinden, als jemand, der Probleme mit dem Zugang zu sich selbst hat.
Selbstbewussten Menschen gelingt so manches, sei es privat oder beruflich. Oft haben Außenstehende den Eindruck, als würden ihnen Erfolg, Lebensqualität oder Zufriedenheit nur so zufliegen.
Dass dem nicht so ist, zeigt sich, wenn wir uns genauer mit der Frage des Glücks beschäftigen.

Das Glück lässt sich für jeden gewinnen

Wissenschaftler, die sich mit diesem Thema beschäftigen – wenn wir wollen: Glücksforscher – stellen zunächst folgende Frage: Wer ist glücklich und warum?

Doch lässt sich Glück, dieses »subjektive Wohlbefinden« wirklich erforschen? Lässt es sich planen, anlocken oder herbeiführen? Oder sind wir abhängig von den Bedingungen, in denen wir leben, und somit dem Glück oder Unglück hilflos ausgeliefert?

Glücksforscher definieren das, was Glück ist, unterschiedlich: beispielsweise als Triebbefriedigung, als laues Behagen oder als Lebensgefühl.

Einer der Glücksforscher, David Myers, formuliert es folgendermaßen: Menschen empfinden sich als glücklich, wenn sie ihr Leben anhaltend als erfüllt, sinnvoll und angenehm wahrnehmen. Er steht damit im Gegensatz zu Sigmund Freud (1856–1939), dem Begründer der Psychoanalyse. Für Freud entspringt das Glücksgefühl einer eher plötzlichen Befriedigung hoch aufgestauter Bedürfnisse und ist seiner Natur nach eher ein episodisches, also nur gelegentlich wiederkehrendes Phänomen.

Wesentlich ist es, aktiv etwas für sein Glück zu tun: Wer sich selbst kennen lernen will, kümmert sich auch um sein Wohlgefühl, sein Glück.

Die Zeitschrift »Psychologie heute« hat die Sichtweise vieler Autoren der jüngeren Zeit zu diesem Thema untersucht und festgestellt: Freuds Auffassung ist an dieser Stelle überholt. Glück wird heute nicht mehr nur mit dem Gefälle von Spannung und Entspannung (also Trieb oder Bedürfnis und dessen Befriedigung) in Zusammenhang gebracht. Allerdings ist Glück auch nicht nur eine Art »laues Behagen«.

Glücksempfinden hat durchaus auch mit Temperament, Veranlagung und äußeren Bedingungen zu tun. Doch im Wesentlichen kommt es darauf an, dass wir uns aktiv um unser Glück kümmern. Wir müssen selbst dafür sorgen, dass es uns gut geht. Noch genauer gesagt: Wer sich mit sich selbst beschäftigt, in dem Wunsch, sich kennen zu lernen, der kümmert sich gleichzeitig aktiv um eine Lebenshaltung, die zum Wohlgefühl führt.

Doch eine verletzte Seele hat es schwer, es sich gut gehen zu lassen. Wer seine Hände aber in den Schoß legt und ergeben darauf wartet, dass das Glück vom Himmel fällt, wartet auf den Sankt-Nimmerleinstag. Jemanden aufzufordern, sich aktiv um sein Lebensglück zu kümmern, der Angst hat vor Veränderung, wäre vergleichbar mit der Weisung an einen Menschen mit Lähmungserscheinungen, an einem Marathonlauf teilzunehmen.

Auf der Suche nach dem Glück dürfen wir nichts Unmögliches von uns verlangen: Wir müssen einen Schritt nach dem anderen gehen.

Wir müssen ja nicht gleich Unmögliches von uns selbst verlangen. Doch wenn wir, der eigenen Verfassung angemessen, einen Schritt nach dem anderen gehen, haben wir gute Aussichten, zu unserem eigenen Wohlgefühl beizutragen. So werden wir letztendlich doch »unseres Glückes Schmied«.
Das hat zur Folge, dass so manche Entschuldigung für Passivität und Empfängerhaltung (»Ich will ja so gerne, aber ich habe nun mal kein Glück im Leben«) gleichzeitig als faule Ausrede entlarvt wird.
Übrigens: Glücksforscher haben durch die Befragung von Lottogewinnern auch herausgefunden, dass »unverdientes« oder »zufälliges« Glück uns nur über kurze Zeit in Hochstimmung versetzen kann. Das heißt, das alte Sprichwort stimmt: Geld macht nicht glücklich.

Geld macht nicht glücklich! Das kann man bei Lottogewinnern nachvollziehen, deren Glücksgefühl meist nur kurze Zeit anhält.

Eines finden wir aber immer wieder bestätigt, wenn wir uns im Freundes- und Bekanntenkreis umsehen oder etwas über Menschen aus den so genannten armen Ländern zu lesen oder hören bekommen: Es gehört eine bestimmte finanzielle Absicherung dazu, damit wir uns mit Dingen beschäftigen können, die zu unserem Wohlgefühl beitragen.
Wer von Armut und Hunger, Krieg oder Gewalt, Arbeitslosigkeit oder schwerer Krankheit existenziell betroffen ist, wird sich kaum mit philosophischen Fragen – und dazu gehören auch Selbstbewusstsein oder Glück – auseinandersetzen.
Doch selbst in solchen Situationen können Menschen durchaus glücklich sein. Nämlich dann, wenn sie widrige Lebensumstände

weder bejammern noch ignorieren, noch schönreden, sondern das sprichwörtlich Beste daraus machen. Denn Glück bedeutet eben auch, konkret und aktiv etwas für sich zu tun – den jeweiligen Lebensumständen angemessen.

Glück heißt: Das zu wollen, was realistisch den jeweiligen Lebensumständen angemessen ist.

Wer mit möglichst klarem Verstand das erreichen will, was er auch realistisch bekommen kann, handelt selbstbewusst. So jemand wird nicht Luftschlösser bauen, sondern sich klaren Kopfes Aktivitäten überlegen, durch die er sich wohl fühlen kann.

Manch einer versteht Begriffe wie »sich um sich selbst kümmern«, »das eigene Wohl wichtig nehmen«, »sich mit sich selbst auseinandersetzen« auch als einen Freibrief für Egoismus. Wer ausschließlich sich selbst zum Dreh- und Angelpunkt des Lebens erklärt, Haus, Hof und Kinder vernachlässigt und nur noch seinen so genannten Glücksinteressen nachgeht, verhält sich nicht selbstbewusst, sondern ausbeuterisch und egozentrisch.

Der Weg zum Glück ist kein Freibrief für egozentrisches Verhalten: Glücklich sind Menschen, die die Wirklichkeit akzeptieren und das, was sie bekommen, auch wollen.

Im Bestreben selbstbewusster Lebensgestaltung geht es nicht darum zu bekommen, was wir unbedingt wollen, sondern zu wollen, was wir, realistisch gesehen, wirklich bekommen können.

Sicher kennen Sie diese sich selbst belügenden »wenn-Sätze«: »Wenn ich mal ‘ne Million im Lotto gewinne, dann ...«, »Wenn die Kinder erstmal größer sind, dann ...«, »Wenn der Schiedsrichter den Elfmeter gepfiffen hätte, dann ...«

»Wenn mein Onkel vier Räder hätte, dann wäre er ein Omnibus«, fällt mir zu diesen vergeblichen Versuchen ein, die Wirklichkeit zu kaschieren. Denn die Chance, im Lotto zu gewinnen, ist nun mal gering; was sein wird, wenn die Kinder in einigen Jahren größer sind, können wir heute nicht wissen; und das Spiel ist nun mal so gelaufen, wie es gelaufen ist.

Glücklich sind Menschen, die die Wirklichkeit akzeptieren. Die das, was sie bekommen, auch wollen. Unglücklich sind die, die etwas wollen, was sie nicht bekommen können.
Es ist eine Binsenwahrheit, aber es ist so: Der Weg ist das Ziel – zum Glück.

Anspruchsvolle Aufgaben erhöhen das Glücksgefühl

Die Frage, ob es einen Zusammenhang zwischen äußeren Bedingungen wie materiellem Wohlstand, Aussehen und Klugheit oder sogar Gesundheit und Glücksgefühl gibt, führte in der Umfrage der

Einige Merkmale des Glücklichseins

Wodurch unterscheiden sich nun glückliche Menschen von den anderen? Und was sind Merkmale des Glücklichseins? Menschen, die sich als glücklich einschätzen, sind aktiv. Sie sehen sich selbst als Urheber ihres Zustands, denn sie wissen, dass sie etwas für sich tun. Ob Angenehmes oder weniger Angenehmes: Bei diesen Menschen schlägt das Schicksal nicht blind zu, sondern sie haben gelernt, selbst etwas zu bewirken. So fühlen sie sich auch nicht äußeren Bedingungen ausgeliefert, sondern haben die Erfahrung gemacht, dass es darauf ankommt, selbst ihren Weg zu gehen, Schritt für Schritt. Dazu gehört auch, die eigenen inneren Schranken (etwa die vielen Ausreden, um nicht aktiv sein zu müssen) wahrzunehmen und anzugehen.
Statt: »Ich würde ja so gerne, aber ...«, heißt das Lebensmotto: »Ich möchte ... gerne. Was kann ich dafür tun, dass ich es erreiche?«

Glücksempfinden ist damit eine Art von Überwindungsprämie.

Zeitschrift »Psychologie heute« zu einem erstaunlichen Ergebnis: Lebensumstände, die wir häufig als ideale Voraussetzungen für Lebensglück ansehen, haben wenig Einfluss auf unser wahres Glück, ja werden sogar größtenteils erheblich überschätzt.

Äußere Umstände wie Wohlstand haben wenig Bedeutung für das Glücklichsein. Die Seele kann sich an unsere Lebensumstände anpassen.

Dieses Phänomen hängt mit der enormen Anpassungsfähigkeit der Seele zusammen, die dafür sorgt, dass wir das Niveau unserer Ansprüche an unsere objektiven Lebensumstände angleichen können.

Einen wichtigen Anteil daran, wie wir Zufriedenheit und Glück empfinden, ist die Arbeit – eine von vielen Menschen unterschätzte Glücksquelle. Eine große Studie des Glücks- und Kreativitätsforschers Mihaly Csikszentmihalyi hat ergeben: Die meisten Glücksmomente werden am Arbeitsplatz erlebt. In der hoch eingeschätzten Freizeit warten auf uns dagegen eher Stress, Langeweile und enttäuschte Erwartungen.

Eine wichtige, oft unterschätzte Glücksquelle ist die Arbeit. In der Freizeit warten dagegen öfter Stress und Langeweile auf uns.

Aktive Menschen sind also die glücklicheren Menschen. Wenn wir etwas tun, das uns fasziniert, in Bann hält, unsere gesamte Aufmerksamkeit in Anspruch nimmt, dann fordern wir unsere psychischen und körperlichen Fähigkeiten nicht selten bis aufs äußerste heraus. Wir vergessen uns andererseits selbst und fühlen uns gleichzeitig sehr wohl. Mit dem Gelingen anspruchsvoller Aufgaben erhöht sich unser Selbstwertgefühl – und wir sind glücklich. Dabei ist es wichtig, nicht nur bis an die Grenzen zu gehen, sondern sie zum Teil auch zu überschreiten.

Die Fähigkeit zu entspannen, loszulassen, die Seele baumeln zu lassen gehört auch zum Glück.

Zur aktiven Lebensgestaltung gehört jedoch auch die Fähigkeit zu entspannen, locker zu lassen, die Seele baumeln zu lassen. Dieses Zusammenspiel von Anspannung und Entspannung, von Aktivität und Kontemplation ist das Geheimnis des Glücksempfindens. Es ist ein kompliziertes Wechsel-

spiel zwischen dem, was wir haben, und dem, was wir haben möchten.
So entsteht Wohlgefühl, wenn uns die Balance zwischen unseren Ansprüchen und unseren Möglichkeiten gelingt. Und es entsteht besonders dann, wenn wir nicht auf »Was wäre gewesen, wenn …« oder »Was wird sein, wenn …« schauen, sondern auf das Leben in der Gegenwart.
Glück wird damit zu einer Art von Seinszustand. Wer sich fragt, ob er glücklich ist, hört auf es zu sein. Anders gesagt: Glück darf nicht zum Lebensziel werden, sondern positive Lebensempfindung ist eine Art Zugabe zu einem abgerundeten, ausgefüllten und selbstbewussten Leben. Sie ist wie das Salz in der Suppe.

Glück darf nicht zum Lebensziel werden, sondern ist die Zugabe zu einem in sich abgerundeten Leben.

Kleine Freuden wahrnehmen und schätzen lernen

Was heißt aktive, selbstbewusste Lebensgestaltung? Es bedeutet, dass wir in unserem Leben viele kleine Anlässe haben, die zu Wohlgefühl und Freude beitragen. Wer vor allem auf einige wenige Höhepunkte fixiert ist, dessen Glücksbilanz ist häufig negativ.
Dies lässt sich mit der kindlichen Erwartung auf das Weihnachtsfest vergleichen. Viele Wochen, ja Monate wartet ein Kind auf den Tag, an dem »alle Wünsche« in Erfüllung gehen sollen. Und wie groß ist die Enttäuschung am Heiligen Abend, wenn eines der ersehnten Geschenke dann nicht unter dem Weihnachtsbaum liegt.

Glückliche Menschen sind Realisten: Sie verlieren sich nicht in Tagträumen und Fantastereien.

Das heißt auch: Selbstbewusste Menschen sind Realisten in der Einschätzung ihrer eigenen Ziele und Möglichkeiten. Sie bewahren auch in der Freude kühlen Kopf. Es ist nicht ihre Sache, im Wolkenkuckucksheim spazieren zu gehen, sich pausenlos auszudenken, was jetzt alles schön sein könnte, sich in Tagträumen zu verlieren und zu

alledem noch andere Menschen in diese Fantasien einzubauen, als seien sie Schauspieler, die eine bestimmte Rolle zugewiesen bekommen.
Glücksrealisten wissen: Dies alles kann nur schief gehen!

Glückliche Menschen können mit ihrer Realität, also mit den Bedingungen, unter denen sie leben, gut umgehen. Sie sind klare Rechner. Wenn der Quotient aus dem, was sie erreicht haben, und dem, was sie wollen, nicht ihren Erwartungen genügt, reduzieren sie entweder die Ansprüche oder steigern die Anstrengungen. Jedenfalls sind sie keine Glücksspieler, die mit nicht kalkulierbaren Faktoren großartige Rechnungen aufstellen.

»Der Weg ist das Ziel«: Glückliche Menschen richten ihr Augenmerk nicht auf die Ziellinie, sondern auf die Schritte, die sie in der Gegenwart tun.

Realismus zeigt sich bei diesen Menschen auch darin, dass sie eine gelungene Mischung aus kurz- und langfristigen Interessen, Wünschen und Lebenszielen zusammenstellen, gemischt mit den feinen, kleinen Glücksspendern des Alltags. Somit bekommt ihr Leben in der Alltäglichkeit einen warmen, angenehmen Grundton und gleichzeitig findet ihre Existenz einen übergeordneten Sinn.
Wer sich selbst für ein vielleicht nie erreichbares Ziel aufspart, lebt an seinem Leben vorbei und wird vermutlich nie erreichen, worauf er hinlebt. Er versäumt einfach , im Hier und Jetzt für sich zu sorgen.
»Der Weg ist das Ziel« – das ist Motto selbstbewusster Menschen. Auch wenn sie jeden Tag, jeden Augenblick mit Aufmerksamkeit und Wachheit zu leben versuchen, ist für sie trotzdem nicht nur der Moment entscheidend. Sie haben ein Ziel, auf das sie sich hinbewegen, doch die Aufmerksamkeit richtet sich nicht wie gebannt auf die vermeintliche Ziellinie, sondern auf jeden Schritt, den sie im Augenblick tun.

Freundschaften pflegen

Glückliche Menschen verlieren die Menschen, an denen ihnen etwas liegt, nicht aus den Augen. Sie wenden viel Zeit und Energie für die Pflege von Freundschaften und Beziehungen auf, und sie verfügen über die beglückende Einschätzung, dass andere sie mögen. So schließt sich auch an dieser Stelle ein Kreis, denn die Menschen, mit denen sie zu tun haben, spüren dies und begegnen ihnen offen und freudig.

Andere Menschen, die uns gegenübertreten, reagieren oft sehr erstaunlich auf unsere eigene innere Haltung. Ich finde es immer wieder verblüffend, wie gut das Zusammenspiel von eigener Stimmung und Einstimmung unseres Gegenübers funktioniert – wie eine Melodie, die die Grundstimmung ausmacht, ohne hörbar zu sein. Selbst wenn wir meinen, andere merkten uns nicht an, wie wir uns fühlen, reagieren sie häufig mit einer ähnlichen Stimmung wie der, in der wir uns selbst befinden.

Die Mitmenschen reagieren auf unsere innere Haltung häufig mit einer ähnlichen Stimmung wie der, in der wir uns selbst befinden.

Im Alltag lässt sich dies gut feststellen. Sind wir beispielsweise froh gelaunt und gut gestimmt, so begegnen wir freundlichen Verkäuferinnen im Supermarkt, zuvorkommenden Schalterbeamten, und selbst der Flirt in der Fußgängerzone gelingt uns.

Das gleiche gilt umgekehrt: Wenn wir erleben, dass uns andere Menschen zurückhaltend, muffig oder unfreundlich begegnen, löst dies in uns ein Unwohlsein aus. Gelingt es uns dann, den Spieß umzudrehen und nicht schlecht gelaunt zu reagieren, dann fühlen wir uns sofort wieder wohler, weil wir näher bei uns selbst sind. Außerdem können wir so positiv auf unsere Umwelt wirken und ein verändertes Verhalten beim Gegenüber auslösen. Einem freundlichen Lächeln und fröhlichen Gruß kann auch die muffigste Bäckereiverkäuferin nur selten widerstehen. Mit solchen einfachen Verhaltensregeln können wir uns unsere gute Laune fast mühelos erhalten.

Sechs Wegbeschreibungen für die Reise zu sich selbst

Gerne möchte ich Ihnen an dieser Stelle Mut machen, sich aufmerksam um sich selbst zu kümmern, sich selbst ernst und wichtig zu nehmen. Denn davon hängt entscheidend Ihr Wohlgefühl, Glücksempfinden und letztlich auch Ihr Selbstbewusstsein ab.

Allgemeingültige Wenn-dann-Lösungen für ein erfülltes, selbstbewusstes Leben können nicht funktionieren. Jeder muss selbst herausfinden, was individuell richtig ist.

Doch ich werde dabei nicht auf den populären Zug aufspringen, allgemeingültige Tipps zu geben, wie Ihr Leben glücklicher, erfolgreicher und selbstbewusster wird. Ich biete Ihnen keine »Wenn-dann-Lösungen« an! Denn es ist unseriös, wenn jemand behauptet, zu wissen, wie Sie zu sich selbst und Ihrem Wohlgefühl kommen.

Doch es gibt durchaus Verhaltensweisen, mit denen Sie sich Ihr Leben schwerer oder einfacher machen können. Wohlgemerkt: Sie selbst. Ich kann nur wiederholen: Entscheidend ist allein, was Sie selbst aus Ihren Möglichkeiten machen, dass Sie sich aktiv um sich selbst kümmern, statt in demütiger Empfängerhaltung auf »alles Gute von oben« zu warten.

Ich erinnere an Brigittes Auffassung, man solle sich auf die Reise zu sich selbst gut vorbereiten. Hier lässt sich das Sprichwort »Wissen ist Macht« umformulieren in »Wissen bedeutet viele Möglichkeiten«. Ein ordentlicher Reiseführer etwa weist auf Sehenswürdigkeiten und gute Restaurants hin, zeigt aber gleichzeitig Gefahrenstellen auf und warnt vor schwierigen Strecken.

Auch auf die Reise zu sich selbst kann man sich vorbereiten – wie auf den Urlaub.

So gebe ich Ihnen auf den folgenden Seiten auch ein paar »Wegbeschreibungen« – Hinweise und Informationen, Hilfestellungen und »Übersetzungen«. Ob und wie Sie diese Wege gehen, liegt an Ihren Möglichkeiten.

Und wie bei einer richtigen Wanderung auch: Nur Sie allein wissen letztlich, über welche Fähigkeiten und Möglichkeiten Sie verfügen und wie Sie einsetzen können und wollen.

Lebe den Augenblick!

1 Manche Menschen leben so, als wäre die Gegenwart ausschließlich das Sprungbrett für die Zukunft. Sie leben nicht, sondern sie warten auf ihr Leben, und hoffen darauf, irgendwann zu leben. Und da diese Einstellung sie ihr Leben lang begleitet, versäumen sie ihr wirkliches Leben.

Manche Menschen leben ihr Leben nicht, sondern verbringen es in Wartestellung: Die Fixierung auf die Zukunft verhindert ein Leben in der Gegenwart.

Wie mit Scheuklappen traben sie auf ein Ziel zu, das häufig nicht einmal ihr eigenes ist, sondern von anderen fremdbestimmt wird. Sie sind abgeschnitten von der Wahrnehmung dessen, was die Gegenwart bietet.
Die Fixierung auf die Zukunft hält den Blick fern von den Möglichkeiten und den Glücksempfindungen des Augenblicks. Schade darum ...

Betrachte die Dinge von beiden Seiten

2 Die sprichwörtliche Betrachtung eines halb leeren oder halb vollen Glases spielt eine wesentliche Rolle für die Grundstimmung des Alltages.

Wer immer und überall mit einem »Ja, aber ...« durch die Welt geht, wer ständig ein Haar in der Suppe findet, wer nicht glauben kann, dass es angenehme Empfindungen gibt, der wird auch nichts Angenehmes erleben.
Experimente haben bewiesen, dass schon allein die Bewegung der Mundwinkel zu einem Lächeln eine Veränderung

Schon ein bewusstes Lächeln hebt die Stimmung. Es signalisiert dem Gehirn: Es scheint einen Grund für gute Laune zu geben.

der Stimmung bewirken kann. Bringen wir nämlich unsere Gesichtsmuskeln in die Lächelposition, signalisiert dies unserem Gehirn: Es scheint einen Grund für gute Laune zu geben. Und dieses Signal reicht aus, damit unsere Laune sich hebt.

Dies hat nichts mit Schauspielerei oder falschen Botschaften zu tun. Doch manche Menschen schaffen es nicht, den inneren Schalter umzuknipsen, denn ihre Grundskepsis dem Leben gegenüber hat ja auch mit ihrer Lebensgeschichte zu tun.

Weder Schwarzseher noch Menschen mit rosaroter Brille können die Welt so wahrnehmen, wie sie wirklich ist.

Zurück zu unserem halb leeren bzw. halb vollen Glas: Die »halb leere« Sichtweise ist die der Skeptiker, Nörgler, Unzufriedenen, Miesmacher, Schwarzseher – Menschen also mit negativer Grundhaltung.

Doch genauso einseitig ist die bedingungslose »Ich denke positiv!«-Haltung. Was hier seit einigen Jahren von vielen Pseudotherapeuten regelrecht kultiviert wurde, kann für den Betroffenen ganz unglaubliche Folgen haben. Wer mit rosaroter Brille durch die Gegend läuft und kritiklos so tut, als sei um uns herum die Welt in Ordnung, sieht sie genauso verzerrt wie der ewige Skeptiker. Trotzdem hat die einschlägige Psycholiteratur viel Erfolg mit dieser Masche, die in wunderschönen Farben haarsträubenden Blödsinn vorgaukelt – getreu dem Motto: »Don't worry – be happy!«

Halb voll oder halb leer? Skeptiker sehen das Glas halb leer, Optimisten sehen es als halb voll an. Realisten sagen: »Die Hälfte fehlt, die andere ist da.«

Freilich: Wer ist nicht gerne »happy«? Wer möchte nicht gerne im Paradies leben? Doch gerade dort gibt es die gute/böse Schlange, die den Menschen den Apfel vom Baum der Erkenntnis anbietet. Wer aber immer nur »positiv« denken »muss«, kann diesen Apfel der Erkenntnis genauso wenig annehmen wie jemand, der immer nur »schwarz« – sieht.

Den Apfel der Erkenntnis annehmen bedeutet: Die Welt so zu sehen, wie sie ist – nämlich realistisch aus einer Sicht der Mitte heraus. Dies öffnet den Weg in die Freiheit, doch es verlangt

gleichzeitig Verantwortung und selbstbewusste, aktive Lebensgestaltung.
Und das können und wollen weder die Miesmacher noch die Traumtänzer. Um zum Beispiel mit dem halb gefüllten Glas zurückzukehren: Die Negativen sehen, dass *nur* noch, die Positiven, dass *immer* noch die Hälfte vorhanden ist. Und die Realisten sagen: »Eine Hälfte fehlt, die andere ist da.«

Pflege die Beziehungen zu anderen Menschen!

3 Fast alle psychologischen Untersuchungen über die Quellen des Glücks stimmen in ihren Ergebnissen überein: Menschen fühlen sich dann am häufigsten und intensivsten glücklich, wenn sie mit anderen Menschen zusammen sind.

Das Zusammensein mit anderen Menschen führt am häufigsten und intensivsten zu Glücksgefühlen.

Zusammen etwas Schönes zu unternehmen, Essen, Trinken oder Erlebnisse zu genießen und sich aussprechen zu können – das gehört zu den Faktoren guter Beziehungen. Selbstverwirklichung, Unabhängigkeit oder Karriere – all das sollte nicht zu Lasten sozialer Kontakte gehen. Ob es um den Genuss des Augenblicks oder um Freundschaften für das Leben geht: Gute menschliche Beziehungen sind die besten Investitionen für Zufriedenheit und Glück.

Entscheide dich für Aufgaben, in denen du gefordert bist und die dir entsprechen!

4 Wer seine Talente und Fähigkeiten einsetzt, sorgt für sein eigenes Wohlergehen. Es geht dabei jedoch nicht darum, ehrgeizig und mit Ellbogen-Mentalität Erfolge sammeln zu wollen. Vielmehr sollten wir uns Bereiche suchen, in

Wer seine Talente und Fähigkeiten richtig einsetzt, steigert sein Selbstwertgefühl. Wir müssen deshalb herausfinden, auf welchem Gebiet diese liegen.

denen wir die eigenen Möglichkeiten und Begabungen wirklich ausnutzen können. Denn nur dann werden wir unsere Aufgaben gut lösen, nur dann werden wir die notwendige Anerkennung erhalten, die unser Selbstwertgefühl so entscheidend steigert.

Nicht immer ist es der Beruf, in dem wir unsere Fähigkeiten ausreizen können. Auch privates Engagement, soziale Beziehungen oder vieles andere können ein ideales Betätigungsfeld sein. Daher ist es wichtig, herauszufinden, auf welchem Gebiet wir uns sonst noch erproben können. Möglichkeiten dazu gibt es viele!

Lebe selbstbewusst in deinem sozialen Umfeld

5 Menschen fühlen sich dann besonders wohl, wenn sie mit anderen zusammen sind. Präziser gesagt: Es geht denjenigen Menschen gut mit sich selbst und mit anderen, die selbstbewusst entscheiden können, mit wem sie zusammen sein wollen, und dies dann auch tun.

Wohlgefühl hängt entscheidend davon ab, mit welchen Menschen wir unsere Zeit verbringen. Stimmt die »Chemie« der Charaktere untereinander, findet ein Austausch statt. Besteht die Beziehung aus gleichberechtigtem Geben und Nehmen, dann führt dies zu so genannten Glücksmomenten, von denen wir in weniger selbstbestimmten Situationen zehren können. Natürlich können wir nicht immer selbst entscheiden, mit wem wir zusammen sein wollen. Vor allem im Beruf sind wir häufig gezwungen, auch mit Menschen zusammen zu sein, die wir uns nicht ausgesucht haben. Doch dieser Zwang muss nicht auch noch im Privatleben weitergeführt werden! Hier zeigt sich dann, wie selbstbewusst jemand wirklich ist.

Wählen Sie bewusst aus, mit wem Sie Ihre Freizeit verbringen! Denn nur so gelangen Sie zu den wirklich beglückenden Momenten, die Sie brauchen.

Wer auch privat nach der Devise lebt: »Ich würde ja gerne mit anderen Leuten zusammen sein, aber ...«, der entscheidet oft gegen sich selbst. Realistisch gesehen könnte er durchaus anders, wenn er wollte! Aber er hat ja wohl etwas davon, sich – scheinbar gegen seinen Willen – für einen Nachmittag bei der langweiligen Verwandtschaft zu entscheiden. Und sei es das Gefühl, sich »geopfert« oder den lieben Frieden bewahrt zu haben.

Auch in der Einschätzung der Möglichkeiten, sich in seinem sozialen Umfeld zu bewegen, zeigt sich der selbstbewusste Realist. Niemand muss sich opfern!

Eine selbstbewusste Gestaltung des sozialen Umfeldes bedeutet aber nicht nur, sich die Menschen auszusuchen, mit denen man gerne zusammen ist, sondern auch zu entscheiden, was man mit ihnen gerne tun möchte. Aktive Freizeitgestaltung ist kein leeres Schlagwort, sondern ein wichtiger Bestandteil eines selbstbestimmten Lebens.

Du kannst dein Glück weder berechnen noch erzwingen!

6 Für uns zu sorgen bedeutet, unser Leben so zu gestalten, dass wir uns einigermaßen wohl fühlen. Es heißt aber nicht, dass Glück planbar ist.

Schmerzlich bewusst wird uns dieses Phänomen in schwierigen Lebensphasen, die wir schnellstmöglich überwinden möchten. Wenn wir dann anfangen, Glücksmomenten nachzujagen, werden wir erleben, dass wir immer hektischer und unzufriedener werden, ohne dass sich das erhoffte Glück einstellt: Es lässt sich nun einmal nicht einfangen oder gewaltsam herbeizwingen.

Narzissmus führt nicht zum Glück und menschliche Beziehungen sind kein Konsumgegenstand, die nach einer Kosten-Nutzen-Rechnung funktionieren.

Wir scheinen in unserer heutigen Zeit eine Formel gefunden zu haben, in der unser Selbst zum einzigen Bezugssystem wird: Glück ist, was mir Lust und Genuss bringt! Dieser Narzissmus hat zum Teil die Auswirkung, dass auch menschliche Beziehungen zum Konsumgegenstand werden, dass soziale Kontakte nach einer Kosten-Nutzen-Rechnung ausgewählt werden. Doch dies ist nicht der Weg zum Wohlgefühl.

Glück setzt voraus: Die Gelassenheit und die Fähigkeit, Frustrationen zu ertragen, Wünsche aufzuschieben oder sogar ganz darauf zu verzichten, Lebenskrisen aktiv zu bewältigen und Unglücksfälle als Teil des Lebens zu akzeptieren.

All das lehrt uns: Eine selbstbewusste Lebensgestaltung bedeutet letztlich, nicht in erster Linie auf uns selbst bezogen, nicht von uns selbst besessen und nicht an Lust und Genuss gefesselt zu sein. Wir sollten vielmehr darauf vertrauen, dass Liebe, Freundschaft und Partnerschaft möglich sind. Wir sollten aber auch darauf vertrauen, dass wir in der Lage sind, mit Enttäuschung und Schmerz umzugehen.

Ein kleines Nachwort

Ein gutes Jahr ist es jetzt her, seit ich mit der Hauptarbeit an diesem Buch begonnen habe. Ich sitze vor den Druckfahnen meines Manuskriptes und bin dankbar für die Möglichkeit, diese Arbeit noch einmal ergänzen und abrunden zu können.

Dabei denke ich an Sie, liebe Leserin. Was haben Sie wohl alles erwartet, als Sie dieses Buch zur Hand nahmen? Was würden Sie sich jetzt, nach der Lektüre, noch wünschen, was fehlt Ihnen noch?

Vielleicht eine »kleine Anleitung zum Selbstbewusstsein«? Oder wüssten Sie gerne, wie die Geschichte der fünf Frauen weitergeht? Wären Sie neugierig zu erfahren, wie sich die Frauen entwickelt hätten, wenn sie dieses Buch gelesen und manches daraus hätten umsetzen können? Möglicherweise suchen Sie auch einen Fragebogen, eine Art Checkliste, um Ihren Grad an Selbstbewusstsein zu erfassen? Manche von Ihnen spielen eventuell auch mit dem Gedanken, professionelle Hilfe in Anspruch zu nehmen. Sie haben vielleicht gehofft, mit Hilfe dieses Buches die Entscheidung für oder gegen eine Psychotherapie leichter fällen zu können.

Nun – derlei Wünsche und Ansprüche an dieses Buch gibt es sicher genügend, und ich bin sicher, nicht alle konnten erfüllt werden ...

Ich schaue aus dem Fenster meines Arbeitszimmers. Mein Blick fällt auf die Bäume und Sträucher des Gartens. Wieder ist es Spätherbst, die leise Zeit des langsamen Rückzugs der Natur. Schillernd in unzähligen Farbenspielen, von flammendem Rot über leuchtendes Orange bis zu dezentem Grünbraun, kündigt sich die Veränderung an. Rainer Maria Rilkes berühmtes Gedicht »Herbsttag« kommt mir in den Sinn und meine Gedanken bleiben an den Zeilen hängen:

Leg Deinen Schatten auf die Sonnenuhren
und auf den Fluren laß die Winde los.

Für mich strahlt die Natur zu jeder Zeit Würde aus. Das, was ist, ist immer gut und stimmig. Mancher mag vielleicht eine andere Jahreszeit lieber und wird im

Herbst sogar etwas melancholisch. Aber auch diese Jahreszeit steht im Einklang mit dem, was ist. Der Abschied vom Sommer, von dem, was war, das Abwerfen der Blätter, der Rückzug nach innen, die Sammlung der Kräfte – all das macht erst ein erneutes Wachsen und Sprießen möglich, eine kraftvolle Erneuerung der Natur aus ihr selbst heraus.
Viele von uns haben Angst vor Zeiten des Rückzugs, des Abschieds und der Trauer. Doch genau diese Zeiten sind notwendig, um zu etwas Neuem fähig zu sein.
Sie haben sich für dieses Buch entschieden, weil es letztlich um Sie geht! Und so möchte ich Ihnen auf diesen Seiten noch einmal Hilfe anbieten, damit Sie den Mut fassen, sich auf einen Veränderungsprozess einzulassen. Auch in Ihnen sind alle Kräfte vorhanden, die es möglich machen, zum Einklang mit sich selbst zu kommen.
Nehmen Sie das Bild der Natur in sich auf. Betrachten Sie sich so, wie Sie jetzt sind. Halten Sie inne, so wie es die Natur tut. Sammeln Sie aus diesem Bewusstsein heraus Ihre Kräfte und überlegen Sie, was Sie gerne verändern würden und wie Sie diese Wünsche und Ziele umsetzen können und wollen.

Machen Sie Inventur

Nutzen Sie die Stunden, wenn die Kinder im Bett sind und Ihr Mann in seinem Sportverein oder beim Skat ist. Nehmen Sie ein Blatt Papier oder ein Notizbuch und setzen Sie sich an Ihren Lieblingsplatz. Drehen Sie das Telefon leise oder setzen Sie den Anrufbeantworter in Gang, schalten Sie vielleicht sogar die Türklingel ab. Nehmen Sie sich Zeit für sich selbst.
Stellen Sie einen Spiegel vor sich auf, legen Sie Fotos von sich bereit. Solche, die Sie mögen und auf denen Sie sich gefallen, aber auch einige, die Sie am liebsten spontan weglegen würden. Teilen Sie Ihr Blatt Papier in zwei Hälften. Schreiben Sie groß und dick »Inventur« darüber und dann auf den Kopf der linken Hälfte: »So sehe ich mich hier und jetzt« oder »So bin ich« oder »Ist-Zustand« oder etwas Ähnliches. Und auf der rechten Seite: »So will ich sein« oder »Soll-Zustand« oder »Wunsch-Zustand«.

Beginnen Sie mit Ihrem Äußeren. Betrachten Sie die Fotos und schauen Sie in den Spiegel. Seien Sie sich darüber im Klaren, dass alles, was wir sehen, subjektiv ist. Sie können sich selbst nur so sehen, wie es Ihnen aufgrund Ihrer Geschichte, Ihrer Erfahrungen und Erlebnisse möglich ist. Ein anderer sieht Sie anders. Entscheidend ist, dass Sie sich nun mit Wertungen, Kommentaren, Vorwürfen oder Klagen zurückhalten und sich auch keine Gedanken darüber machen, was andere über Sie denken oder sagen.

Zwischen Wunsch und Wirklichkeit

Beschreiben Sie so wertfrei wie möglich Ihr Aussehen, Ihre Frisur, Ihr Gesicht, Ihre Augen, Ihre Nase. Verweilen Sie an den Stellen, die Ihnen wichtig erscheinen und achten Sie auf Kleinigkeiten. Haben Sie vielleicht geschrieben: »Meine Nase ist zu groß«? Woher kommt das wertende Wörtchen »zu«? Wer sagt das? Stellen Sie sich vor, wie Sie mit einer kleineren Nase aussehen würden und ob dies wohl Auswirkungen auf Ihr Selbstgefühl hätte?

Stehen Sie auf und beschreiben Sie Ihre Körperhaltung. Stehen Sie eher gerade oder vornüber gebeugt? Wie ist die Haltung Ihrer Schultern, wie fühlt sich Ihr Rücken an? Versuchen Sie sich aufzurichten, als wäre ein Band an Ihrem Scheitel befestigt, das Sie nach oben zieht. Was verändert sich dadurch in Ihrem Körpergefühl? Jetzt legen Sie das Kinn auf die Brust, drücken die Schultern nach unten, ziehen die Hände zum Boden und denken immer noch an das unsichtbare Band, das Ihren Kopf nach oben zieht. Spüren Sie nun eine Veränderung in Ihrem Körpergefühl? Ist dieses Gefühl angenehmer?

Gehen Sie ein paar Schritte. Welche Eigenschaften beschreiben Ihren Gang am treffendsten: zügig oder schleppend, offen oder verhalten, defensiv oder offensiv? Erinnern Sie sich, wie Sie sich in unterschiedlichen Situationen bewegt haben und wie Sie sich dabei fühlten.

Haben Sie jetzt noch Lust und Zeit, sich mit Ihrer Wunschseite zu beschäftigen, dann tun Sie es. Sind Sie erschöpft, dann nehmen Sie sich diese andere Seite zu gegebener Zeit vor. Wenn Sie Ihre Wünsche formulieren, sollten Sie unbedingt die Umsetzbarkeit in die Realität berücksichtigen.

Ein Beispiel: Viele Frauen wünschen sich kräftiges, üppiges Haar. Werden doch mit einer Löwenmähne Attraktivität, erotische Ausstrahlung, gelebte Sexualität, Dynamik und Kraft in Verbindung gebracht. Leider haben wir auf die Beschaffenheit der Haare keinen Einfluss. Zwar können wir Hilfsmittel fürs Styling anwenden, doch an der Grundbedingung ändern wir damit nichts. Also wäre es illusorisch, sich andere Haare zu wünschen. An Ihrer Frisur dagegen können Sie jederzeit etwas verändern – das lässt sich umsetzen.

Dieses einfache Beispiel soll illustrieren, was ich unter realisierbaren Wünschen verstehe. Schließlich ist Ihr Äußeres für Ihr Wohlgefühl wichtig. Sie können – und sollten – für sich bestimmen, wie Sie aussehen möchten und was Sie dafür tun können.

Auch Ihr Körpergefühl bestimmt Ihre Identität. Inneres und Äußeres befinden sich in einem Zusammenspiel. So drücken zum Beispiel zusammengesunkene Schultern und eine gebeugte Haltung auch immer einen »gedrückten« seelischen Zustand aus. Mit gezielter Körperarbeit, die eine verbesserte Haltung und »Festigung« der äußeren Erscheinung erbringt, kann auch eine innere Veränderung unterstützt werden. Ich selbst habe vieles ausprobiert. Die positivsten Erfahrungen habe ich schließlich mit Yoga, Muskelaufbautraining, Konditionstraining und Judo gemacht. Andere Sportarten habe ich verworfen, weil ich sie als nicht stimmig für mich empfand.

Finden Sie also selbst heraus, was zu Ihnen passt, was Ihnen hilft, Ihren Rücken zu stärken, sich innerlich aufzurichten und ein gutes Gefühl für Ihren Körper zu entwickeln. Ob Sie nun schwimmen oder joggen, Rad fahren oder ins Fitness-Studio gehen – was auch immer Sie entdecken, das Ihnen Freude macht und Sie stärkt: Es ist genau das, was zu Ihnen passt.

Jammern und Ausflüchte, weshalb Sie nichts für sich tun können, gilt nicht. Sie wissen: Sie können anders – wenn Sie es wollen! Natürlich gehört dazu, den »inneren Schweinehund« zu überwinden, bewährte Ausreden über Bord zu werfen und sich zielstrebig an das Umsetzen seiner Wünsche zu machen. Und dies ist eben alles andere als bequem! Trotzdem: Bleiben Sie dran an Ihrer Inventur! Wenn Sie sich selbst als Person auf diese Weise durchgecheckt haben, könnten

Sie sich einmal Ihren Kleiderschrank vornehmen. Da gibt es gewiss so manches Stück, das Sie schon lange nicht mehr getragen haben. Die Frage ist: Können Sie sich nicht davon trennen, weil es ein wichtiges Stück ist? Oder ist es zu klein und Sie warten darauf, dass Sie Ihr Idealgewicht erreichen? Damit tun Sie sich bestimmt keinen Gefallen! Also, aussortieren und weg damit!
Behalten Sie Kleidungsstücke, die zu Ihnen passen, die Sie gerne tragen, in denen Sie sich wohl fühlen. Trennen Sie sich von allem, aus dem Sie »herausgewachsen« sind, körperlich und seelisch.
Ähnlich können Sie auch mit den Einrichtungsgegenständen Ihrer Wohnung oder Ihres Arbeitsplatzes – Möbeln, Bildern, Accessoires – verfahren: Was davon charakterisiert Sie wirklich? Was steht »einfach nur so« herum? Gibt es vielleicht sogar etwas, das Sie regelrecht stört und das sie nur ertragen, weil sie meinen, ein anderer würde dies von Ihnen (vielleicht) erwarten? Auch solche Dinge können Hemmschuhe auf Ihrem Weg sein, also: weg damit!

Wo ist Ihre Zeit geblieben?

Die nächste Inventur wird schwieriger. Nehmen Sie sich einen Tag – oder besser noch eine Woche – vor und schreiben Sie sich auf, wie viel Zeit Sie für welche Tätigkeit verwenden. Gehören Sie zu den Leuten, die darüber klagen, »wo die Zeit geblieben« ist? Dann seien Sie neugierig genug, um nach ihr zu suchen!
Auch hier gilt: Seien Sie so ehrlich wie möglich zu sich selbst. Wenn Sie gerne trödeln, lange frühstücken, auf dem Sofa liegen und vor sich hin träumen und es Ihnen damit gut geht, gibt es vermutlich keinen Grund, etwas zu ändern. Warum sich an dieser Stelle schelten und sich ein schlechtes Gewissen machen? Wenn Sie aber Ihre Zeit lieber anders gestalten wollen, wenn Sie merken, dass Ihre Arbeit und diverse Pflichten unter Ihrem Müßiggang leiden – und somit letztlich Sie selbst -, dann wird es Zeit, Abhilfe zu schaffen. Sie wissen ja: Sie können – wenn Sie wollen!
Von der Zeit, die Sie verbringen, zu den Menschen, mit denen Sie diese Zeit verbringen: Machen Sie sich eine Liste der Menschen, die Ihnen wichtig sind. Wen können Sie gut leiden, wen nur mittelmäßig, wen gar nicht? Was gefällt Ihnen,

was gefällt Ihnen nicht an den betreffenden Personen? Wer ist beruflich wichtig für Sie, wer privat? Mit wem hätten Sie gern mehr Kontakt, mit wem weniger? Mit wem haben Sie eine Rechnung offen und was hindert Sie daran, konsequent zu sein? Wem wollten Sie schon immer mal etwas Nettes oder auch etwas Kritisches sagen? Welche Ihrer Bekannten würden Sie gern näher kennen lernen, welche am liebsten nur noch von hinten sehen?
Wenn Sie sich auf diese heikle Art einlassen, Inventur zu machen, sollten Sie sich sehr ernst nehmen: Sie tun es für sich, Sie tun es, um Ihre eigene Lebenssituation klarer einschätzen zu können. Sie wollen aber nicht beim Bilanzziehen stehen bleiben, sondern die als notwendig empfundenen Änderungen angehen. Das ist kein leichtes Unterfangen, denn es gibt viele Gründe und Bedingungen, die die Entwicklung hin zu sich selbst behindern und erschweren. Aber es gibt kaum welche, die diese Entwicklung unmöglich machen. Vermutlich verstehen Sie sehr oft, warum etwas so ist, wie es ist. Wenn Sie die Behinderungen zwar verstehen, aber nicht mit ihnen einverstanden sind, sind Sie schon einen wesentlichen Schritt weiter. Denn wenn, und nur wenn Sie es wirklich wollen, werden Sie Kräfte finden und einsetzen, die es ermöglichen, Ihr Leben so zu gestalten, dass Sie von sich sagen können: Ich lebe mein Leben, ich bin mir selbst bewusst!

Welchen Wert hat Selbstbewusstsein?

Noch ein Gedanke am Schluss: Ich frage mich – nicht zuletzt auch durch die Arbeit an diesem Buch -, welchen Stellenwert Selbstbewusstsein im Leben überhaupt hat. Anna, Eva, Ruth, Christine und Brigitte – was wird für sie anders sein, wenn sie selbstbewusster werden? Werden sie es leichter haben im Leben? Werden sie verschont bleiben von Kummer, Unglück, Schmerz und Trauer? Wird ihr Leben freudvoller und interessanter?
Welche Fantasien lösen Menschen bei Ihnen aus, die auf Sie selbstbewusst wirken? Halten Sie diese Menschen für besonders glücklich? Wenn Sie von jemandem sagen, er sei selbstbewusst – was schwingt da alles an Gefühlen mit: Anerkennung? Bewunderung? Neid? Gefühle der Unterlegenheit?

Und wie fühlen Sie sich, wenn Sie von sich selbst behaupten, Sie seien selbstbewusst oder hätten selbstbewusst gehandelt? Stark? Mutig? Überlegen? Selbstkritisch? Erschrocken über die eigene Courage?
Gerade Frauen, die mit dem Begriff »Selbstbewusstsein« in Zusammenhang gebracht werden, werden oft (und nicht selten von ihren eigenen Geschlechtsgenossinnen) zwar als stark und vorbildlich angesehen, doch diese Stärke wird zum Teil mit negativen Begriffen wie Rücksichtslosigkeit, Härte oder Kälte in Zusammenhang gebracht.
Selbstbewusstsein bedeutet nicht, einen Panzer anzulegen und egozentrisch seine Wünsche durchzusetzen, ohne Rücksicht auf die Bedingungen, in denen man lebt. Genau das Gegenteil ist der Fall: Selbstbewusste Menschen sind meist sehr sensibel, verletzlich und empfindsam. Sie haben den Panzer des »So-bin-ich-eben« abgelegt, haben sich mit sich selbst, ihren ureigenen Stärken und Schwächen auseinandergesetzt und wollen so authentisch wie möglich ihr eigenes Leben gestalten. Dies ist für andere nicht immer angenehm. Aber auch für diejenigen selbst, die sich entschlossen haben, so zu leben, wie es zu ihnen passt, entstehen zum Teil Konfliktsituationen, denen sie in einem weniger bewussten Zustand eher ausweichen würden.
Sich auf den Weg zu einem eigenen Selbstbewusstsein zu machen, ist mutig und wichtig zugleich. Ein altes Sprichwort sagt: Wer aus der Tür geht, muss auch damit rechnen, dass es regnet. Wer sich auf den Weg zum Selbstbewusstsein macht, muss mit so manchem Unwetter rechnen.
Ich weiß aus eigener Erfahrung und erlebe es immer wieder im Umgang mit anderen Menschen: Sich seiner selbst bewusst zu werden, zu wissen und zu spüren, dass man anders leben kann – dies ist ein ganz großes Glück.
Doch da Glück, wie wir ja alle wissen, nicht vom Himmel fällt, wünsche ich Ihnen auf dem Weg zu sich selbst von Herzen alles Gute. Ich wünsche Ihnen allen Mut und alle Kraft für den ersten Schritt.
Sie können auch anders!

Inge Minich

Adressen

Bei den hier angegebenen Stellen können Sie sich über Therapiemöglichkeiten informieren. Außerdem gibt es in jeder Stadt Erziehungs-Beratungs-Stellen, die für Eltern, aber auch für Erwachsene bis 27 Jahre Beratungen vornehmen. Sie können sich auch an Ihre Krankenkasse oder natürlich den Hausarzt wenden.

Berufsverband deutscher Psychologen (BDP)
Bundesgeschäftsstelle
Heilsbachstraße 22
53123 Bonn
Telefon: 0 228/64 10 54

Deutscher Psychosozialer Suchdienst für psychosoziale Dienstleistungen
Riegelpfad 44
35392 Gießen
Telefon: 0 641/79 22 44

Psychotherapie-Informationsdienst
eingerichtet vom Berufsverband Deutscher Psychologen (BDP). Der Psychotherapie-Informationsdienst beantwortet Fragen zur Psychotherapie und nennt Adressen anerkannter Therapeutinnen und Therapeuten. Die telefonische Beratung ist kostenlos.
Heilsbachstraße 22
53123 Bonn
Telefon: 0 228/74 66 99

Die Kassenärztliche Vereinigung (KV) gibt Auskunft über kassenärztlich zugelassene ärztliche und nicht ärztliche Psychotherapeuten. Es gibt Niederlassungen in jedem Bundesland, manchmal sogar eigens eingerichtete Info-Dienste oder Koordinationsstellen.

KV Bayern

Die KV Bayern hat acht regionale Koordinationsstellen eingerichtet:

Koordinationsstelle Psychotherapie München (Stadt und Land)
0 89/55177-388

Koordinationsstelle Psychotherapie Oberbayern
Tel.: 0 89/5 70 93 - 135

Koordinationsstelle Psychotherapie Oberfranken
Tel.: 0 921/292-227

Koordinationsstelle Psychotherapie Mittelfranken
Tel.: 0 911/ 9496-124

Koordinationsstelle Psychotherapie Unterfranken
Tel.: 0 931/307-135

Koordinationsstelle Psychotherapie Oberpfalz
Tel.: 0 941/3963-199

Koordinationsstelle Psychotherapie Niederbayern
Tel.: 0 9421/8009-56

Koordinationsstelle Psychotherapie Schwaben
Tel.: 0 821/3256-127

KV Berlin
Vermittlungsstelle für ambulante Psychotherapie der KV Berlin
Bismarckstr. 97
10725 Berlin

Service-Telefon für Patienten
Tel.: 030/31003-248

Therapeuten-Hotline
Tel.: 030/31003-280

KV Brandenburg
Info-Dienst
Gregor-Mendel-Str. 10/11
14469 Potsdam
Tel.: 0 331/2868-130
Fax: 0 331/2868-197

KV Bremen
Postfach 104329
28043 Bremen
Tel.: 0 421/3404-340
Fax: 0 421/3404-108

KV Hamburg
Humboldtstr. 56
22083 Hamburg
Tel.: 0 40/2 28 02-0

KV Hessen
Georg-Voigt-Str. 15
60325 Frankfurt
Tel.: 069/79502-0
Fax: 069/79502-500

KV Koblenz
Koordinationsstelle Psychotherapie
Emil-Schüller-Str. 14-16
56073 Koblenz
Tel.: 0261/39002-217

KV Trier
Koordinationsstelle für psychotherapeutische Versorgung
Postfach 23 08
54213 Trier
Tel.: 0651/4603-126

KV Mainz
Koordinationsstelle Psychotherapie
Tel.: 06131/326-0

KV Neustadt/Weinstraße
Koordinationsstelle Psychotherapie
Maximilianstraße 22
67429 Neustadt/Weinstraße
Tel.: 06321/893-132

KV Mecklenburg-Vorpommern
Neumühler Str. 22
19057 Schwerin
Tel.: 0385/7431-0

KV Niedersachsen
Berliner Allee 22
30175 Hannover
Te.: 0511/380-0

KV Nordbaden
Abt. Qualitätssicherung
Keßlerstraße 1
76185 Karlsruhe
Tel.: 0 721/59 61-164
Fax: 0 721/59 61-188

KV Nordrhein
Emanuel-Leutze-Str. 8
40547 Düsseldorf
Tel.: 0211/5970-106
Fax: 0211/5970-100

KV Nord-Württemberg
Albstadtweg 11
70567 Stuttgart
Tel.: 0711/7875-0

KV Rheinhessen
Hindenburgstraße 32
55118 Mainz
Tel.: 0 61 31/3 26-132

KV Saarland
Faktoreistraße 4
66111 Saarbrücken
Tel.: 0 681/40 03-0

KV Sachsen-Anhalt
Postfach 16 64
39006 Magdeburg
Tel.: 0 391/6 27-64 62

KV Schleswig-Holstein
Bismarckallee 1–6
23795 Bad Segeberg
Tel.: 0 45 51/8 83-0

KV Südbaden
Sundgauallee 27
79114 Freiburg
Tel.: 0 761/8 84-0

KV Südwürttemberg
Postfach 41 51
72772 Reutlingen
Tel.: 0 71 21/9 17-0

KV Thüringen
Bauhausstraße 11
99423 Weimar
Tel.: 0 36 43/5 59-0

KV Westfalen-Lippe
Robert-Schimrigk-Straße 4–6
44141 Dortmund
Tel.: 0 231/ 94 32-0

Register

Abwehrmechanismen 94
Aggressionen 119, 148
Alltagsrituale 118f.
Altruismus 141
Ambivalenz, Zustand der 96
Angepasstheit 93f.
Ängste 88, 92, 95f., 105f., 108f., 118f., 161
Arbeit als Glücksquelle 170
Aufgaben, anspruchsvolle, bewältigen 170, 177
Auftreten, selbstsicheres 126, 131f.
Augenblick, Glücksempfindungen im 175
Auseinandersetzung mit sich selbst 89
Ausreden, vordergründige 89f.
Aussehen 104, 126
Ausstrahlung 126, 129, 157
Äußerlichkeiten, Abhängigkeit von 118, 126ff.

Bedingungen, fremdbestimmte 113
Beziehungen leben 87
Bilder als Spiegelbild der Seele 105
Bodenhaftung 107f.
Burn-out-Syndrom 152f.

Denken, realistisches 176
Depressionen 96, 148
Dialog, therapeutischer 101
Diäten 122, 128f.,156
»Dunkle Vorahnung« (Prinzip) 146f.

Egoismus 168
Emanzipation, Prozess zur 94
Ersatzreligionen 99
Erwachsen-werden-wollen 112

Fechner, Gustav Theodor 86f.
Fotoalben zur Spurensuche 155
Freud, Sigmund 86, 162
Freundschaften pflegen 173, 177

Gebote, verinnerlichte 91
»Gedankenschranken« (Prinzip) 139ff.
Gefühle, widerstrebende 96
Gestik 133, 135
Glücklichsein, Merkmale 169
Glücksempfinden 165ff.

Harmoniebedürfnis 152
Heilsbotschaften, gefährliche 99ff.
Helferhaltung 123
Hilflosigkeit, erlernte 145f.
Hoffnungen hegen 88

Isolation 157

Kindheit
- Innenleben in der 92f.
- Missachtung in der 159f.
Kleidung
- als Ausdruck der Stimmung 127
- Bedeutung der 104, 126ff.
Körpersprache 132f., 135
Krankheiten, psychosomatische 118
Krankheitsgewinn 96f.
Krisen 124, 179
»Kritiker, innerer« 114
Kunsttherapie 105

Lächeln 133f., 147f., 175
»Lämmchen« (Prinzip) 147f.
Lebensgestaltung, aktive 170f.
Lebensumstände akzeptieren 168
Leitsätze, heimliche 139ff.

Machtgelüste 109f.

Mimik 133, 135
Minderwertigkeitsgefühle 151
»Mülleimer« (Prinzip) 143ff.

Narzissmus 179
Nebelzustand 96
Nein-Sagen 125f., 152
Neubeginn als Chance 91f.

Opferrolle der Frau 123
Ordnung, innere/äußere 118, 125

Partnerschaft, enterotisierte 120
Perfektionismus, falscher 129
Prophezeiung, sich selbst erfüllende 147
Pseudotherapeuten, Repertoire der 102
»Psychoarchäologie« 88ff.
Putzaktivitäten als Ersatzbefriedigung 110

Rollenerwartungen 121
Rollenverteilung 123
Rüstung zum Schutz der Seele 116f.

Schlüsselfragen stellen 90f.
Schönheitsidealen frönen 121f., 128, 130, 156
Schwellenangst überwinden 91f.
Seelenarbeit leisten 88
Selbst, Begriff des 86
Selbstachtung 158
Selbstbewusstsein üben 87f.
Selbstbewusstsein
- Versuch einer Definition 85ff.
- Wege zum 104ff.
Selbstdarstellung 104
Selbsterkenntnisse erlangen 87, 89, 91, 94
Selbstgefühl 86f.
Selbstläuferwünsche 149
Selbstsicherheit trainieren 135ff.
Selbstverleugnung der Frau 121f.
Selbstwertgefühl 150ff.
Sexualleben, erfülltes 110
Sich-nicht-zeigen-wollen 110
Suche nach scheinbar Fehlendem 162ff.

Therapie
- Notwendigkeit einer 97f., 103
- Versuch einer Definition 98ff.
Träume nutzen 94f.
»Tropfender Wasserhahn« (Prinzip) 145f.

Umfeld, soziales 103, 120f., 144, 178
Urvertrauen 117

Ver-Kleidung 127
Veränderung
- als Chance 116
- und Leidensdruck 114
Verantwortung für sich übernehmen 103
Verdrängung, überzivilisierte 94
Verdrängungsmechanismen 117f.
Verhalten, zwanghaftes 118ff.
Verhaltensweise, fremdbestimmte, ablegen 94f.
Verlegenheitshaltungen/-gesten 134f.
Verletzungen, seelische
- vermeiden 88f.
- Wurzeln 117f., 159f.

Wahrnehmung, intuitive 95
Wegbeschreibungen 173ff.
Widerstandsversuche abblocken 94
Wissen um sich selbst 92
Wünsche 88, 96, 108, 121, 123
- als Befehle/Übergriffe 126
- »verbotene« (Prinzip) 149f.
- wahrnehmen 125, 153

Zeitdruck 88